I0819890

ANGOLA

La primavera dei garofani di Marçela Cadìz

Non temere, tu meriti il meglio e lo avrai. Sei morta inseguendo i tuoi ideali e porti con te un bagaglio fatto di generosità e nobiltà d'animo. Sarai ben accolta dai tuoi simili e, così come non sei sola adesso che parti, non lo sarai nemmeno quando nascerai alla nuova vita e … noi ci rivedremo, ne sono certo!

Tony Vero

ANGOLA

La primavera dei garofani di Marçela Cadìz

Collana L'Immortalità è la memoria - La Saga di Tony Vero

Volume 3°

Copyright © 27 December 2012 by Tony Vero

All rights reserved.

ISBN : 889006787X
ISBN-13: 9788890067877

DEDICA

Dedico questo terzo volume della saga di Tony Vero a tutti coloro che la seguono e la capiscono.
All'Angola di quegli anni ruggenti, a quella meravigliosa terra d'Africa, selvaggia e disperata come la sua gente.
Possano trovare davvero il modo di essere liberi e felici.

Indice

Riconoscimenti

Come dimenticare quegli anni davvero ruggenti di passione disperata.
Anni rivoluzionari per i popoli e per gli individui.
Anni che lasciarono un segno indelebile in ognuno di noi.
Segni rimasti potenti come cicatrici anche sulla pelle delle nazioni che si affacciarono alla libertà e all'indipendenza proprio in quel tempo d'eroi, di glorie, di grandezze e di miserie.
Un tempo in cui era facile trovarsi di fronte a se stessi e, senza possibilità di nascondersi, vedersi davvero per ciò che si era veramente e, infine accettarsi, nel bene come nel male, riconoscendosi in una parola … Umani!

Capitolo I
Luanda

Luanda aveva indossato la sua veste migliore quella sera.
Le poche famiglie portoghesi rimaste nell'ex colonia, davano sfoggio di eleganza e di serenità.
Come sempre, in occasioni mondane, si ritrovavano all'Hotel Vargas e il rientro di Luiss era una di quelle.
Ancora di più adesso che tutti erano ansiosi di sapere cosa stava accadendo a Lourenço Marques, per decidere cosa fare al più presto e che destino avrebbe avuto l'Angola.
Nessuno, però, dava a vedere quest'ansia, quest'incertezza del futuro.
Tutto era ovattato, come le luci intorno alla piscina dove, a piccoli gruppi, in smoking bianco gli uomini e con elegantissime soirèe le signore, conversavano amabilmente, mentre, sotto i lampadari dei saloni, scorrevano tra i tavoli i camerieri con vassoi colmi di bicchieri.
Tutti bevevano, tutti ridevano ma, Tony, non si lasciava ingannare.
Sentiva nell'aria il profumo dolciastro della paura e, certamente, non era la sua.
Erano tutti in attesa di qualcosa, forse un annuncio, forse che Luiss prendesse la parola per salutarli, come faceva sempre al suo rientro e, magari, aggiungendo qualcosa in aggiornamento alle notizie che avevano ricevuto, davvero pessime, e che ancora speravano potessero essere smentite.
Luiss era nel suo ufficio e Tony immaginava che con lui ci fosse il Gotha della città, quindi dell'Angola, a sentire in privato la verità della situazione, che Luiss si era appena Lasciato alle spalle.
L'orchestrina strimpellava delle canzonette portoghesi, il pianista era bravo, era quel genere musicale a non piacergli.
Decise fosse il momento di vedere un po' che tipo di fauna girasse per i saloni ... alla fine, a Tony, non interessava altro.
All'arrivo a Luanda, un'auto era in loro attesa, quella dell'Hotel Vargas, per portarli subito in Hotel. Per la strada non c'era certo la situazione di Marques, eppure, anche da lì, l'esercito coloniale aveva smobilitato. Aveva notato qualche movimento di genere politico ... passando davanti ad un parco vide qualcuno che, dal cassone di un camioncino, arringava la

folla, ma niente di preoccupante. Ci sarebbero state probabilmente delle elezioni per eleggere un governo nazionale, ovvio che si facesse politica. Niente violenze però, nè urla fanatiche e, questo, di quei tempi, era sicuramente un buon segno.
Luiss aveva mantenuto la sua promessa e aveva insistito per assumere Tony come capo della sicurezza dell'hotel ma, al cortese rifiuto non aveva insistito. A Tony non serviva una paga e Luiss l'aveva ben visto, ma accettò l'offerta di ospitalità gratuita, aggiungendo, tra le risate di Luiss:
"In cambio di amicizia al momento del bisogno!"
Era stato molto gentile e aveva consigliato una suite al piano terra, dotata di un salottino con porta finestra proprio di fronte alla piscina, dando disposizioni alla reception perché vi fosse accompagnato con i bagagli. Tony aveva indossato di nuovo cartucciera e valigetta annessa ... e non aveva nascosto il Kalashnikov mentre se lo portava in camera:
"Hai visto mai? ..." - disse rivolto a Luiss.
"Claro! ... non ti preoccupare, il capo della polizia è angolano, ed è mio amico".
Tony aveva richiesto alla reception del nastro adesivo e, con quello, appena in camera, si dedicò subito a sostituire le strisce di stoffa, con le quali aveva legato assieme i due caricatori, con diverse passate di scotch.
"Anche l'occhio vuole la sua parte" – pensò, guardando soddisfatto il lavoro finito. Aveva riempito nuovamente il serbatoio. In questo modo, non aveva più un fucile mitragliatore da 30 colpi, ma uno da sessanta. Sarebbe bastato premere la levetta di fissaggio, staccare il serbatoio, girarlo e inserirlo nuovamente. Appena un attimo e avrebbe potuto riprendere il fuoco con altri 30 colpi e, per chi sapeva evitare gli sprechi di pallottole, come sapeva fare lui, non erano pochi.
Vide un gruppetto di ragazze e ragazzi, al centro del salone, dove suonava l'orchestrina. Il pianista, un afro - portoghese di mezza età, capelli grigi e ricci, sopra un sorriso dall'espressione simpatica e impeccabile nel suo smoking, suonava abilmente una musica che a Tony non piaceva granché. L'avvicinò per provocargli qualche altro genere musicale:
"Conosci You are a man di James Brown? ... o qualcosa del genere?"
"Sì, certo che la conosco e mi piace molto ... ma non è un genere per posti così, al massimo posso spingermi a suonarti Casablanca ... la conosci?"
"Sì e mi piace molto ... ed è un genere per posti così!" – ripeté canzonandolo. Paulo era un uomo della nuova emancipazione africana, uno dei seguaci di Senghor, il poeta della negritudine. Sapeva capire, perciò, quando si trovava davanti a qualcuno che lo considerava solo un negrito istruito o, invece, davanti a chi non vedeva colori di pelle, ma

sentiva l'anima delle persone e le sceglieva o rifiutava in conformità a quella, com'era questo il caso.
Tony si appoggiò al suo piano, mentre lui faceva andare le note di quella canzone ... gli ospiti in sala si zittirono, non era fado, ma era abbastanza malinconica. Paulo la cantava in inglese, forse pochi lo capivano, sicuramente pensavano quel che era: una richiesta dello straniero ospite di Luiss Vargas e la subirono ma ... non era musica per loro.
Ai ragazzi, invece, piacque e si avvicinarono a dare sostegno.
Si sistemarono intorno al pianista, Tony fece cenno alla ragazza carina, che aveva notato subito, di appoggiarsi al pianoforte a coda, facendole posto accanto a lui. Una gentilezza per averla più vicina.
Quando Paulo terminò, incoraggiato dal pubblico e dall'applauso che ricevette, sentì Tony dire ad alta voce:
"Bene ... e ora possiamo ascoltare this is a man ... di James Brown" – un esclamazione di incredula gioia tra i ragazzi accompagnò le parole di Tony ed in molti sostennero la richiesta.
"Non posso Tony, questi la chiamano musica nera, è come se fosse proibita ... anche se non lo ammetterebbero mai."
"Bene ... ti suggerisco la presentazione. Ti alzi, prendi il microfono e dici: ladies and Gentlemen, su gentile richiesta del Signor Tony Vero e di alcuni gentili ospiti, con l'orchestra Paulo Amboin, eseguiremo This is a man, di James Brown".
Che fu una sorpresa per tutti non c'era dubbio, ma nessuno protestò. Quelli più vicini, anzi, sembrarono gradire anch'essi il nuovo genere musicale. Nuovo ... perché da loro non era così gradito come nel resto del mondo occidentale. Erano fortemente conservatori in tutto, anche nei generi musicali. Per fortuna i loro figli lo erano molto meno.
Si avvicinarono tutti e l'atmosfera si scaldò al punto che poi seguì altra musica ... disco music! e ci seppero fare, portando tutti i giovani a ballare davanti a loro. C'era un ragazzo che col suo Sax riusciva a toccare corde dell'anima in maniera persino commovente e sapeva rifare in maniera inimitabile anche il tono di voce del grande James Brown ... Incredibile, ma vero! Fu una bella serata e Tony riuscì a fare amicizia con Marçela Cadiz. Era figlia di un portoghese, allevatore di bestiame dell'altopiano e di un'angolana. Aveva la pelle ambrata e la capigliatura riccia, afro, tenuta indietro sulla fronte da una fascia. Indossava un vestito che lasciava scoperte le spalle ed era svasato fino alle ginocchia, di un bel colore azzurro chiaro, a piccolissime righe bianche ... a Tony sembrava che distribuisse freschezza in tutta la sala, poteva sentirne quasi il sapore, oltre che il profumo d'agrumi. Anche gli altri di quella compagnia erano

tutti figli dell'alta borghesia portoghese e meticcia. Imprenditori dei grandi allevamenti di carne o d'imprese minerarie, armatori di flotte pescherecce o mercantili. Tutti simpatici e ... impegnati politicamente nel tentativo di emancipazione delle colonie ... ma questi erano discorsi che a Tony non interessava approfondire. Aveva ben visto che chi fa politica per ideali non vince mai ... Vincono sempre gli affaristi! Gli altri possono fare morti eroiche, essere ricordati nelle cerimonie, finire sui piedistalli dei monumenti alla memoria, celebrati in eterno ... soprattutto da coloro che, sempre, s'impadroniscono delle loro rivoluzioni e le gestiscono.

Parlavano di Repubblica dell'Angola, una Repubblica che doveva essere democratica, liberale, federale, di tutti gli angolani, senza distinzione di razza o tribù ... Bellissimi propositi!

"Si, bellissimi propositi ... ma vai a farli accettare da quelli che, all'interno del confinante Congo, qualche anno prima, si sono mangiati, dopo averli macellati e venduti al mercato, sei baschi blu dell'ONU.

Oppure a quelli che si scannano, con odio inenarrabile, solo perché di un clan diverso ... questa è l'Africa. La civiltà è stata imposta con le armi e la colonizzazione. Non è bene accetta ... non la capiscono!" – ma lo pensò soltanto, senza dirlo.

Marçela s'illuminava quando parlava dei loro ideali. Avevano molta fiducia in un uomo, Agostinho Neto, un marxista leninista moderato, che diceva le stesse cose e chiedeva alle diverse forze di guerriglieri che si erano opposti al Portogallo, di unirsi per costruire il nuovo Angola.

Certo, considerata la differenza di situazione tra Luanda e Lourenço Marquez, c'era da pensare che, forse, stesse facendo la cosa giusta e con buone probabilità di riuscirci ma, Tony, si chiedeva come potesse, un marxista leninista, essere moderato ... Non ne aveva idea!

Lui li aveva sempre visti intolleranti, fanatici, totalitaristi e antidemocratici e davvero non riusciva a credere che questi dell'MPLA potessero essere diversi.

Agostinho Neto, proprio in quei giorni, fu nominato capo del governo provvisorio. Nessuno, però, faceva caso al fatto che era stato nominato capo del governo, un governo sostenuto e protetto da "consiglieri militari" stranieri e, in totale assenza di qualsiasi alternativa, eppure ne erano tutti felici, questo era evidente.

Tony, però, si chiedeva se lo erano perché avevano capito che si trattava di un "comunista moderato" o, piuttosto ... perché ne avevano paura?

Marçela non era una gran bellezza, nel senso che non era sexy, non attirava gli sguardi per le sue forme e, a guardarla, nessuno penserebbe ad avance di alcun tipo. Era molto graziosa e spiritosa ... un sorriso furbo, da ragazzina e da donna insieme. Aveva anche qualcosa che a molti faceva paura in una donna, l'intelligenza! E lei ne aveva in abbondanza, non solo quando trattava argomenti di politica, perché questo poteva significare, specie in quel tipo d'ideologia, che fosse semplicemente ben indottrinata. No, quella sera, seduta ai bordi della piscina, aveva parlato con tutti di politica, nonchè di scienze ecologiche, come salvare l'Africa dal degrado che lo sfruttamento minerario stava portando ovunque provocando lo sfruttamento del mondo selvaggio, animale e umano. Uomini dell'interno centrafricano trattati come schiavi per cercare i metalli preziosi nelle miniere o i diamanti del Katanga. Nominò anche il Re di Tallia, per dire che era talmente affezionato al Portogallo da aver investito ingenti somme nelle concessioni minerarie d'Angola e Congo, specie pozzi di petrolio poco a nord di Luanda e che possedeva anche alcune grandi fattorie d'allevamento dell'altopiano. Trovava inconcepibile che, qualcuno, pur non avendo alcun altro interesse in Angola o in Africa in generale, potesse ambire il possesso di concessioni per sfruttare la miseria della gente e danneggiare l'ambiente al solo scopo di arricchirsi. Le sembrava proprio una mostruosità e lo diceva apertamente, nonostante fosse circondata di gente che era lì per questo.

Stava convincendo anche Tony, ma resisteva, non voleva finire indottrinato anche lui e per tenersi a distanza da quei discorsi intervenne, attirando lo sguardo di Marçela. Uno sguardo difficile da definire, era un po' di rimprovero, un po' di commiserazione, eppure Tony aveva solo detto:

"Sì, sembra giusto, ma senza quegli investimenti non si scavano i pozzi, né le miniere e nessuno alleva il bestiame per rivendere la carne, quindi, nessuno sviluppo e nessuna civiltà ... è su questo genere di cose che si regge tutto. Un sistema che si è venuto a formare attraverso evoluzioni sociali ed economiche di millenni. Le civiltà si sono tutte fondate sui commerci, gli scambi. Persino gli uomini delle caverne iniziarono a commerciare tra tribù l'ossidiana per fare frecce e lance, alcuni avevano quella, altri il bitume per fissarle ai legni e poi altri trovarono il rame e poi arrivò l'invenzione del bronzo, che fu soppiantato dal ferro. Tutto questo in Africa è mancato e i popoli dell'Africa, senza la colonizzazione, non sarebbero stati meglio ... sarebbero ancora tutti cacciatori e raccoglitori, come all'età della pietra. Il mercato è alla base di ogni sviluppo, magari bisognerebbe regolamentarlo meglio. Per esempio, un po' come succede in Europa col problema della prostituzione ... sì, sembra che non c'entri nulla, ma c'è poco da ridere, c'entra eccome! Guarda la differenza, in Nord Europa, popoli civili, non hanno represso il mercato del sesso,

l'hanno legalizzato e regolamentato. Le prostitute sono operatrici sessuali, hanno il loro lavoro in posti puliti, ordinati e sono protette dalla polizia. Nessuno le sfrutta o le assassina e pagano tasse e contributi. Invece, nel Sud dell'Europa e anche in Africa, specie quella del Nord, le donne che praticano la prostituzione sono derelitte, sfruttate e disprezzate da tutti e soprattutto acquistate e vendute come schiave, nessun diritto riconosciuto e la sola protezione dei magnacci che possono anche ucciderle, nessuno le andrebbe a cercare. Che cosa è meglio secondo voi? Le politiche coloniali hanno fatto molti errori, ma se oggi ci sono nazioni in Africa, lo si deve ai colonizzatori. Questa città non l'hanno costruita gli indigeni ... il Sud Africa è stato creato dai Boeri e poi dagli Inglesi ... non dagli Zulù. Vedete qualcosa in Angola di cui si possa dire: questo l'hanno fatto i Bantù? No, nessuno può dire niente del genere. Però, è vero, i coloni hanno cominciato a sentirsi "padroni" e a trattare i colonizzati come schiavi e questo è stato sicuramente un grave errore, che è giusto pagare. Ma non fatevi illusioni, io ho avuto un'amicizia con un mulatto Etiope, metà bianco, metà nero. Lui mi ha raccontato le umiliazioni che ha dovuto subire a vivere in un paese, l'Etiopia, dov'era nato, dove aveva madre e nonni materni, ma dove tutti lo trattavano con disprezzo perché lui, con la sua faccia e la sua pelle non abbastanza nera, gli ricordava il periodo coloniale e le loro donne che si univano agli europei. Fuggito rocambolescamente in Europa, invece, ha ritrovato le stesse cose alla rovescia, era trattato con disprezzo perché era mezzo negro ... però, in Europa, c'era una legge a tutelarlo. Una legge che riconosceva dei diritti a tutti, senza distinzione di razza, censo o religione e che vietava le discriminazioni di qualsiasi genere.
Questo principio in Africa non c'è, le tribù si odiano l'un l'altra e gli scontri tribali sono tra i più feroci che l'umanità abbia partorito ... ed il nuovo Presidente a me è sembrato nero completo ... non so se davvero potrà evitare gli scontri tribali. Magari non li vuole, ma li avrà, li avrete tutti, è stato sempre così" – si stava chiedendo proprio chi gliel'avesse fatto fare di esporsi così. In fondo, a lui, non gliene fregava nulla. Aveva già deciso di partire subito ... Luanda non era Lourenço Marques e a lui la situazione non sembrava affatto diversa, solo più lenta nella sua naturale evoluzione d'odio e sangue.
Marçela si avvicinò a lui e gli mise una mano sul braccio che reggeva il bicchiere, dicendo poi con dolcezza:
"Sappiamo queste cose, ne abbiamo parlato tra noi da molto prima che Lisbona decidesse di abbandonare le colonie, ma abbiamo visto che la situazione in Angola è molto diversa. Non ci sono odi tribali. I guerriglieri

compivano attentati contro le truppe coloniali, per indurli ad abbandonare le colonie e lasciar libero il popolo di governare la propria terra e noi vogliamo farlo, vogliamo partecipare. Tutto deve tornare al popolo, terre, miniere, città ... tutto del popolo e senza spargimenti di sangue ... ce la faremo. Domani andremo a fare un giro nell'interno, potresti venire con noi ... vedrai con i tuoi occhi!"
"Mi farebbe piacere ... ho un solo impegno domattina presto, ma verso le dieci sarei libero, dove andiamo?"
"Sì, avevamo intenzione di partire proprio a quell'ora. Andiamo in un villaggio, a circa trecento chilometri da qui, lungo il fiume Lucala, nei pressi delle cascate del Duque de Braganza, sono molto belle, le più alte dell'Africa, 150 metri di salto d'acqua ... ti piacerebbe vederle?"
"Certo, ho visto pochi giorni fa quelle Vittoria, sullo Zambesi, uno spettacolo davvero impressionante".
Aspetta di vedere queste allora ... sono cinquanta metri più alte e ne sentiremo il rombo da almeno un chilometro prima di arrivarci. Quello che impressiona di più è che sembra che l'acqua sgorghi dalla foresta, non si vede il fiume, solo le chiome degli alberi e, sotto di queste, la schiuma che si lancia di sotto".
"Non vedo l'ora ..." – concluse Tony, che stava per invitarla a bere qualcosa in camera sua. Ma si trattenne nel vedere che gli ospiti stavano lasciando l'hotel e un gruppo di questi stava raggiungendo le auto, dall'altro lato del giardino, in fondo alla piscina. Una donna, anch'essa con capelli afro ma la pelle più scura, una bella signora, chiamò Marçela, facile intuire che fosse la madre.
"Allora, ci vediamo domattina, verremo a prenderti alle dieci. Abbiamo le Land Rover, fatti trovare pronto" – ordinò Marçela.
"Un ragazzo con le treccine afro ai lati del capo e il resto della capigliatura acconciato con grosse trecce rasta, passando davanti a Tony sorrise dicendo: "Non farci caso, Marçela è il nostro capo perché è in gamba, non è arrogante, ma a volte parla con un tono che a non conoscerla può sembrare arrogante. Gli piaci, altrimenti non ti avrebbe nemmeno rivolto la parola ... a domani."
"Hola! ..." – rispose Tony, ai saluti dei suoi nuovi amici, ritirandosi nella sua camera. Meglio così in fondo, era stanco, troppi avvenimenti si erano inseguiti a vicenda in quegli ultimi giorni, aveva bisogno di riposo e, dopo una bella doccia, si accasciò sul letto, nudo, a pancia sotto e braccia larghe, ... come una sogliola morta!
Fu il sole del mattino a svegliarlo, aveva lasciato la persiana parasole aperta, ma fu un bene o avrebbe dormito fino a tardi. Il tempo di radersi e

corse nell'ufficio di Luiss. Erano d'accordo che lo avrebbe accompagnato in banca per l'operazione di spedizione di cash. Aveva la sua borsa con se, ma solo la luger. A Luanda non c'era ancora un clima da AK-47 al guinzaglio. Anche se a lui sembrava che non mancasse molto, erano tutti molto impegnati a fingere il contrario, come già aveva visto fare a Marques ... e allora, si diceva, perché fare il guasta feste? Non gli costava molto ostentare tranquillità a sua volta ... in fondo a lui non importava un granché di cosa sarebbe successo. Tra poco avrebbe fatto un giretto nell'interno, visto anche queste cascate e, poi, avrebbe cercato un imbarco al porto per altri lidi, nuove avventure.
Luiss lo ricevette con un sorriso, si stava versando da bere e ne offrì anche a Tony. Un goccio di Porto ... non lo rifiutò, poi disse:
"Ho visto che hai fatto amicizia con Marçela Cadiz ... ragazza intelligentissima, ha due lauree, una in psicologia e l'altra in biologia. Figlia di miei carissimi amici ... comportati bene!" - disse, in tono di scherzoso rimprovero, che Tony accettò.
"Certo, avevo capito che era un'intellettuale, molto intelligente, ma anche indottrinata. Le sue idee politiche le ho sentite spesso ... sono tutte utopie irrealizzabili e irrealizzate. Mi ha invitato ad andare con lei a visitare le cascate del Duque de Braganza ... niente di più."
"Bellissime, vale la pena andare a vederle ... niente di più? ... ah ah ah! Tony... Tony... Ho visto come la guardavi mentre ballava ..." - Luiss s'interruppe, uscendo dall'ufficio e andando verso la macchina che l'attendeva seguito da Tony.
Il Direttore della Banca Nazionale fu molto cordiale con Luiss, si vedeva che erano in confidenza. Parlarono tra loro per qualche minuto, poi Luiss lo presentò:
"Questo giovane amico, mio ospite all'hotel, vorrebbe spedire in Europa del denaro, è in valute diverse, tutte europee, più dollari americani. Li abbiamo contati in hotel, sono corrispondenti a centomila dollari usa al cambio ufficiale.
Vorrei tu li facessi partire con il sistema che uso io e con le commissioni addebitate alla mia ditta ... glielo devo! Se non lo avessi avuto come ospite a Marques, non so se avrei potuto essere qui adesso".
Il direttore si mostrò molto colpito dalla presentazione di Luiss:
"Bem-vindo à Luanda Senhor Vero. La città non offre molto di questi tempi, ma cerchiamo di superarli meglio possibile. Può fornire il recapito dell'intestatario e la banca trattante nel paese di destinazione?"
"Sì, è tutto scritto qui, con i codici internazionali della banca e i dati del ricevente" – replicò Tony, consegnando il biglietto che aveva in camera.

Il Direttore, Antonio Salinas, era un tipo ossuto, con corti capelli brizzolati e pizzetto, sormontato da un naso leggermente adunco e occhi nerissimi, molto vivi. Ispirava efficienza e, infatti, consegnò tutto a un suo funzionario che uscì con la borsa, bloccando con un gesto della mano la sorpresa di Tony che non avrebbe voluto perdere di vista tutto quel denaro. Poi, con un gesto del capo e della mano, che si traduceva in una richiesta di accomodarsi nelle poltrone davanti a lui, agitò una campanella e arrivò un impiegato, con un vassoio e una caraffa di spremuta di agrumi con ghiaccio e dei bicchieri da cocktail, che servì.
"Gustoso, cos'è?" – chiese, apprezzando davvero quel gusto agrodolce che a lui piaceva. Aveva sentito in sottofondo anche il sapore del rhum, ma era la frutta a dargli quel sapore.
"Un mix di frutta locale, con lime e rhum, in proporzioni che conosce il nostro barman ... non saprei dire di più, ma piace anche a me – replicò con un sorriso, portando il bicchiere alle labbra dopo un brindisi - ... A tempi migliori!"
Il funzionario tornò con la borsa e le carte d'accompagnamento da firmare.
"Sono novantacinquemila dollari al cambio odierno signor Direttore".
"Sì, esatto, ho tenuto cinquemila dollari per le mie spese ..." – confermò Tony.
Bene, allora basterà firmare gli ordini e oggi stesso il denaro sarà in viaggio verso Lisbona, poi, la nostra Banca in sede, provvederà a inoltrarlo alla sua banca e al destinatario" – disse, porgendo la penna a Tony che firmò senza leggere, erano tutte noiose distinte di versamento e spedizione ... e quelle persone erano l'immagine dell'onestà e della correttezza professionale.
Furono invitati a pranzo da Luiss, ma Tony declinò l'invito, dicendo:
"Degli amici si sono offerti di portarmi alle cascate del Duque de Braganza e voglio approfittare di questa cortesia per visitarle. Mi han detto che sono molto belle" – il direttore lanciò uno sguardo interrogativo a Luiss che rispose:
"Gli amici di Marçela Cadiz, Antonio, Roberto ..."
"Oh sì, la migliore gioventù di Luanda, mi scuso dell'indiscrezione, ma volevo sapere se erano persone fidate, si sono sentite storie di turisti derubati dalle guide, a volte uccisi ... ma non è certo questo il caso".
"E se lo fosse ... ti assicuro che Tony saprebbe come difendersi, ci sarebbe stato semmai da preoccuparsi della sorte delle guide ... Ah ah ah!"
"Davvero? ... interessante ... Non vorrebbe un incarico per la nostra banca senhor Vero?"

“Hey Antonio … non lo vuole, altrimenti c’era già un'offerta per l’hotel. Non intende fermarsi qui ancora per molto, purtroppo”.
“Peccato … Non ci giudichi da questi brutti momenti senhor Vero, la vita a Luanda era dolce e non c’è motivo perché non debba tornare a esserlo. Ma sono giorni d’incertezza e, chi sa come agire in certi momenti, sarebbe oltremodo prezioso. Non vi trattengo oltre, le farò avere conferma della consegna del denaro all’hotel, giusto tra qualche giorno, di solito quattro” – concluse dandogli la mano. Due parole ancora con Luiss che gli confermò che l’attendeva a pranzo … gli sembrò di capire un pranzo di lavoro, e furono fuori.
In camera si vestì più comodamente e preparò una capiente borsa di giuncaglie intrecciate, presa lungo la strada, con un pantalone di ricambio, due magliette, due slip, calzini e, sotto, ben coperto, il Kalashinkov.
“… Hai visto mai? … a me tutta questa pace e libertà in arrivo non mi convince e se non serve … meglio. Vuol dire che gli ho fatto fare un giro. Con Luiss e la meglio gioventù di Luanda intorno, la polizia non avrebbe certo frugato la borsa e, degli eventuali altri … sarebbe stato bene per loro, non arrivare mai a frugare nella mia borsa” - pensò, scendendo nella hall.
Gli amici furono puntuali. Si erano divisi su due Land Rover e Tony saliva su quella dove alla guida c’era Marçela, gli lasciarono il posto accanto al guidatore, con la borsa davanti ai piedi. Erano attrezzati di tende e tutto ciò che occorreva per una lunga permanenza lontano da centri abitati. Tony chiese a Marçela:
“Credevo che fosse una gita “fuori porta”, perché tutta questa attrezzatura? Non dovevamo rientrare stasera?”
“Ah ah ah … no, non è una gita fuori porta, io rientrerò stasera per impegni in città, ma loro dovranno fermarsi qualche giorno e poi spostarsi a sud, verso l’altopiano del Bié. Noi siamo volontari che si occupano dell’integrazione culturale delle popolazioni indigene. Sono tutti analfabeti, ignoranti e per questo possono essere facilmente ridotti in schiavitù. Noi pensiamo che, quando avranno imparato a leggere e scrivere, soprattutto i bambini, si potrà costruire un nuovo Angola, una Repubblica veramente democratica. Non ci può essere Democrazia senza un popolo consapevole dei suoi diritti … capisci il concetto?”
Tony capiva il concetto, ed era ammirato da questa costanza e volontà altruistica. Gli erano sembrati ragazzi in gamba anche a prima vista ma, conoscendoli meglio, restava davvero piacevolmente sorpreso. Erano tutti figli di ricchi coloni, potevano rientrare in Portogallo e vivere agiatamente in un paese civile. Invece sceglievano di restare qui, in mezzo a gente che

li avrebbe presto visti solo come figli dei colonizzatori e forse perseguitati e discriminati per questo ... ma preferiva anche lui considerarla solo una possibilità, non una certezza.
"Ammirevole! ... è bello quel che fate, ma sei certa che sarà riconosciuto? La storia insegna che questi tentativi sono miseramente falliti. Appena ne avranno la possibilità, altri li spingeranno a considerarvi colonizzatori, figli degli invasori e finirete perseguitati. Cosa vi farà credere che questa volta non sarà cosi".
"Non lo sappiamo e non ce lo chiediamo. Noi crediamo nel socialismo e il socialismo non è una merce che si compra o si vende al mercato. E' un ideale che si ha, oppure no e chi lo ha sente il bisogno di seguirlo. Questo è il nostro popolo e noi lo amiamo, che ci ami oppure no. Lo facciamo per noi, per star bene con noi stessi e non ci aspettiamo riconoscenza o alcun genere di compenso. Noi ci battiamo per una giusta causa, lo sentiamo e tanto ci basta.
In questo modo ho conosciuto l'anima profonda del popolo angolano, ho viaggiato nell'interno, dove ho potuto scontrarmi con le difficoltà quotidiane di un popolo che, in massima parte, vive ancora nelle condizioni dell'età della pietra ... sembra di fare un viaggio nel tempo, anziché nello spazio. Un'emozione unica, irripetibile ... puoi venire con noi se ti va. Stasera io rientro in città, ma fra due giorni devo raggiungerli in un nostro campo a oriente, verso il confine con il Congo".
"Beh ... se non ti disturbano le mie perplessità ... sì, verrei volentieri.
Mi ero riproposto di conoscere il cuore dell'Africa e questo va in quella direzione, conoscerò la preistoria Africana, non mi dispiacerebbe, sempre che, si spera ... non si finisca in pentola ... ah ah ah!"
"Ah ah ah ... no, in Angola no, non si corre quel pericolo. Da noi non si è mai praticato il cannibalismo, nemmeno in epoche ataviche. In Congo sì, le popolazioni del Congo usavano divorare i nemici vinti e catturati durante le guerre tribali. Ancora oggi si sono visti episodi di cannibalismo e di carne umana addirittura venduta nei mercati. Ma sono cose delle foreste degli altopiani a oriente e a Sud di essi, verso l'Africa centrale. Occorrerebbe fare uno studio antropologico su questo, perché normalmente l'uomo prova repulsione per la propria carne. Evidentemente, però, questa repulsione non è atavica, ma dovuta a freni morali indotti dalle religioni, anche se è vero che anche alcune altre specie rifuggono dal nutrirsi della propria specie, il detto cane non mangia cane, lo avrai sentito dire immagino, non è un semplice detto. Mi sono ripromessa più volte di farlo alla prima occasione, ma cose più urgenti me l'hanno sempre impedito".

“Ah sì? … beh, fammelo sapere quando deciderai di farlo perché, se sarò in zona, cercherò di allontanarmi nella direzione opposta!”
“Ah ah ah … sì, lo so, l’argomento provoca repulsione al solo sentirne parlare, eppure qualcuno dovrebbe farlo. Perché nella Repubblica centrafricana, per esempio, si sentono storie orribili e non sono invenzioni. Bokassa, che si è fatto incoronare imperatore, ha il frigo pieno di uomini e donne che affida alle cucine, per averli come piatto forte nei suoi pranzi. Ma non è il solo, anzi, tra quelle popolazioni il cannibalismo è molto diffuso”.
“Già … vai ad insegnargli la civiltà ed il diritto … ti guarderebbero con attenzione, ma come noi guardiamo un agnellino o un porcellino…”
“Ah ah ah … Sì dev’essere. Tuttavia molti missionari operano fin dal secolo scorso per diffondere il vangelo e l’amore per il prossimo …”
“Davvero? … e ne hanno mangiati molti?” – concluse Tony, girandosi verso il finestrino alla sua destra ad ammirare i salti di un branco di gazzelle spaventate dalle auto in corsa. Alcune saltavano davanti alle auto cercando una direzione di fuga, pensando di essere inseguite da predatori. La pista in terra battuta, rossa, come quasi tutta la terra in Africa a causa della grande quantità di ossidi di ferro che contiene, era abbastanza regolare, senza buche e le ruote vi scorrevano silenziose attraversando una vasta savana, interrotta da tratti di selva e mostrando alla sinistra alte colline boscose, a volte rocciose.
Aveva appena visto una famiglia di giraffe brucare le cime di un gruppo d’acacie per niente infastidite dal loro passaggio, quando Marçela indicò davanti a sé, a sinistra della pista, qualcosa di bianco che veniva fuori da un tetto verde, chiaramente una foresta molto piccola. Il rombo del motore copriva quello della cascata … però, il colpo d’occhio era maestoso.
“Avevi ragione, è evidente che sono più alte delle cascate Vittoria, anche se meno estese … come mai non se ne sente parlare in Europa?”
“Non so, il Portogallo e le sue colonie, a parte il Brasile, non hanno mai avuto lo stesso onore delle cronache delle colonie inglesi o francesi. Eppure l’Angola è Africa vera, nemmeno del tutto esplorata. L’Altopiano del Biè, poco oltre Noa Lisbona, è noto solo lungo la ferrovia che lo attraversa da Benguela, sulla costa, diretta in Congo, a Kinshasa, per le miniere. Il resto di quel territorio immenso è abitato solo da piccoli villaggi Bantù, nessun insediamento, nessun colono, solo foreste e savana … ecco, stiamo arrivando al Lucala. Ci accamperemo vicino all’ansa ai piedi delle cascate, forma una piccola insenatura. Il Villaggio di Vicente, in questa stagione, si trova lì. Non sono sedentari, ora che sta per iniziare la

stagione delle piogge si allontaneranno dal fiume perché andrà in piena e alluvionerà tutta questa zona, rendendola un acquitrino".

Attraversato un breve tratto in ombra, perché sovrastato dalla chioma di enormi alberi che riparavano la pista dai raggi di quel sole spietato, giunto ormai allo zenit, furono circondati da nugoli di bambini urlanti che correvano incontro alle auto che si fermavano davanti ad un gruppo di capanne di fango e paglia, messe all'interno di una palizzata ricavata da rami d'albero, piantati al suolo e tenuti assieme in circolo da cordame ricavato da erbe palustri.

Uomini e donne si avvicinavano alle auto sorridenti e Marçela e gli altri gli andarono incontro.

Marçela aveva portato materiale per la piccola scuola di quel villaggio. Materiale identico a quello che Tony ricordava ancora, appeso ai muri della sua classe di prima elementare, con le lettere e le vocali in grande e sullo fondo della tavola un esempio animalesco del suono della vocale "o", consonante "B". A come asino, Z come zebra ... i bambini li guardavano come se fossero le cose più straordinarie del mondo ... e lo erano certamente laggiù, in culo all'Africa.

Si allontanò per dare un occhiata in giro, mentre tutti erano impegnati a scaricare quel materiale nella capanna rettangolare, evidentemente fuori norma, in un villaggio di capanne rotonde ... che sicuramente era la scuola voluta da Marçela. Dentro il villaggio c'era ben poco da vedere. Decise di avvicinarsi a piedi al rombo che sentiva non troppo distante, oltre la foresta che delimitava la pista che terminava lì, al villaggio, divenendo un piccolo sentiero, probabilmente quello ricavato dai passaggi ripetuti delle donne dirette al fiume a riempire le brocche d'acqua da bere e a fare il bucato. Ne incrociò una che rientrava, infatti, e si sorprese di vederla con una grande brocca in testa, portata senza sforzo apparente e in perfetto equilibrio, come aveva visto fare negli anni della sua infanzia, alle donne del suo paese. Sorrise incrociandola, ma non ebbe alcun cenno di risposta al suo saluto, anzi, impercettibilmente, ma gli sembrò che avesse accelerato il passo.

"Si starà chiedendo chi sono e, sicuramente, non ha visto molti bianchi arrivare fin lì e, quando è successo, il più delle volte sono state rogne" – pensò, mentre svoltando il sentiero si ritrovò davanti alla vista dell'origine di quel rombo di tuono, sordo e distante, eppure così potente. L'acqua ribolliva di schiuma candida sotto quelle colonne di marmo in movimento. A fissarle si aveva l'impressione che il movimento invece che discendente fosse ascendente, illusioni ottiche, certo, ma ... sembrava vero e, poco distante da lui, il turbinio delle acque in fuga dalla cascata formava una

piccola insenatura d'acqua cheta, circondata da rocce basaltiche e da alberi d'alto fusto che davano senso alla parola "natura incontaminata". Era un immagine degna di opere olio su tela, di pittori d'altri tempi.
Si avvicinò all'acqua senza poter distogliere lo sguardo dalle colonne d'acqua che continuavano a venire giù imponenti e inarrestabili.
Sedette su una roccia della riva, all'ombra, senza pensieri, circondato da tutti quei colori forti e nella mente il rombo ... ancora quello, sempre quello ... che sembrava volergli ricordare qualcosa, ma non riusciva a farlo. Avrebbe voluto riuscirci, ma non sapeva come. Poteva solo accettare quella sensazione e subirla, in attesa di scoprire, com'è stato per le impronte sul deserto di sale, il suo significato.
Avrebbe voluto fare un bagno ma ... era in Africa e, prima, doveva sapere che genere di mostri nuotavano sotto il pelo di quell'acqua cheta. A quel pensiero decise di tornare velocemente al villaggio, quella era anche un'abbeverata e lui aveva lasciato anche la luger nella borsa ... Non aveva alcuna intenzione di fare l'invitato alla cena di qualcuno.
Raggiunse la scuola, dove stavano montando le tavole a parete. Si vedeva che era stata fatta su indicazione di europei. Era ben squadrata e le pareti, intonacate con argilla impastata con erba secca, erano ben lisciate. Piantarci dei chiodi per reggere le tavole era agevole e le reggeva bene. Tutte le pareti erano piene di tavole. Semplicemente guardando, stando sulla porta, poté farsi un idea di come funzionava. Marçela e gli altri si erano assunti l'onere di istruire alcuni adulti, in quel caso una ragazza, i quali, poi, sarebbero stati le maestre e i maestri del villaggio. L'obiettivo era quello di alfabetizzare i bambini, toglierli dall'ignoranza abissale in cui crescevano e, quando era gradito, anche gli adulti.
Antonio raggiunse Tony e l'invitò ad una battuta di caccia.
"Prenderemo qualche gazzella per cena. Quando arriviamo si fa festa, ma alla carne pensiamo noi, con un buon fucile è facile, basta trattenere il fiato, perché le gazzelle sentono anche i sospiri in avvicinamento e schizzano via e, una volta che hanno iniziato a saltare come fanno loro, colpirle è davvero difficile. Ci porta Vicente, è del villaggio, conosce bene i dintorni. Hai portato un fucile?"
"Sì, è nella mia borsa, ho visto che la scaricavano, dov'è?"
"Per il momento è poggiata a terra, all'ombra di quell'albero, dopo la staccionata delle capre. Poi la porteranno alle tende che monteremo al rientro. Ma ... tu e Marçela non vi fermerete per la notte. Perchè non rinviate a domani mattina? ... si viaggia meglio di mattina e qui il sole tramonta di colpo, si rischia di finire fuori pista e son dolori. .. Nessuno che venga in soccorso ... meglio non rischiare".

"Mah ... sono ospite, lascio decidere a voi, andare a caccia non mi dispiace. Non è per sport, ma per mangiare, altrimenti, uccidere animali selvaggi per divertimento lo considero spregevole".
"Sì anch'io – disse Antonio, mentre Tony tirava fuori il fucile mitragliatore dalla borsa – Hey ... ma è un kalashnikov ... accidenti, non ne ho mai visto uno ... com'è?"
"Per la caccia non è un granché, è un arma da guerra. Sulla distanza è impreciso ma, diciamo fino ai cento metri, è abbastanza affidabile".
"davvero? Come mai? Ne ho sentito dire un gran bene ..."
"Ripeto, come arma da guerra, fucile mitragliatore individuale di tipo tattico, è perfetto, una delle migliori armi in commercio, ma proprio per renderlo tale, gli hanno dato una cartuccia da 0,39 di lunghezza e questo gli da maggiore autonomia e volume di fuoco ma, a discapito della potenza, quindi della gittata. Perché se un proiettile deve avere la potenza di un fucile di precisione, le munizioni devono essere circa il doppio, per esempio da 0,62 o maggiori. In questo modo la portata del tiro utile è data dalla mira di chi lo usa, perché la pallottola, avendo ricevuto una spinta adeguata, non devia e non tende a rotolare su se stessa oltre quel breve spazio di tiro utile. Gli esperti hanno valutato che in uno spazio tattico, in una battaglia, non serve una lunga gittata, serve un maggior volume di fuoco perché tutto si svolge a breve distanza. Lasciando, quindi, alle armi da cecchino il compito dei tiri lunghi. Vedi le pallottole inserite nel caricatore? Sono lunghe quasi la metà delle tue" – disse Tony, mostrandogli il caricatore dell'AK-47.
"Accidenti ... sei riuscito a farmi capire la differenza persino a me che, fucili da caccia a parte, di armi, specie da guerra, non so niente. Sei un commerciante d'armi o ... un esperto?"
"Sono un ex militare ... All'inizio della mia vita avevo scelto la carriera militare, poi la vita mi ha spinto in altre direzioni ma, quello che s'impara davvero non si dimentica più. Sono esperto ed anche bravo con le armi da guerra. A 16 anni, sono stato l'unico a colpire esattamente sotto la torretta, nel punto giusto, un carro armato da esercitazione, con un razzo anticarro sparato da un fucile modificato e con una pallottola a salve per innesco del razzo. Non chiedermi di dirti di più ... non capiresti, dovrei averlo qui per mostrartelo".
"No, no ... mi basta questo. Ma, allora lavori per Luiss Vargas ... sicurezza o qualcosa di simile?"
"No ... non lavoro per Luiss, l'ho conosciuto a Marques e l'ho aiutato a raggiungere l'aeroporto. Così, lui, mi ha dato un passaggio col suo aereo fin qui e mi ha offerto ospitalità nel suo hotel. Sì mi ha offerto un lavoro in

questo senso, ma non m'interessa. Tra breve riprenderò il mio viaggio … al momento voglio conoscere meglio l'Africa, quindi, Ok alla battuta di caccia!"
"Dai, monta … Roberto, metti in moto … si parte …" - concluse Antonio, salendo sulla Land Rover.
Tony ci saltò su che già si stava muovendo. Avevano levato la cappotta, era di tela incerata, per avere una visuale migliore.
Non presero per la pista, ma nelle erbe alte, sulla riva destra del fiume alla ricerca di un branco di gazzelle che, al calare del sole, si avvicinano al fiume per l'abbeverata. Tony ebbe l'idea di suggerire una zebra. A lui piaceva la carne di cavallo e non gli sarebbe dispiaciuto mangiare carne di equino africano prima di lasciare l'Africa.
"Ah ah ah … hai un tritacarne al posto dei denti Tony? … la carne della zebra è commestibile solo per i leoni, dura e fibrosa in maniera da renderla immangiabile. Restiamo sulle gazzelle e, se capitano, facoceri, senti a me. La carne selvatica non è come quella d'allevamento, anche quella di bufalo è saporita, ma se è di un bufalo selvatico … è masticarla che è un problema!"
"Capito, vada per la gazzella allora … ma lascerò a te il primo tiro. Una carabina Beretta è sicuramente più adatta del Kalasnikov, se sbagli, però, poi toccherà a me, Ok?" – stavano procedendo lentamente in mezzo a erbe alte, talmente alte e fitte da non permettere di vedere oltre il muso della Land Rover.
"Dove siamo? Avete idea delle condizioni del terreno … non rischiamo di finire in qualche fosso?"
"Tranquillo Tony, siamo passati di qui tantissime volte, è una pianura alluvionale. Il fiume, ogni anno, durante la stagione delle piogge va in piena e straripa, ricoprendo d'acqua tutto questo tratto di savana livellandolo. Perciò, sotto le erbe alte, è liscio come un tavolo da biliardo. Poco più avanti c'è una radura con fondo pietroso, ciottoli portati dal fiume e senza erbe, a parte qualche cespuglio, e scenderemo dall'auto per avvicinarci a piedi a qualche branco di gazzelle, il motore dell'auto ci segnala e le fa fuggire troppo presto".
In effetti arrivarono in una radura sassosa, quasi priva di vegetazione e scesero dall'auto per proseguire a piedi, in direzione del fiume, sperando di cogliere qualche branco diretto all'abbeverata. La costeggiarono, restando nascosti dalle erbe alte. Sarebbe bastato abbatterne una, al massimo due per risolvere la cena.
"Aspettami, non allontanarti così, può esserci un pericolo tra le erbe e non saresti coperto dal mio fucile" - disse Tony ad Antonio, mentre Vicente

prendeva il macete per andare davanti a liberare il percorso. Camminavano così, lentamente, uno dietro l'altro, con tutti i sensi all'erta quando, davanti a loro, sentirono sbuffare con forza. Un attimo dopo si videro la strada sbarrata dal fianco di un bestione nero che tagliava loro la strada. Davvero impressionante la mole di quel bufalo, sicuramente un maschio che proteggeva i confini del suo pascolo e delle sue femmine. Tony si era immobilizzato in silenzio, certo che anche gli altri avrebbero fatto lo stesso. Erano sottovento, non avrebbe sentito il loro odore e non li aveva visti, avrebbe proseguito tranquillamente la sua marcia senza voltarsi indietro. Invece ... l'esplosione della fucilata lo colpì violentemente allo stomaco come un calcio di mulo. Gli tolse il fiato per qualche secondo ed ancora peggio fece la vista del sangue sulla spalla di quel bestione ferito ad una spalla da Antonio. Il bufalo, con una serie di muggiti di dolore mista a rabbia, si lanciò in corsa nella direzione opposta alla fucilata che aveva udito e sentito sulla pelle.
"Dannazione! ... perché hai sparato? Non ci aveva visti e non è un predatore ... se ne sarebbe andato per la sua strada. Ora è ferito e furioso ... vorrà vendicarsi".
"Questo è un fucile da caccia grossa Tony. L'ho preso sulla spalla perché è quella che mi ha mostrato e che mi sono trovato davanti, non ho avuto il tempo di riflettere altrimenti avrei mirato più in basso, a cercare il cuore. Ma è ferito gravemente e perde molto sangue guarda le tracce – disse Antonio, mostrando le erbe piegate dalla mole del bufalo schizzate di sangue – seguiamolo, gli daremo il colpo di grazia. Povera bestia, non deve soffrire inutilmente, ormai è condannata".
Tony li seguiva senza poter dire altro, non era mai stato a caccia nella savana, tantomeno di bufali. Eppure, qualcosa non lo convinceva, sentiva che stavano sbagliando, ma non sapeva perché, né cosa fare. Si limitava a seguire loro, imbracciando il Kalashnikov e con gli occhi fissi alle erbe alte di fronte a loro. All'improvviso ricordò.
"Figlio di puttana arriva!" – gridò, mentre, girandosi di scatto, mise il ginocchio destro a terra, piegandosi con la gamba sinistra e portando il mitragliatore alla spalla, pronto a far fuoco, mentre la terra sotto il suo ginocchio tremava. Appena un attimo ed eccolo lì, sbucare dalle erbe alte alle loro spalle, li caricava a testa bassa e pronto a travolgerli con la sua mole possente e straziarli con le terribili corna che mostrava sopra un collo impressionante. Un demonio nero, reso ancora più temibile dalla macchia rossa sulla parte alta della spalla, letteralmente irrorata di sangue e che lo aveva reso furioso e assetato di vendetta.

Sì! ... era condannato e lo sapeva, ma tutt'altro che arreso, stava per prendersi la sua rivincita. Tony , grazie a uno dei suoi dejavue ed al fatto di avergli dato retta, stava già prendendo la mira, pronto a sparare un attimo prima che apparisse e premette sul grilletto per una scarica breve, 3 o 4 colpi al massimo, ma tutti sulla testa, appena sotto le corna e poté vedere quella montagna di muscoli, lanciata come un treno su di lui, stramazzare sulle ginocchia anteriori, improvvisamente piegate a terra, trascinarsi ancora, già morto, per più di un metro, dalla forza d'inerzia della sua mole, ancora impegnata nello slancio che aveva preso per caricarli. Il suo musone nero si fermò a poco più di un palmo dal ginocchio di Tony. Vedeva davanti a se la devastazione provocata dalla raffica di kalashnikov sulla sua fronte, da dove il sangue fuoriusciva misto a materia cerebrale. Poteva sentire l'odore acre del bufalo, misto a quello del sangue. Si alzò in piedi, poi si voltò verso i due che erano rimasti impietriti alle sue spalle ... impalliditi. Non si aspettavano che uno stupidissimo bovino, per quanto selvaggio e capobranco, potesse studiare una strategia d'attacco di quella portata: aggirarli facendosi inseguire nelle erbe alte, per poi tornare alle loro spalle ... con una sorpresa mortale.
In effetti, accettare l'idea che un bufalo africano, all'occorrenza, possa indossare i panni dello stratega, non era facile da accettare ma, i fatti parlano da soli.
"Ma ... ma ... ma tu ... come hai fatto a capire che stavamo facendo il suo gioco? ... che ci stava per attaccare alle spalle?" – balbettò Antonio, sinceramente spaventato da quello che stava per succedere e consapevole che, senza Tony, sarebbero stati morti entrambi, restando loro nella savana, maciullati da quelle corna e quegli zoccoli, a far da pasto, poco distanti dallo stesso bufalo, alle creature della savana.
"Mio padre! ... in Kenya, spesso a caccia di bufali per rifornire di carne il campo, mi raccontava sempre, da bambino, di questa tecnica del bufalo nero africano. Si lascia inseguire nelle erbe alte, nella pista che si forma dal calpestio dei suoi zoccoli sul terreno ma, dopo qualche decina di metri devia sulla sinistra, facendo in modo che la curvatura sia poco evidente, fino a che si rende conto di essere alle spalle dei suoi predatori che, a quel punto, trasforma in prede, facendoli a pezzi. Una strategia di specie, ne portano il ricordo nei geni. Non penso che questo bufalo conoscesse quelli dei racconti del babbo in Kenya ... sono solo della stessa specie.
Me lo sono ricordato quando vedevo che seguivamo le sue tracce, quello che lui voleva che facessimo e, immediatamente, come in un lampo, mi sono tornati a mente i dettagliati racconti di mio padre, sulle tracce dei

bufali, tra le erbe alte, proprio come adesso. Una specie di dejavue, in questo caso ereditato dai suoi ricordi e racconti.
Kakkio ... sì, ci avrebbe fatto proprio a pezzi, sono animali che attaccano anche i leoni!
Bene, adesso, prima che arrivino davvero i leoni, e quant'altro di affamato ci sia nella savana, a banchettare, attirati dall'odore del sangue, prendiamoci la nostra parte, dobbiamo fare presto o dovremo abbandonarlo qui e filare via".
"Corro alla macchina, la porterò qui ..." – gridò Vicente, mentre correva verso la Land Rover.
"Intanto noi possiamo cominciare a macellarlo come possiamo. Direi di prenderci il filetto, dovremmo riuscirci, corre lungo la spina dorsale... Passami il tuo coltello ... è ben affilato?"
"Come un rasoio ... tieni" – rispose Antonio passandogli il coltello da caccia.
"Tu, intanto, col macete, prova a spaccargli le ossa della zampa posteriore, quella rimasta a vista, dal momento che quella che sta sotto la carcassa difficilmente potremo prendercela, a meno che non si abbia una gruetta a disposizione ..." – esclamò, mentre iniziava a tagliare, con difficoltà, la durissima pelle del bufalo. Antonio era riuscito a staccargli la parte alta della coscia, ma gli occorreva aiuto per completarlo e, Tony, aveva il suo da fare per scoprire il muscolo della schiena. L'odore di stallatico del bufalo era esagerato, rispetto a quello dei bovini che era abituato a sentire. Da bambino aveva assistito molte volte alla macellazione di un bue e sapeva come si faceva, ma quelle operazioni le facevano sull'animale issato per le zampe posteriori, con una carrucola sulla sbarra, e potevano scuoiarlo con comodo, perché anche la pelle serviva per farne cuoio, poi si apriva la pancia per togliere le interiora, si divideva la carcassa in due e poi in quarti, tagliando a metà la parte superiore, spalla e costole e quella inferiore con la coscia e la parte bassa della spina dorsale. A quel punto i vari muscoli venivano separati sul tavolo. In questo caso, invece, l'animale era seduto sulle sue zampe, mezzo coricato sul fianco sinistro e, sopra di loro, volteggiavano già gli avvoltoi.
"Come accidenti faranno ad accorrere così rapidi ... li telefona qualcuno del pronto intervento avvoltoi?"
"Ah ah ah ... bella domanda Tony, nessuno lo sa, forse sono semplicemente di pattuglia dall'alba al tramonto e dall'alto vedono tutto quel che accade quaggiù. Quando vedono leoni a caccia, sanno già che ci sarà da ripulire le carcasse e, nel nostro caso, li avranno attirati le fucilate

che abbiamo sparato. Avranno imparato a riconoscere lo strano ruggito degli umani? ... ah ah ah".
Tony aveva pronunciato queste parole mentre la Land Rover arrivava fin sotto la carcassa. Vicente, scendendo ad aiutare Antonio a staccare la coscia con pochi abili colpi di macete, disse:
"Bisogna allontanarsi in fretta, un intero branco di leoni è diretto proprio qui".
"Venite ad aiutarmi, il filetto è allo scoperto, occorre solo staccarlo dalla carcassa. Vorrei prendere anche la lingua ..." – disse, mentre lasciava il filetto ai due, che avevano caricato la coscia sul cassone della Land Rover. Tagliò la mascella del bufalo per tutta la lunghezza, in modo da potergli vedere la lingua e, non potendo sollevargli il collo per staccarla dalla base, si accontentò di prendere la parte finale, era comunque un bel pezzo di muscolo da almeno un paio di chili. La prese in mano mentre i due avevano completato col filetto e il controfiletto da entrambi i lati e corsero assieme verso la Land Rover per caricare la carne e, appena raccolti i fucili da terra, i ruggiti che si erano fatti sempre più vicini mostrarono i musi dentati dei loro potenti proprietari. I re della savana erano arrivati a pretendere ciò che gli apparteneva. Il grosso maschio, con una criniera maestosa, si gettò subito sulla carne viva ruggendo e tentando di tenere lontane le femmine che, però, non gli davano retta, schivando le sue zampate e gettandosi sul corpo del bufalo dal lato opposto, strappando grossi pezzi di carne. Erano a bordo della Land Rover e col fucile imbracciato, pronti a respingere un attacco, ma i leoni avevano di meglio da fare e non si curarono di loro. Antonio fece marcia indietro, lentamente e facendo meno rumore possibile. Poi, ripartì in direzione del villaggio. Tony aveva fatto in tempo a vedere gli avvoltoi atterrare, impazienti, tutt'intorno alla carcassa. Non appena i leoni, saziati, si fossero allontanati, sarebbe venuto il loro turno. La legge della natura, mors tua vita mea! fa sempre in modo che niente vada perduto, tutto si trasformi.
In auto Roberto chiese a Vicente come mai lui non si fosse insospettito del comportamento del bufalo e fu Tony a rispondere per lui.
"Non lo sapeva perché non è mai andato a caccia di bufali. Gli indigeni, anche in Kenia non lo fanno. Le zagaglie non riescono nemmeno a scalfire la sua pellaccia e cercano prede più facili. Non è così Vicente?"
" Sì, è così, è la prima volta che vedo un bufalo nero così da vicino e sicuramente non ero mai andato a caccia con loro. Una volta li vidi, nella savana, andare a caccia dei cuccioli di leone per ucciderli a cornate o sotto gli zoccoli. Sembravano demoni e, da allora, ne sono stato sempre alla

larga. Questa volta ho seguito voi, altrimenti io sarei fuggito via, saltando come una gazzella" - precisò Vicente, strappando una risata che allentò la tensione di quella esperienza che stava per volgersi a tragedia.
Rientrarono al campo con quel trionfo di carne in bella vista e furono accolti dalle donne che la presero in consegna. Toccava a loro adesso completare la trasformazione del bufalo nel banchetto di quella sera.
Marçela lo rimproverò, se voleva restare lì per la notte avrebbe dovuto dirglielo, non l'avrebbe atteso e, ormai, si era fatto tardi per rientrare a Luanda, ora anche lei doveva restare lì a dormire e partire domattina.
"Ma io volevo che restassi anche tu ... andremo via assieme domattina. Anche io ho da fare qualcosa prima di lasciare Luanda per qualche giorno, ti dispiace davvero?" – chiese Tony con un sorriso.
"No, va bene ... in fondo anche domattina è lo stesso, ma ..." – rispose lei sorridendo a sua volta, leggermente imbarazzata dal tono della domanda.
"Mi accompagni al fiume? Vorrei levarmi questo sangue di dosso. Sai se è pericoloso farci il bagno? Chiedi un po' ai paesani ..."
"No, non è pericoloso. In questo tratto di fiume, troppo vicino alle rapide e agli scrosci delle cascate, i coccodrilli non si avventurano, tantomeno gli ippopotami. Nemmeno belve in abbeverata, perché non si avvicinano volentieri ai villaggi, hanno paura dell'uomo. Ci facciamo spesso il bagno, l'acqua è fresca e pulita, precipita proveniente dall'altopiano ... D'accordo, andiamo, ho avuto caldo anche io oggi e mangiato parecchia polvere, mi farò un bagno molto volentieri".
"Ohh bene! ... Questa è una buona idea ... andiamo, che l'odore del bufalo mi è rimasto appiccicato addosso".
S'incamminarono conversando amichevolmente. Marçela era molto soddisfatta della preparazione raggiunta dalle ragazze che aveva istruito ed anche se Tony aveva delle perplessità sull'utilità che avrebbe avuto l'acculturazione degli indigeni, non ne fece parola, perché l'entusiasmo e l'impegno che ci metteva meritavano rispetto. Però, era dell'idea che la Repubblica dell'Angola, libera e democratica, prima di educarla bisognava farla e la storia insegna che le nazioni si fanno con le armi in pugno, non con gli abbecedari. Meglio sarebbe, perciò, dargli i fucili e insegnargli ad usarli, per farlo davvero questo Angola libero.
Arrivati alle rocce intorno all'ansa del fiume, Marçela si spogliò subito mettendo la roba sulla roccia e restando in mutande, uno slip nero.
Si tuffò in acqua, mentre Tony finiva di spogliarsi, e nuotò sott'acqua, sparendo alla vista.
Tony entrò in acqua cercando di vedere dove si trovava, ma non era così limpida. Solo quando emerse poté raggiungerla con poche bracciate.

"Ho visto talmente tanti animali predatori o, comunque, pericolosi sui fiumi in Africa che non riesco a bagnarmi in piena tranquillità, anche a credere, come dici, che non ci siano. Potrebbe sempre esserci un coccodrillone indisciplinato e che se ne frega che nessuno degli altri lo fa e, viene a battere cibo proprio qui ..."
"Ah ah ah ... ma no, non si sono mai visti da queste parti e ancor meno adesso che sta per iniziare la stagione delle piogge. I fiumi si gonfiano e i coccodrilli amano le acque tranquille e i guadi dove gli animali si avventurano per attraversare in cerca di pascoli. Fanno così da milioni di anni ... non cambieranno abitudini stasera ..." – s'interruppe perché Tony le si era avvicinato e le aveva cinto la vita, fissandola negli occhi per capire se poteva andare oltre o fermarsi lì. I suoi occhi erano invitanti e le sue labbra socchiuse, la baciò e si abbracciarono nell'acqua fino al collo.
Tony stava con i piedi ben piantati sul fondo morbido del fiume e, lei, gli aveva cinto il collo con le braccia, reggendosi a lui. Un lungo bacio che ricordò a Tony che Marçela era una donna, una bella e giovane donna, nonostante gli atteggiamenti da direttrice di scuola.
La sua eccitazione montava con la passione di lei nello stringersi a lui e, Tony, con le mani che scendevano lungo i suoi fianchi le calava le mutandine per possederla lì, immersi in quelle fresche acque. Lei l'aiutò, sollevando una gamba in modo che lo slip si potesse sfilare almeno da una, restando avvolto nell'altra. Il suo lo calò lei, cercando la sua virilità per poi tornare ad abbracciarlo e prenderlo dentro di se ... eccitata e ansante ... stringendogli le cosce intorno alla vita e baciandolo freneticamente fino all'orgasmo che arrivò rapido e potente, forse perché l'avevano desiderato entrambi, fin dalla prima volta che si erano visti. Restarono così, uniti nell'acqua, mentre le lingue ancora s'intrecciavano tra le labbra, ansanti. Lunghi attimi di pace con l'intero universo, come nient'altro può provocare.
Si decisero a uscire da quella frescura, solo quando la luce aveva assunto quel colore particolare che, in Africa, significava che le tenebre erano in arrivo e, oltrepassato quel limite, scendevano di colpo. Il vociare di alcune donne, in arrivo con le brocche sul capo, fece il resto. Si tirò su lo slip, mentre Marçela si infilava il suo e uscirono, proprio mentre una donnona si levava dal capo una grossa tanica di carburante, riciclata per l'approvvigionamento d'acqua e non poteva fare a meno di ridere alla loro vista. Avevano certamente capito, ma ne risero anche loro. Erano amichevoli, alcune erano poco più che bambine e avevano molta stima per la loro maestra. Si sistemarono in tempo per procedere dietro il corteo delle acquaiole in direzione del villaggio. All'arrivo, il profumo della

carne arrostita e della gente che, intorno ai fuochi, l'accudiva era invitante, ma ci voleva ancora tempo. Doveva arrostire lentamente o sarebbe diventata ancora più dura di quanto già non fosse. La lingua la stavano bollendo in pentola. Come si faceva anche in Europa. Poi, una volta spellata, l'avrebbero cucinata in umido con una salsa d'erbe locali e molto peperoncino piccante.

Tony e Marçela restarono assieme fino all'ora di cena, lei aveva conversato con alcune donne e aveva visto che portavano stuoie e fogliame nella capanna adibita a scuola. Seduti intorno al fuoco conversavano serenamente. Marçela portava sempre il discorso verso la politica, ma Tony non si lasciava trascinare in quelle direzioni, lui non stimava affatto i politicanti che lei considerava eroi.

Fidel Castro e Che Guevara per Tony erano due fucilatori che, dopo la rivoluzione democratica del '59, avevano fatto fuori il vero capo della Guerriglia, Cienfuegos Camillo, precipitato con un aereo da turismo poco dopo l'elezione di Urrutia Leò a Presidente della Repubblica e hanno assunto il potere assoluto, appoggiati dal KGB sovietico in seguito a migliaia di fucilazioni sommarie. Andavano casa per casa a tirar fuori i dissidenti per ucciderli barbaramente ... non gli eroi del socialismo e della libertà che credeva lei.

Era anche vero che Agostinho Neto era un marxista leninista, ma credeva possibile coniugare il comunismo con la democrazia e cercava di farlo. Lui stesso, però, era andato al governo senza elezioni democratiche, solo perché all'ONU, l'URSS e Cuba, riuscirono ad avere una maggioranza per designarlo, in seguito ad accordi e patteggiamenti tipici della Guerra Fredda: lo do a te questo, tu dai a me quell'altro! Cosa c'era di democratico in questo? Tony non riusciva a capirlo e non riusciva a capire come mai, una persona intelligente e altruista come Marçela, si lasciasse ingannare dalla propaganda del Cremlino, controllato da personaggi che definire diabolici ... era fare torto ai diavoli!

"Ma tu come fai a sapere queste cose? ... o meglio, come fai ad avere la certezza che siano vere e non l'incontrario? Il Che è considerato un eroe nel mondo intero e tu, invece, lo ritieni un assassino. Fidel Castro è un mito per tutti noi e tu ne parli come di un tiranno ..."

E' molto semplice Marçela, ma è difficle da spiegare. Potrei farti qualche esempio, ma non riguardo ai due che abbiamo nominato, ma piuttosto in generale. Fidel e il Che, li posso valutare da ciò che han fatto e che è noto. Nessuno mi può far credere che fucilare gli oppositori a migliaia, mettere bombe tra la gente inerme o assassinare, anche se fingendo incidenti, gli avversari politici, possa essere una caratteristica da eroi. Chi fa questo

genere di cose, per me è, e rimane, un vile assassino, anche se le ammanta di bellissime ideologie e le trucca da ideali e necessità per arrivare alla società perfetta. Fare quelle cose porta giù all'inferno!
Ed è li che sono finiti e che finiranno tutti ... che ci credano oppure no!
Io, quando voglio capire una situazione o una persona, riesco a svuotarmi della mia personalità ... faccio tabula rasa e mi lascio riempire dalla sua... Per usare un termine diverso, lascio in libertà il mio spirito e mi faccio riempire da quello d'altri ... questo mi dona altri occhi per vedere e capire. Ogni cosa assume un colore e una forma diversa, persino i profumi e i sapori cambiano poiché è lo spirito che, ricevuti i dati dai sensi, li elabora e li traduce e se lo spirito è diverso, tutto è diverso.
Acquisiti i dati necessari, allora lo spirito può tornare nella sua dimora e analizzare tutto secondo la mia visione del mondo. Solo vedere il mondo con altri occhi, infatti, ci da la possibilità di averne un quadro completo, quanti più sono ... tanto più è completo! ... Capito?" – disse Tony, mentre i tamburi iniziarono a rullare e gli indigeni, coloratosi il viso e con l'abito tradizionale, una pelle che copre l'inguine, tenuta aderente in vita da una sorta di cintura, iniziavano a ballare avanzando verso il grande fuoco centrale alzando le ginocchia e sbattendo con forza il piede a terra, poi indietreggiando nello stesso modo. Marçela era rimasta a guardarlo, non sapendo cosa dire e lui si alzò dicendo:
"Scusami, vado a fare una cosa ..." – non precisando cosa, forse un bisogno.
Pochi minuti dopo, Marçela, ma anche Antonio, seduto al suo fianco, videro con sorpresa uno strano guerriero Bantù, a strisce bianche sul volto e con indosso solo la striscia di pelle stretta alla vita, avanzare verso il fuoco, insieme agli altri, e sbattere violentemente il piede a terra, poi indietreggiando nello stesso modo. Presero a ridere a crepapelle, ma Tony era serissimo e quando incrociò lo sguardo di lei, le fece solo un leggero sorriso e lei capì che le stava dimostrando cosa intendeva dire con ... farsi possedere dallo spirito altrui.
La luce dei fuochi rendeva tutto tremendamente arcaico e, quando poi passarono a simulare scontri con lance e scudi variopinti, Tony sembrava uno di loro, si muoveva come loro, urlava come loro ... e fumava come loro. Perché lo stregone che guidava le danze, passava tra i guerrieri a offrire la pipa fumeggiante di marijuana. Questo rendeva a Tony ancora più facile immedesimarsi nella parte ... anche improvvisando passi nuovi, che venivano addirittura imitati dagli altri ...
Marçela finì per alzarsi anche lei e unirsi a un gruppo di donne che, a quel punto della cerimonia, entrarono nella danza in fila indiana, una dietro

l'altra, a simulare uno strano essere con cento piedi e mani che avanzava e indietreggiava sbattendo con forza a terra il piede. Accompagnate dai rulli dei tamburi fino all'acme finale che terminò con una rullata velocissima e lo stop improvviso. Tutto si fermò ... la carne era pronta e ci si sedette intorno al fuoco, rimasto a brace, per farsi servire pezzi di carne arrostita al punto giusto e tegami con carne in umido di spezie selvatiche. Riconobbe anche la lingua, piccante come fuoco, ma ... saporita.
Marçela, sudata e ansante per la danza, si rimise vicino a lui e, ridendo, si appoggiò alla sua spalla:
"Non l'avevi mai fatto? ..." – chiese Tony.
"No, mai e non ci ho nemmeno mai pensato ..."
"E allora ... come puoi pretendere di capirli, se non hai mai provato a vedere il mondo con i loro occhi?"
La cena terminò che i fuochi stavano ormai spegnendosi e, mentre ognuno continuava a conversare col vicino, alla luce delle ultime fiamme, Tony sbadigliò di sonno. Era stata un'altra giornata piena e aveva proprio bisogno di riposare.
"Andiamo a dormire? ... dove mi avete sistemato?" – chiese per sapere se aveva capito bene.
"Nella scuola, con me" – rispose lei, con un sorriso malizioso.
"Ah ... bene, allora non credo che riuscirò a dormire ..."
"Invece io credo di sì. Domattina dovremo ripartire al sorgere del sole e sai quanta strada dovremo percorrere ... – disse Marçela, alzandosi e abbracciandolo - Avremo tempo a Luanda per altro".
Tony la seguì verso la scuola. Una tenda a colori etnici chiudeva l'ingresso e, di fronte ad esso, un giaciglio di erbe e fogliame seccato, coperto da una stuoia di giunchi intrecciati, o altro, con un telo che doveva fungere da lenzuolo. Un rotolo di paglia, ben legato all'altezza del capo, doveva essere il cuscino. Certo, non era un granché, ma era meglio della nuda terra. Si liberò rapidamente dei jeans e delle scarpe e si sdraiò sul giaciglio, scoprendo che non era affatto male, morbida e rigida al punto giusto. Così come ricordava essere i materassi di crine della sua infanzia. Poi guardò Marçela che si spogliava, poggiando la sua roba sulla sedia della maestra, non per terra, come aveva fatto lui. Aveva delle cosce robuste e dei seni piccoli, nell'insieme in armonia con il suo viso e la sua capigliatura Afro e, alla luce che ancora filtrava dai fuochi dietro la tenda, vide brillare i suoi denti bianchissimi, nel sorriso che le fece, accorgendosi che la stava ammirando.
Quando la raggiunse fu subito catturata dalle braccia di Tony che non aveva più sonno e approfondirono meglio la conoscenza dei loro corpi.

Marçela lo cavalcò a lungo, fino ad accasciarsi con un gemito su di lui. Quando ripresero fiato iniziarono a baciarsi dolcemente, fino a cadere addormentati così.
"Il canto di un gallo!?... Possibile? ... in Africa?" – albeggiava, era l'ora giusta per un gallo di dare la sveglia, ma credevo che in Africa non ce ne fossero. Baciò Marçela, ancora su di lui, con la testa sul suo petto.
"Buongiorno, ho sentito cantare un gallo, ma forse stavo sognando ... però è l'alba."
"No, non stavi sognando è Carlito ... glieI'abbiamo regalato noi, con alcune galline ovaiole, per le uova".
"Immagino che sia troppo complicato lavarsi e radersi, se vado al fiume non ne torniamo più ..."
Ah ah ah ... no, niente fiume. Però c'è una brocca e un catino di terracotta se vuoi lavarti e raderti. Là, vicino alla porta ... vedi?"
"Sì, mi voglio lavare, ma per radermi no, lo farò a Luanda ... vuoi lavarti prima tu? ... io guardo! ... poi mi lavo io e guardi tu!"
"Ah ah ah ... stupido ... non voglio che mi guardi, mi vergogno!"
Ah si? ... io no, puoi guardarmi se ti va ... Per quanto riguarda te ... dovrai prenderci dimestichezza ... provvederemo" – rispose, facendola sorridere, ma si accucciò sul catino, dopo averlo riempito d'acqua, di spalle, in modo che non potesse essere vista nel momento più intimo. Poi gettò l'acqua fuori, di lato alla porta e lasciò il catino a Tony, con un sorrisetto malizioso che Tony colse per farla divertire. Mise il catino sulla sedia, lo riempì d'acqua e poi mimò le fasi di uno strip, fino ad arrivare a mettersi gambe larghe sul catino iniziando a lavarsi, mentre cantilenava una musichetta da night, roteando i fianchi.
Marçela rideva, ma lo guardava e, quando ebbe finito, gli lanciò l'asciugamano e, al suo tentativo di abbracciarla, già eccitato si negò.
"No Tony ... dai, non adesso, dobbiamo andare, vestiti ..." – fu irremovibile e non ci fu niente da fare, Tony si rassegnò, vestendosi, pronto alla partenza con la sua borsa, che avevano portato in quella capanna, già in mano. Pistola nella cintola e kalashnikov a tracolla. Era uscito nella piazzola, il sole cominciava a spuntare e già faceva sentire che sarebbe stata un'altra giornata afosa. L'umidità della notte lo raggiungeva, salendo verso l'alto sotto i primi raggi. Si versò ancora un po' d'acqua in faccia, dopo averne bevuto qualche sorsata e, in quel momento, vide giungere la ragazza che Marçela aveva istruito con un cestino di frutta in mano.
Un po' di frutta per la colazione, se aspettate potrete bere un po' di latte di capra. Rispose Marçela, appena uscita, anche lei con il suo zaino pronto.

“No, grazie M’bebe, basta la frutta, la mangeremo in viaggio. Partiamo subito, voglio arrivare presto, prima di mezzogiorno. Saluta tu gli altri ...” – la baciò su una guancia e caricò zaino e cestino sulla Land Rover. Tony prese subito un frutto mai visto ... dolcissimo e succoso. Non chiese il nome, solitamente ne avevano uno indigeno, del tutto irripetibile.
Sedette accanto a Marçela che si diresse subito verso la pista, col motore al minimo, per non svegliare il villaggio che, comunque, al secondo canto del gallo si sarebbe diretto alle mansioni quotidiane, chi a mungere le capre, chi a portare al pascolo la mandria, chi al fiume a lavare i panni o a raccogliere bacche e frutti, gli uomini a cacciare, anche se, con la carne del bufalo, per alcuni giorni non ne avrebbero avuto necessità ... il normale tran tran di ogni insediamento umano.
Il viaggio di ritorno fu dedicato a una piacevole conversazione, tutta incentrata sugli ideali di Marçela ... nobili, come Tony aveva già compreso e, proprio per questo, destinati a restare delusi.
“Hai mal riposto la tua fiducia Marçela, i comunisti non sono quello che credi tu e, purtroppo, lo vedrai appena saranno giunti al potere. Quando sarà troppo tardi per rimediare”.
“Sì, forse spesso è stato così ... conosco la storia Tony e non mi faccio troppe illusioni ma, in Angola, vedrai che sarà diverso. Il nostro leader è Agostinho Neto, vorrei che tu lo conoscessi ... poi mi dirai cosa ne pensi. Ed il suo vice è Mario Andrade, un poeta. Persone che hanno lottato contro il fascismo Portoghese di Salazar e di Caetano. Non sono assolutamente i tipi che tradirebbero gli ideali per cui si sono battuti, ne sono certa!”
“Ti credo, perché non sei una sciocca e se ti sei convinta di questo, sono certo che hai le tue buone ragioni ma, se è così come dici, allora ... peggio per loro!"
“Perché peggio per loro?” – chiese Marçela incuriosita dalle parole di Tony.
“Perché se non li potranno controllare e dominare ... li elimineranno.
Li costringeranno alla fuga o li uccideranno, magari un incidente, visto che sono così stimati. Oppure gli organizzeranno un bel processo e si scoprirà, attraverso decine di testimonianze, che erano divenuti reazionari o ladri, tipico, fanno sempre così. Con loro, chi fa davvero le rivoluzioni, non le governa mai!”.
All’arrivo a Luanda, nel tardo pomeriggio, c’era un evidente fermento nell’aria. Gruppi di giovani con bandiere rosse e baschetti alla Che Guevara, muniti di rigorosa stella rossa e camice kaki, sfilavano in corteo, bloccavano le strade e urlavano slogan. Uno era chiaramente distinguibile

perché lo ripetevano in continuazione e, fermando l'auto al passaggio di quel corteo, anche Marçela lo ripetè: "MPLA in Angola vincerà!"
"Cos'è l'MPLA?" – chiese Tony, che lo sapeva bene ma voleva sentire la risposta di Marçela.
"E' il Movimiento popular para la libertaò de Angola. Vogliamo costruire una Repubblica popolare e democratica qui in Angola e ci riusciremo" – rispose convinta.
"No, non ve lo permetteranno ... non come la intendi tu ... popolare forse, ma non democratica".
"Non essere così pessimista ... non tutti sono avidi di potere e di denaro. Molti vivono e muoiono per le loro idee e molti lo hanno fatto e lo fanno per il socialismo. Companheiro ... onde vai?" - chiese a uno di quei ragazzi.
"Nella piazza della Rivoluzione ... Agostinho Neto parlerà, ci darà le ultime direttive del comitato centrale!" – rispose un ragazzetto di forse 15 anni, con cappello militare con visiera e fazzoletto rosso sul collo. Marçela alla notizia spense il motore dell'auto e scese tra la folla, chiamando anche Tony.
"Vieni Tony, vieni a sentire il nostro leader ... vedrai, ti piacerà e dopo averlo sentito non sarai più così pessimista, ne sono sicura."
Gli tese la mano, mentre prendeva a gridare slogan in coro anche lei. Tony tentò di far sentire la sua risposta, ma era impossibile ...
"No, non credo che mi piacerà ... o forse sì, ma come potrebbe piacermi un bel film ... che purtroppo finirà in tragedia ... Il pessimismo della ragione ... ma chi lo ascolta mai?" – Marçela lo stava guardando mentre urlava, l'aveva visto parlare e credeva che stesse ripetendo gli slogan anche lui. Tony prese ad avanzare nel viale con lei, stringendole la mano e vedendola felice di questa sua partecipazione, riprese a fare quel movimento di labbra, come faceva quando andava in chiesa, la domenica mattina, obbligato dalla madre, seguendo il ritmo delle nenie e delle preghiere, ma facendo solo Bim... bum... bam!
E tra un bim e un bum si ritrovò circondato da ragazzi che non facevano bim, bum, bam ... ma ci credevano davvero in quel che dicevano.
"Incredibile, ma vero! ... con tutte le porcate che hanno combinato questi del socialismo reale, ancora riescono a fare proseliti tra i giovani, davvero pazzesco!" – disse Tony a voce alta, in luogo del Bim, bum, bam ... tanto non lo sentiva nessuno. Man mano che si andava verso il centro la fiumana aumentava e le urla anche. C'era pure chi suonava tamburi e a Tony scappava da ridere e pensava:
"Ma come ci sono finito qua?"

Lo sapeva benissimo come ... guardando Marçela che, vedendolo sorridere, sorrise anche lei, pronunciò le parole:
"Donne ... ecco perché sono finito qui ... Come faceva quella vecchia canzone? ... Marinai donne e guai! Ed ebbe l'idea di cantare anche lui, visto che il corteo aveva preso a cantare canzoni rivoluzionarie, iniziò quella che conosceva e dandole il massimo volume: "Hola bamba ... Hola bamba ... lo no soy marinero, soy capitan, soy capitan ..." In mezzo alla corrente, senza lasciare la mano di Marçela, arrivarono finalmente al lago, la piazza della Rivoluzione, e qui Tony ebbe il piacere di sentire il leader dell'MPLA arringare la folla in maniera convincente. Secondo lui sembrava anche sincero, come diceva Marçela, ma ... peggio per lui.
Dialogava con la folla intorno e gli spiegava come vedeva lui il Marxismo Lenismo, descriveva l'Angola e l'Africa che voleva, che sognava. Disse una frase che colpì Tony:
"Il Socialismo non è una mercanzia che si può comprare al mercato... Bisogna costruirlo giorno dopo giorno..."
"Accidenti - pensò Tony - non gli do lunga vita ... peccato però, sembra in gamba, con quella pelle nera come il carbone e quel viso aperto, con indosso l'uniforme da rivoluzionario ... sono certo che è sincero. Sembra un toro nero e solitamente i burocrati comunisti non hanno un fisico così. Lo staranno tollerando perché, come al solito, i leader carismatici fanno comodo quando c'è da fare le rivoluzioni. Poi si ammalano e, difficilmente, ne vedono la fine".
Poi un altro nero, Angolano come Neto, prese la parola. Persona colta, citò anche Leopold Senghor e recitò una poesia che certamente faceva venire i brividi, anche se Tony non avrebbe saputo ripeterla. Soprattutto il tono come la recitò, quello era davvero impressionante. Marçela orgogliosa si voltò verso di lui dicendo:
"Quello è Mario Andrade ... in gamba no?"
"Sì, davvero ... in gamba tutti e due ... hai ragione, ma finiranno male, vedrai!"
Marçela fece una smorfia, ma poi lo abbracciò ... la folla taceva ora. Neto stava parlando di nuovo. Diceva che c'erano state delle incomprensioni con i compagni dell'UNITA, l'Unione Nacional para l'indipendencia total de Angola, ma lui era convinto che potevano marciare uniti verso il nuovo Angola e stava cercando di incontrare Savimbi, Jonas Savimbi, leader dell'Unita. Comunista anche lui, anche se Maoista. Aveva studiato a Pechino, non a Mosca come Neto! Per fortuna sembrava che la manifestazione stesse per finire, ma non ne fu felice per molto, a Marçela

era venuta la voglia di portarlo nella sua sezione. Una sezione dell'MPLA, quella che frequentava lei e i suoi amici più cari.
"OK ... Però dopo mi riaccompagni in Hotel Non ho capito più dove mi trovo e non saprei da che parte andare in questo casino" – disse ridendo. In realtà Tony voleva solo stare un po' con Marçela, in quella bella camera e tra quelle lenzuola di seta ... Valeva la pena di sorbirsi anche i comizi.
Pensò queste cose guardandola e la sua espressione doveva aver fatto credere a Marçela che era entusiasta di vedere la sua sezione, perché lo tirò in mezzo alla folla per superare il muro umano che non permetteva a nessuno di muoversi, ma lei ci riuscì e, in breve, furono in una stradina piena di bandiere e manifesti con falce e martello e ritratti dei leader del comunismo, compreso il barbone di Carlo Marx.
Era uno stanzone disadorno, solo manifesti e bandiere rosse alle pareti, una scrivania e gruppi di sedie di legno e paglia. Ragazzi seduti a gruppi parlavano animatamente mentre si rollavano e passavano canne di marijuana. L'odore era forte e la stanza era completamente satura del fumo.
"Non è necessario fumarne uno, basta respirare qua dentro ..." – disse Tony, facendo sorridere Marçela che, invece, prese uno spinello e, dopo aver aspirato un paio di boccate, glielo mise tra le labbra, guardandolo in attesa di vederlo fuori di testa. Non era facile con Tony, non amava perdere il controllo e, in tutte le occasioni in cui si era trovato a dover fumare hashish o marijuana, dopo un paio di boccate, faceva solo finta di aspirare ... a meno che non fosse a letto e, in quelle occasioni, allora sì che si lasciava andare ... eccome!
"Ti voglio presentare i miei compagni ... vieni! Compagni, questo è Tony, uno straniero, ma è dei nostri. Conosce bene le armi, ha fatto il militare di professione in Europa e può insegnarci a usarle ..." – disse ai suoi compagni Marçela, cogliendo di sorpresa Tony, al quale sembrava di avergli detto che non aveva alcuna intenzione di restare in Angola e tantomeno di mettersi ad addestrare all'uso delle armi i suoi compagni. Evidentemente era stata una risposta che a Marçela non era piaciuta e Tony aveva già capito che era difficile dirle di no, ma si schernì di nuovo, pensando:
"Hai visto mai che me la cavo?" - però non fu così. Marçela lo spinse al centro della sala e da lì, passando in mezzo ai gruppi di ragazzi che, seduti a fumare fino a poco prima, ora erano tutti interessati a Tony e a quel che diceva Marçela, la quale facendosi largo tra di loro aveva spinto Tony fino alla scrivania, proprio sotto il ritratto di Carlo Marx:

"Compagni ... Questo è Tony, ha fatto tre anni di addestramento nei reparti speciali del suo paese, in Europa, e un corso di addestramento anche nella Legione Straniera Francese. Conosce bene le armi, sa addestrarci all'uso anche dei Kalashnikov che abbiamo, ma che non sappiamo usare. Lui ne ha uno ... ho visto come lo usa, dobbiamo chiedergli di insegnarci ... non potremmo essere di nessuna utilità alla causa del socialismo se non impareremo a combattere.
L'UNITA di Savimbi non ha smesso con le stragi e attacca le città sulla costa. Non si accontenta della partenza dei portoghesi, vuole cacciare dall'Angola anche i meticci come noi. Persegue idee razziali, vuole che gli Ovimbunda, la sua tribù, governi l'Angola e riceve armi dalla Cina e denaro dalla CIA. E' un traditore e non deve riuscire a distruggere l'Angola, la nuova Repubblica in cui crediamo. Tony può fare di noi dei soldati, dei combattenti ben addestrati.
L'MPLA siamo noi, non ci sono mercenari tra noi, nessuna potenza straniera ci fornisce denaro e solo i compagni dell'URSS ci hanno inviato armi per difenderci, ma non possono mandare istruttori, non senza l'autorizzazione delle Nazioni Unite che potrebbe arrivare troppo tardi per noi. Le truppe dell'UNITA controllano già l'altipiano del Bié e si stanno muovendo verso la costa. Non c'è un minuto da perdere ... Salutiamo il compagno Tony e accogliamolo tra noi".
Urla di approvazione salutarono le parole di Marçela. Tony guardava sgomento e si chiedeva cosa potesse fare per svincolarsi da quell'impegno ma, guardando in faccia quei ragazzi, si rendeva conto che ... non poteva. Marijuana e i suoi effetti a parte, erano felici e rincuorati da quella notizia, alcuni erano andati a prendere alcune casse di legno e le misero davanti ai piedi di Tony, aprendole per mostragli il contenuto. Passarono a Tony un fucile mitragliatore e, un altro di loro, posò sul tavolo un telo di canapa arrotolato che, aprendolo, mostrava i poveri resti di un Kalashnikov smontato e rimasto in pezzi, per l'incapacità di rimontarlo. Tony lo prese, inserì l'otturatore, il meccanismo di sparo, il caricatore e rimise gli strumenti per la manutenzione e la pulizia nell'apposito spazio ricavato nel calciolo richiudendo lo sportellino, poi tirò indietro l'otturatore per inserire il primo colpo in canna. Uno scatto secco, metallico, che li fece sobbalzare. Compiendo tutte queste operazioni Tony citava i nomi dei pezzi e ne spiegava le funzioni. Certo, non poteva pretendere che capissero cos'era il meccanismo di recupero dei gas di scarico che permetteva all'otturatore di rientrare tirandosi dietro la cartuccia sparata, per poi tornare in avanti prelevando una cartuccia dal serbatoio e inserendola in culatta per poi, con la stessa corsa, dopo aver armato il

cane, metterla in posizione di sparo al semplice comando del grilletto, ma che almeno si rendessero conto che è facile e importante capire l'arma che si deve usare. In zona di combattimento può fare la differenza tra vivere o morire e ... capirono! Lo sollevarono portandolo sulle spalle in giro per tutto quel magazzino e Tony, che ormai non poteva fare altro, finì per divertirsi e, quando si girò di scatto a cercare lo sguardo di Marçela, che stava facendo lo stesso, capì di essere stato arruolato per la sua rivoluzione. Una rivoluzione della quale non gli importava un granché e che non credeva potesse avere successo. Non più di tutte le altre che l'avevano preceduta ... troppi ideali e troppi idealisti ingenui tra i militanti. Sarebbero stati facili prede dei lupi e degli sciacalli che non avrebbero tardato a fare la loro comparsa, anche se per il momento non se ne vedevano ... non ancora!

Una volta rimessi i piedi a terra Tony si rivolse a Marçela, visto che era lei la leader di quel gruppo di pazzi, gli chiese di vedere le altre armi di cui disponevano e un ragazzotto rasta, Humberto, con camicia kaki, basco di lana variopinta alla Bob Marley e con qualche giro di conchiglie intorno al collo che facevano risaltare la sua barbetta rada, da mulatto, e la folta chioma incordonata, che si preparavano con infinita pazienza lasciandola scendere sulle spalle, lo raggiunse con un tubo di lancio per razzi anticarro.

"Questo è un RPG-7, lancia questi razzi anticarro con corpo di cartone pressato e una testata esplosiva capace di forare 40 cm di corazza d'acciaio. Se ben usata è un arma micidiale, potete abbatterci anche degli elicotteri da combattimento con questi ma, se usati male, potreste mandare arrosto il vostro compagno o arrostire voi stessi, se sparate un razzo avendo dietro un muro o un altro ostacolo che vi rimanderebbe la fiamma dell'esplosione indietro, a oltre mille gradi centigradi ... Sì ridete, ma è tutt'altro che difficile che accada. In certi momenti non sempre si riesce a mantenere la concentrazione e cazzate del genere sono facili da fare. Non sapete che anche l'esercito più addestrato non può non mettere in conto decine, quando non centinaia, di vittime di fuoco amico? Cioè uccisi dai propri commilitoni o, in questo caso, compagni. L'addestramento serve anche a evitare, per quanto è possibile, di essere preda del panico della battaglia. Un gruppo di fuoco male addestrato fa male solo a se stesso!

Si usa così, si infila il razzo nella parte anteriore. Non occorre fare alcuno sforzo, va ad incastro perfetto, vedete la sua forma a tromboncino? È per facilitare la fiammata. Poi, si deve prendere la mira e premere il grilletto. Un sistema piezometrico fa scoccare la scintilla che accende il razzo e lo fa

partire. Dovrete stare attenti a non muovere la spalla nel momento del lancio, altrimenti non prenderete mai il bersaglio. Questo, invece, è un Chinkom, è un mortaio micidiale, ma è un po' più difficile da usare con efficacia, bisogna imparare a regolare l'alzo, è quello che permette alla bomba da mortaio di salire e poi scendere, nel punto voluto, dall'alto ma non ve lo posso mostrare qui. La bomba va inserita nel tubo di lancio e scendendo incontra un chiodo che batte sulla sua culatta sparandola via. Queste alette, poi, la fanno precipitare all'ingiù in picchiata e ...booummm! ... Tutti morti e, se avete sbagliato l'alzo, sarete voi ad essere morti, perché vi cadrà esattamente in testa!"
Un coro di risate accompagnò la battuta di Tony e il segno che la prima lezione era terminata fu dato dalle parole che rivolse a Marçela, che stava appena un passo dietro di lui.
"Mi avevi promesso di accompagnarmi all'Hotel ..."
"Sì ... ora andiamo, lascia che prima io ti presenti i compagni del mio gruppo. Eravamo nella stessa Università ... Americo, Tomàs, venite ...
Questo è Americo ... più un poeta che un combattente, ma è stato il primo a capire che dovevamo diventare dei combattenti se volevamo proteggere la rivoluzione" – Tony vide un uomo dal viso aperto, barba folta e nera, era portoghese, forse ha avuto una nonna mulatta che gli diede quel colorito della pelle leggermente più scuro. Simpatico, gli tendeva la mano con un bel sorriso, dandogli il benvenuto.
"Questo è Tomàs ... l'ideologo del gruppo. Conosce tutti i libri di Marx, Hengels, Trotsky e le direttive del comintern ... - Tony vide uno degli sciacalli che si meravigliava di non avere ancora incontrato.
"Eccone uno!" - pensò, quando vide quella faccia con gli occhi stretti dietro gli occhialini rotondi da psico-intellettuale e la barbetta castana. Lui era un portoghese bianco e mostrava, nello sguardo dai lampi oscuri, tutta la sua ambizione e insofferenza per non essere il leader carismatico di quel gruppo. Ma il carisma, per dirla con Neto, come il socialismo, non è una mercanzia che si compra al mercato. C'è o non c'è e se c'è, c'è dalla nascita e quello non ne aveva nemmeno l'ombra, anzi, ricordava le vipere e a Tony sembrò che, quando aprì le sue labbra strette per salutarlo, la sua lingua fosse biforcuta. Anche lui in camicia kaki e baschetto nero. Una specie di uniforme irregolare, ma molto seguita.
"Vieni Adelino ... Tony, Adelino è un musicista, sa suonare benissimo. L'hai sentito alla festa nell'orchestra di Paulo, suona il Sax ... Lavora saltuariamente in qualche orchestra per pagarsi gli studi musicali, ma vedrai che saprà imparare anche l'uso delle armi, vero Adelino?" –

Adelino assentì con un sorriso ironico. Una testa di capelli ricci e nerissimi, come la sua pelle, denti perfetti e bianchissimi, non portava baschi, preferiva la sua testa afro, che indossava come una corona.
"Sono davvero onorato di conoscerti Adelino, mi hai fatto quasi piangere col tuo Sax a quella festa. Mai sentito simili sensazioni al suono di uno strumento musicale. Complimenti, sei bravissimo!" – si sentii in dovere di dire Tony. Adelino era davvero un musicista nato, di quelli che hanno dentro qualcosa da trasmettere in musica e, se fosse nato in Europa o America, avrebbe avuto davanti a se un grande futuro da star, invece che quest'incertezza fatale.
"Carlos, lui è stato militare con l'esercito portoghese ma ... non ha mai usato un arma, guidava i camion!" – Carlos era un altro portoghese, ben rasato, con capelli neri, lisci e tenuti lunghi. Dal fisico asciutto ed alta statura rivelava un portamento leale. Salutò con una calorosa stretta di mano Tony che ricambiò la simpatia immediata.
"Roberto e Antonio li hai già conosciuti a caccia e Vasco e un loro amico dai tempi della scuola primaria" – Vasco era un ragazzone robusto, ma con una grossa pancia che rivelava il suo amore per la cucina e infatti Marçela continuò.
"Fa il cuoco in uno dei migliori ristoranti di Luanda ed è molto bravo credimi!"
"Ti credo, ma bisognerà metterlo alla prova per toglierci ogni dubbio" – rispose ridendo Tony, ricambiato da Vasco che mostrava così la sua carica di simpatia, invitandoli tutti a cena per il giorno dopo.
"E quello laggiù, che parla con quei ragazzi, è Laurenço da Silva, uno dei nostri professori. Non è Marxista Leninista, ma ha capito che non ci sono alternative. Te lo presenterò in un altro momento. Quando parla con i suoi studenti non c'è per nessuno. Io ho promesso a Tony di accompagnarlo al suo albergo, ci vediamo domani. Dobbiamo decidere dove andare ad addestrarci, io consiglierei la fattoria dei miei.
E' abbandonata, ma ci sono comodi alloggi e spazio per provare le armi. Abbastanza lontana dai centri abitati per non essere sentiti e abbastanza vicina da essere raggiunta in qualche ora di macchina ..."
"Giusto ... sono d'accordo" - disse Antonio, accompagnato da Roberto e Vasco.
Finalmente Marçela lo prese per mano per portarlo fuori da lì, verso l'auto. La strada era ancora affollata, ma non come prima del comizio di Neto e Andrade, si poteva circolare abbastanza velocemente e si diressero verso l'Hotel di Luiss Vargas.

"Povero Luiss – pensò Tony – chissà come la prende questa voglia di rivoluzione, immagino non bene".
Guardò Marçela, intenta a guidare nel traffico e le disse:
"Non dimenticare la tua promessa ..."
"Quale promessa?"
"Quella di restare a dormire con me in Hotel ... finalmente su un comodo letto e tra lenzuola di seta ..." – disse Tony sorridendole.
"Non ricordo di aver fatto questa promessa, ma ... non vedo l'ora!" – replicò lei con un sorriso, senza distogliere lo sguardo dalla via, ancora occupata da manifestanti e di quando in quando sbarrata da piccoli cortei che si allontanavano dalla piazza della Rivoluzione ancora in formazione, con bandiere e slogan urlati a squarciagola. Che atmosfera quei giorni a Luanda ... magica e irreale. Anche se per Tony la vera magia era quella ragazza pasionaria e abbastanza fanatica, ma che sapeva essere a un tempo così ingenua e così dolce. Arrivati all'Hotel Marçela parcheggiò l'auto nel piazzale d'ingresso e notarono che non c'era il solito posteggiatore. Anche le auto in sosta erano pochissime, davvero insolito per l'Hotel più frequentato della città.
Tony ritirò la chiave in reception e accompagnò Marçela in camera. Poi la lasciò, invitandola a mettersi comoda.
"Fai un bagno ... la vasca vale la pena. Io vorrei prima andare a parlare con Luiss, tornerò subito ... magari ti raggiungo in vasca" – concluse baciandola.
"Sì ... ne ho proprio bisogno ... ti aspetto in vasca allora" – rispose lei, con un sorriso molto eloquente.
Tony bussò alla porta del Direttore. Non sapeva se lo avesse trovato lì, per ciò che ricordava l'ora era solita, il tardo pomeriggio era orario d'ufficio per Luiss ma, essendo il padrone ... i suoi orari erano imprevedibili. Non ricevendo risposta Tony azionò la maniglia per entrare, ma era chiusa, evidentemente era fuori sede. Si era appena voltato per tornare in camera quando lo scatto della serratura lo fermò. Il faccione tondo di Luiss si era affacciato guardingo a vedere chi era.
"Ah ... sei tu, vieni, entra ... presto!" - chiudendo subito la porta a chiave dietro Tony. Non l'aveva visto così ansioso nemmeno a Lourenço Marquez.
"Che succede Luiss? ... perché queste precauzioni?" – chiese guardando il disordine dell'Ufficio, con carte sparse su poltrone e divano e la cassaforte aperta, con in evidenza alcune mazzette di banconote che dal colore sembravano Escudos Portoghesi.

"Mi preparo a partire Tony e ti consiglio di venire con me. Lo sai che c'è sempre posto sul mio aereo per te. Ho avuto pessime notizie da amici ben informati. Talmente brutte che è difficile crederci, ma ho chiesto verifiche e, anche se non sono ancora ufficiali, lo saranno presto. Arriva una forza di pace autorizzata dall'ONU, col pretesto di rappacificare il paese e fermare il terrorismo dell'UNITA che si oppone all'MPLA, autorizzeranno i Cubani ad occupare militarmente l'Angola e con loro arriveranno anche consiglieri militari Sovietici. Sai bene che è così che chiamano gli agenti del KGB quando devono operare in incognito. Non voglio farmi trovare qui al loro arrivo. Questa volta non riuscirei a lasciare il paese all'ultimo momento, come abbiamo fatto a Lourenço Marquez. Questi sono specialisti. So che all'aeroporto stanno già atterrando alcuni MIG 21, sono Cubani ... è l'avanguardia, il resto della forza di pace arriverà via mare nei prossimi giorni. Domani pomeriggio lascerò l'Angola. Il mio vice si occuperà di tutto. Anche se, sicuramente, l'Hotel verrà requisito e nazionalizzato, l'ho delegato e mi terrà informato sugli sviluppi. Torno a Lisbona. Vieni con me ... che ci fai qui?" – disse, sedendosi nella sua poltrona e versando del vino anche a Tony.
"No, ho promesso di fare qualcosa per un amica e prima di andarmene vorrei accontentarla ... poi partirò su un mercantile. Vorrei chiederti di poter lasciare i miei bagagli qui, nella mia camera, visto che l'hotel è vuoto non dovrebbe crearti problemi. Prevedo di dovermi trattenere ancora due o tre settimane, non di più".
"Sì ... certo che puoi ... Ahh ho capito cosa ti trattiene ...l a ragazza ... é lei, non è così?" – replicò Luiss, sorridendo malizioso dietro i suoi baffetti.
"Già ... mi ha chiesto di insegnare a dei suoi amici l'uso delle armi. Pare che vogliano combattere per la libertà dell'Angola e questo, vista la situazione generale, mi pareva già utopico ma, ora che mi dici di questa forza di pace comunista in arrivo, mi appare del tutto folle, ma la parola è parola e intendo mantenerla".
"Lei sta mantenendo la sua ... è così? Non negare, conosco Marçela da quando è nata. Suo padre è mio amico e ha imbarcato tutta la carne che ancora aveva in fazenda i giorni scorsi, partendo nello stesso mercantile con i figli. Solo Marçela ha deciso di restare. Ti piace eh? Ma stacci attento, è il tipo di donna che saprebbe portarti a fare quel che vuole lei come un burattino e lei lo sai cosa vuole ... la rivoluzione, non parla d'altro da anni. Col padre abbiamo dovuto intercedere più di una volta col Governatore per evitargli l'arresto. Ora lei continuerà ad agire in quel modo sconsiderato, ma non ci sarà più nessuno a intercedere per lei.
Non gli vedo un gran futuro davanti ... tu vorresti seguirla?"

"No, non credo ... la politica non m'interessa, da quel poco che ho capito è tutta una presa per il culo, proprio della gente idealista come Marçela e i suoi amici. Farò quel che mi ha chiesto, poi cercherò di convincerla a lasciar perdere, magari ad imbarcarsi con me verso il Portogallo. Potrebbe cambiare idea vedendo cosa stanno preparando per l'Angola i suoi amici comunisti ...Ti auguro buon viaggio Luiss ... è stato un piacere conoscerti".
Tony si alzò a tendergli la mano che Luiss strinse con forza.
"Piacere mio Tony, spero di rivederti e ricorda, quando vorrai un lavoro da me lo troverai sempre, ti sarà facile trovarmi a Lisbona ... Suerte!" – concluse Luiss abbracciandolo. Tony lo lasciò ai suoi preparativi di partenza e si avviò verso la hall all'esterno, nel giardino con la piscina per entrare dalla porta finestra che aveva lasciato socchiusa. Trovò la camera vuota, Marçela era in vasca e si spogliò per raggiungerla.
Certo sarebbe stata più comoda di un fiume fangoso.
La vide sdraiata nella grande vasca appoggiata a parete e semi circolare, ricoperta di morbida schiuma, profumata di essenze floreali con i capelli bagnati che, ammorbiditi dall'acqua, le scendevano lungo le spalle e sorridendole si infilò nella vasca, dove arrivò che era già pronto ad amarla, eccitato solo a quella vista ... ancora di più nel toccare le sue forme morbide e rese vellutate dalla schiuma. La prese subito, così, senza attendere oltre, il desiderio di entrambi era troppo e irrefrenabile.
Lei lo avvolse tra le sue gambe avvinghiandosi e scuotendosi assieme a lui, nell'acqua che sciabordava sul pavimento, accompagnando con quel suono i loro gemiti fino all'orgasmo che colse prima Marçela, portandola a palpitare violentemente intorno a lui e portandolo ad esplodere dentro di lei, tra sussulti di passione e di soddisfazione.
Un'esperienza indimenticabile che cementò ancora di più la loro unione.
Strana unione, è vero, i due non avrebbero potuto essere più diversi, eppure, si erano incontrati e amati e con quale passione! Rimasero uniti così, ansimanti nell'acqua e nella schiuma fino a quando, calmatasi la passione che li bruciava, ripresero a baciarsi, questa volta con affetto e, sorridendo, Marçela disse:
"...Facciamo una doccia?" – provocando la risata di Tony che acconsentì a liberarla alzandosi in piedi, nudo sopra di lei.
L'aiutò a sollevarsi e, aperto lo scarico, iniziò a liberare la sua pelle dalla schiuma rimasta con il getto della doccia per poi porlo sul gancio, in alto sulle loro teste, abbracciandola e baciandola di nuovo sotto il getto d'acqua fresca.
Marçela sentì il suo desiderio crescere di nuovo tra le sue cosce e lo fermò con un sorriso:

"No … aspetta, voglio farlo su quel letto, asciughiamoci …"
Tony sentendo quella voce roca di desiderio si eccitò ancora di più e chiuse rapidamente la doccia, per avvolgerla nel grande asciugamano di cotone. Poi uscì dalla vasca e prese ad asciugarsi i lunghi capelli, mentre lei faceva altrettanto. Una rapida passata sul resto del corpo e aprì la porta della camera inchinandosi davanti a lei e facendole, con la mano, il gesto d'invito a uscire.
Lei passò davanti a lui avvolta nel telo bianco sorridendogli compiaciuta e dirigendosi verso il letto con lenzuola di seta cinese color blu cobalto.
Tony le afferrò il bordo dell'asciugamano facendoglielo cadere, per averla nuda davanti a se. Lei si schermì coprendosi con le mani. Strano come ci si possa vergognare della propria nudità esposta, anche se a guardarla è colui con cui si è appena fatto l'amore con passione … Tony non lo capiva, ma faceva in modo di far cadere quest'ultimo tabù fin da subito. Intanto esponendosi lui per primo, completamente nudo, alla vista curiosa delle sue partner, spingendole a fare lo stesso. Poi rimirandole con sincera ammirazione e apprezzando le forme e le caratteristiche di ognuna. Non c'è una donna uguale all'altra, come immaginava che non ci fosse un uomo uguale all'altro. Ogni donna aveva delle sue prerogative, occhi, labbra, capelli, seni, ventre, fianchi, glutei, cosce … attrazioni sessuali, fascino… Ognuna era stata dotata dalla natura del suo particolare sex appeal … e Tony se ne faceva affascinare ogni volta in modo diverso, ma sempre indimenticabile. Marçela aveva capito lì, davanti a quel letto, che lui voleva solo ammirarla, apprezzare la sua bellezza e lo lasciò fare stando immobile davanti a lui che la sfiorava con le mani sul viso, sul collo, passando le dita, leggere, sulle sue labbra turgide e brune. Carezzando e soppesando i suoi seni grandi, pieni, con i neri capezzoli da mulatta. Notando i peli delle ascelle non depilate che volle baciare … trovandole sexy come poche altre cose del corpo femminile, peccato che la moda le volesse glabre.
Per fortuna di Tony, però, Marçela non era il tipo di donna che segue le mode. Anche sul ventre, infatti, non si depilava e una folta peluria nera ricopriva completamente il suo monte di venere, debordando fin sulle cosce tornite e forti, quelle stesse cosce che sapevano stringerlo con tanta forza in quei momenti. Tony la riguardò negli occhi, che vide interrogarsi su ciò che stava facendo e la baciò delicatamente per poi scendere con la lingua sul suo corpo, sul collo fino ai seni, poi sul ventre, spingendola a sedersi sul letto per poter frugare con la lingua la sua femminilità, sentirne l'odore e il sapore, sempre diverso, sempre unico. Sentendola lasciarsi andare tra le sue braccia che le stringevano i fianchi e con la testa

affondata tra le sue cosce, premuta dalle sue mani che lo volevano sempre di più, fino a richiamarlo a se per prenderlo dentro, questa volta dolcemente, voluttuosamente, con ritmo lento e l'intenzione di farlo durare a lungo, sperimentando tutte le posizioni che i loro corpi potevano assumere congiungendosi e traendone il massimo del piacere.

Trascorse così l'intera notte, fino a quando il primo sole, entrando dalla porta finestra lasciata aperta non li svegliò. Erano affamati ... per la voglia di stare da soli in quella camera, non avevano cenato e ordinarono una colazione abbondante, fu Marçela a ordinarla alla reception e, come buongiorno, si amarono ancora. L'ultima, prima di tornare alla banalità del mondo che li circondava.

Il cameriere bussò alla porta che erano sotto la doccia, Tony andò ad aprire e vedendo entrare il carrello con diversi vassoi coperti in argento, si mise a ridere. Lasciò la mancia al boy e curiosò sotto i coperchi. Frutti di mare, frutti tropicali, pezzetti di carne di maiale in una salsetta mai vista, caraffa di apparente succo di frutta e fette di pane tostate, con burro e persino uova sbattute e marmellata ... Rivolto al bagno, che aveva lasciato aperto, gridò:

"Marçela ... hanno sbagliato, ci hanno portato la colazione di un plotone di soldati ... Ah ah ah ... ma che hai ordinato?"

"Ah ah ah ... no, ho fame ... sono tutte cose buone, sentirai. Abbiamo bisogno di rimetterci in forze dopo questa notte ..." – rispose, uscendo dal bagno ed abbracciandolo.

"Meu amor ... querido ..." – disse dolcemente, in piedi, nuda davanti a lui, non più intimidita dalla sua nudità.

"Hey ... calmati, o non faremo nessuna colazione! Moriremo qui ..."

"Ah ah ah ... no, non voglio morire, proprio no, è così bello vivere ora che ti ho incontrato ... Mangiamo, vedrai ... sono cose deliziose e il cuoco di questo albergo è uno dei migliori di Luanda".

Si sdraiarono sul letto e Marçela prendeva i piatti e serviva entrambi dicendo di cosa si trattava. La salsetta che condiva i bocconcini di maiale era un agrodolce davvero squisito. La carne del maiale era stata bollita con sapori d'erbe e i frutti di mare erano preparati in insalata misti ad ortaggi ... sapori strani per Tony, ma molto gustosi e certamente molto nutrienti. Quello che ci voleva per rimettersi in forze. Lui, la mattina, era abituato al semplice caffè nero e, sinceramente, non era la stessa cosa!

"Bello mangiare con due tette che mi guardano fisso negli occhi ... dovrei farlo più spesso!" – scherzò Tony, facendo ridere Marçela che aveva notato che le fissava le tette, nonostante quella notte avesse completamente saziato anche i suoi sensi.

“Non dirmelo, non ti basta ancora Tony? ... non sono stata capace di soddisfarti stanotte?” – disse lei, non comprendendo bene il senso di quel che Tony aveva detto.
“Sì, eccome ... mi hai fatto godere come poche volte può succedere in una vita. Eppure, come puoi vedere, i miei occhi ballano attaccati ai tuoi seni, e non ci posso fare niente, non è desiderio ... é che sono bellissimi. Ho provato a dirgli: “smettetela! guardate altrove!" - e li costringo a guardare il lampadario, la scrivania, i vassoi di cibarie ... ma me li ritrovo sempre attaccati alle tue tette ...”
“Vuoi che me li copro?” – rispose Marçela, che aveva capito il tono ironico di Tony.
“Vuoi ferirmi a morte? ... lasciali così, altrimenti i miei occhi non saprebbero dove posarsi”.
Terminarono la colazione con calma. Non avevano nessun impegno fino a quel pomeriggio e mangiando di gusto Tony ne approfittò per cercare di parlare con chiarezza a Marçela e fargli capire quello che sembrava volesse ignorare. La considerava troppo intelligente, infatti, per non aver capito che di tutti quei suoi ideali presto, qualcuno, si sarebbe fatto una frittura mista!
“Sai cosa sono i presentimenti Marçela?”
“Sì ... ma non ci credo. Non credo che si possa prevedere il futuro, tu si?”
“Sì, alcune volte ho fatto dei sogni, non sempre da addormentato e, anche se non li capivo, ho imparato a tenerli in grande considerazione ... perché poi, in seguito, i fatti vissuti mi dimostravano che si trattava di premonizioni e del tutto esatte.”
“Dici sul serio? ... a vederti non l’avrei creduto che tu potessi essere il tipo da credere ai sogni premonitori”.
“Non lo so se si tratta di premonizioni o di visioni del futuro ... A volte ho pensato che si trattasse solo di ricordi, reminiscenze di una vita precedente o più d’una, che si ripeteva uguale, seguendo il destino di ognuno. Cambiava il contorno, ma non l’essenza delle cose e degli avvenimenti. Rimembranze che affioravano tra le nebbie del passato a indicare la via, ma la via per cosa?
Non lo so, quello che so per il momento è che, a dargli retta, mi sono trovato bene in passato e cerco di dargli retta ancora. Stanotte ne ho fatto uno ed è di quelli che si ripetono, anche se questa volta era più chiaro: Ero su una barca a vela, una piccola barca a vela e reggevo il timone. Il cielo era stellato, la notte luminosa ... non vedevo la luna, ma sapevo che c’era per via della sua immagine che si rifletteva sull’acqua scura di un mare o un lago placido. Tutt’intorno a me ho sentito, senza vederla, l’ombra della

morte. Una sensazione forte, che stringeva lo stomaco in una morsa dolorosa ... l'ho riconosciuta, ma dov'era?
Mi giravo intorno ... niente. Eppure sentivo che era ìi, tutt'intorno a me. All'improvviso, sulla mia destra, una figura umana immersa nell'acqua vi sprofondava dentro, i capelli venivano quasi in superficie. Forse era quella la morte che sentivo o, forse, era qualcuno che stava morendo. Mi avvicinai con un colpo di timone e immersi la mano per afferrare quei lunghi capelli affioranti e la tirai su, vidi che i capelli, illuminati dai raggi di luna, erano bianchi, che era un uomo, teneva gli occhi chiusi, era a torso nudo e indossava dei jeans.
Lo guardai meglio e rabbrividii ... Ero io, era il mio volto. Mi svegliai anche questa volta senza poter capire di più, ma è rimasta questa sensazione di morte tutt'intorno a me e non posso non collegarla a quello che vorresti fare.
Non vuoi ripensarci? ... sei ancora in tempo, Luiss parte stasera e se decidi di raggiungere i tuoi verrò anch'io. Almeno fino a Lisbona, poi vedremo."
"Lisbona? ... a far che, la figlia della colonizzazione? Ci sono stata a Lisbona e mi sentivo la negra delle colonie dovunque andassi, una sensazione che mi ripugna anche solo all'idea di provarla di nuovo ... No, la mia patria, la mia terra è questa e voglio battermi per lei, perché sia finalmente libera e democratica. Questo mi fa stare bene e questo voglio fare ... ma tu non sentirti obbligato ad aiutarci.
Se non te la senti parti pure, so che ti ho estorto quell'impegno. Ti ho trascinato in un avventura che non è la tua ed è giusto che tu sia libero di decidere".
"Accidenti Marçela, se non dici alle tue tette di smetterla di fissarmi così, come posso sentirmi libero di andarmene?" – disse Tony, sdrammatizzando la situazione e facendo ridere anche Marçela.
"Ah ah ah ... allora dobbiamo alle mie tette la tua partecipazione alla rivoluzione? ... ne andrò fiera!"
"Ne hai ben motivo, sono affascinanti ... le seguirei in capo al mondo anche se ci fosse da attraversare l'inferno!" – confermò Tony, chinandosi a baciarle, ma subito tornando all'argomento.
"Luiss mi ha detto il motivo della sua immediata partenza. Da fonti certe ha saputo che l'URSS, attraverso Cuba, si prepara a invadere l'Angola, sostituendosi all'armata Portoghese. Per farlo avranno la copertura della missione di pace dell'ONU. I Cubani arriveranno in forze con la motivazione di fermare la guerriglia che sta devastando il paese e quelli non portano libertà e democrazia, anche se tu credi così".

"I Cubani sono comunisti, non portano democrazia, lo so, ma il comintern non ha rilasciato alcun comunicato su questo. Dev'essere propaganda degli Americani, ne inventano di ogni colore. Forse arriveranno dei consiglieri politici per aiutare Neto a costruire una Repubblica socialista. Una cosa che non è facile da fare, ma niente di più. Per fermare la guerriglia stiamo cercando di trattare con l'Unita. Savimbi è un comunista anche lui, vedrai che troveremo un accordo. Ma nel frattempo ci dobbiamo difendere, l'Unita sta portando avanti e sostenendo odi tribali che scatenano odio tra le diverse tribù dell'angola e il disprezzo per i meticci come noi, discendenti dei coloni portoghesi che vorrebbero cacciare. Non possiamo accettare questo ... questa è la mia patria Tony. Non ne ho un'altra, voglio vivere e morire qui, ti sembra così strano?"
"No, non mi sembra strano, ti capisco, anche se io nella mia patria mi sono sentito spesso straniero, l'amo lo stesso. Fa parte integrante di me, è la terra dove sono nato e ne porto l'impronta dentro. Farò quel che vuoi al meglio delle mie possibilità. Ma insisterò ancora per convincerti a cambiare idea ... non si prepara una forza combattente davvero valida in un paio di settimane Marçela.
Io posso solo insegnarvi a usare le armi che avete, ma disciplina, tattica e strategia e la forza di carattere occorrente a combattere e ... uccidere, quella no, non c'è il tempo. Hai pensato che per combattere occorre puntare un arma su un uomo e fare fuoco uccidendolo? Pensi che sia così facile farlo? Ci sono dei freni morali da rimuovere, una motivazione forte che spinga a farlo e aspirare a una rivoluzione non basta. Rischi di avere una forza che sa sparare, ma non sa combattere e, in azione, fa la differenza tra vittoria e sconfitta. Non trascurare di valutare tutto questo quando avremo finito. Potrai sempre tornare sulle tue ... sulle vostre posizioni. Ho una domanda da porti: Che farete se quello che non credi avverrà?"
"Cioè? ... cosa intendi dire?"
"Se quel che ha detto Luiss risulterà vero cosa farai, cosa farete?"
Noi siamo col nostro Presidente, Agostino Neto. Se arriveranno forze di occupazione straniere le combatteremo, non vogliamo cambiare padrone, ma essere liberi!"
"Proprio come temevo ... non dovrete battervi contro altri combattenti improvvisati, come quelli dell'Unita, ma contro un armata ben addestrata ed equipaggiata. Accetti la mia collaborazione anche se ogni giorno cercherò di convincerti a desistere?"
"Si ... sono convinta che desisterai tu" – Disse Marçela con un abbraccio.

"Facciamo l'amore? ... hai visto come hanno risistemato il letto? ... Chissà quando potremo avere un'altra occasione come questa ... tra lenzuola di seta e aria condizionata." – concluse Tony.
Il suono del citofono lo svegliò e per rispondere dovette svegliare Marçela, letteralmente avvinghiata a lui. Era Luiss, stava partendo e voleva salutarlo e chiedergli se avesse cambiato idea.
"No Luiss ... resto con Marçela, ma vengo a salutarti se mi aspetti qualche minuto ... dormivo."
"Ah ah ah ... avete dormito poco stanotte eh? Sono nel mio ufficio ancora per una mezz'ora."
Tony si gettò sotto la doccia, mentre Marçela si rigirava per continuare a dormire ma, all'uscita dal bagno, la vide vestita con i jeans e la maglietta, pronta a seguirlo.
"Voglio che Luiss porti un messaggio ai miei ... non li ho nemmeno salutati."
"Buona idea, saranno preoccupati" – commentò Tony uscendo.
"Ciao Luiss, di nuovo in partenza allora ... sempre brutte quelle notizie?"
"Sempre Tony, altrimenti sarei rimasto qui ... mi dispiace di partire, ma non mi resta scelta. Marçela ... hai deciso di partire con me per caso?" – chiese sorpreso di quella visita.
"No, ma volevo che tu portassi un saluto ai miei. Devi dirgli che sto bene e che spero di rivederli presto. Gli voglio bene, ma dovevo restare qui a fare ciò in cui credo. Glielo dirai?"
"Certo Marçela. Anche se sai come la penso su ciò che stai facendo, glielo dirò. Ma tu non vuoi ripensarci? ... bada che le notizie sull'arrivo di un armata Cubana sono certe, anche se non ancora ufficiali, arriveranno presto e controlleranno l'Angola peggio di come fecero i portoghesi. C'è posto sul mio aereo, al massimo domattina sarai a casa con i tuoi."
"Se sarà davvero così, faremo i guerriglieri contro gli invasori, li ricacceremo in mare ... ma io, comunque, resterò qui, è questa casa mia. Domattina raggiungeremo la fazenda sull'altopiano, digli che sono tornata lì, sono certa che gli farà piacere sapere che sono tornata a casa."
"L'altopiano? Ma ormai è controllato dai terroristi di Savimbi, correte un rischio enorme e per cosa? ... il bestiame è stato tutto imbarcato, non c'è rimasto niente lassù."
"Ci sono rimasti i miei ricordi più belli e ci sono rimasta io. Comunque non sarò sola e saremo bene armati ... Tony ci insegnerà a usare le armi e presto saremo dei veri combattenti. L'Unita non potrà darci problemi."
"Pensi davvero di riuscire a trasformare dei ragazzi, degli studenti, in combattenti Tony?" – disse Luiss con un espressione sorpresa.

"Posso solo riuscire ad insegnargli ad usare le armi che hanno, non c'è tempo per altro ed è inutile che insisti Luiss, ci ho già provato io, Marçela non cambierà idea. Quanto a me, come ti ho detto, lascerò l'Angola via mare a suo tempo, vedremo quando sarà. Hai lasciato detto al tuo vice per la mia stanza e la valigia? Mi porterò via solo il necessario ..."
"Provvedo subito – disse alzando il telefono per chiamare la reception – Il sig. Vero si deve allontanare da Luanda, ma mantiene la sua camera occupata finchè vorrà ... è mio ospite."
"Grazie Luiss ... a buon rendere!" - disse Tony, stringendogli la mano.
"Vieni a trovarmi a Lisbona ... quando vuoi."
"Lo farò! Fai buon viaggio."
"Buon viaggio sig. Vargas" – salutò Marçela, uscendo.
Tornarono in camera. Avevano bisogno di altro sonno e chiusero le tende per addormentarsi nonostante fosse ancora pomeriggio. Si sarebbero alzati per cena. L'indomani mattina Marçela doveva raggiungere gli altri per portarli sull'altopiano, nella sua fazenda. Un viaggio di parecchie ore su strade sterrate e savana, meglio iniziarlo completamente riposati.
Il citofono li informò che il ristorante era aperto, come da disposizioni di Tony. Già le otto ... aveva dormito come un sasso e senza sogni, molto riposato, carezzò la schiena di Marçela che dormiva alla sua sinistra, aveva la gamba sollevata e lui prese a carezzarla lungamente andando dalle spalle ai glutei, alle cosce ... con forza, come fosse un massaggio, voleva svegliarla, ma dandole piacere. I suoi mugolii rivelarono che era sveglia
"Fai la furba eh? ... l'ho capito che sei sveglia. Dobbiamo andare a cena. Non hai fame? Da domani, se andrà bene, dovremo masticare carne di chissachè ... sarà bene approfittare dello chef del Vargas, prima che parta pure lui.
"Sì ... ma volevo sentire le tue mani su di me, hai un modo di toccarmi che mi stordisce ... fallo ancora e mi alzerò!" – rispose girandosi ad abbracciarlo, mentre lui obbediva carezzandole le spalle per scendere sui reni e sui glutei.
Lei rise sentendo il desiderio di lui premergli sul ventre, ma lui si alzò di scatto.
"Ah no ... ho fame e la cucina chiude ... sarò a tua disposizione dopo cena e a lungo, promesso!"
"Promesso? ... ci conto!"- scherzò.
"Fino a quando crolleremo addormentati!"
Andarono abbracciati verso la doccia, era l'ideale per svegliarsi del tutto.
Dopo essersi rasato, con Marçela che curava e seguiva tutta l'operazione mettendogli la schiuma anche sul naso, Tony indossò uno degli abiti del

sarto di Luiss a Lourenço Marquez. Quello kaki, con camicia leggermente azzurrata e Marçela gli legò i capelli con un nastrino blu, sfilato alla tenda. Ormai i suoi capelli erano lunghi sulle spalle ed aveva preso l'abitudine di legarseli con una coda di cavallo ogni volta che gli davano fastidio. Voleva mantenere la sua parola: due anni senza tagliarli, da quando lasciò le armi a Marsiglia e così doveva essere.
Quella sera, però, fu Marçela ad asciugarli e pettinarli, lasciandoli umidi, ma tirandoli indietro con quella coda e facendogli anche un bel fiocco che si intonava col suo abitino azzurro e bianco, quello che indossava la sera che la conobbe, in quella stessa sala.
"Hermoso ... mi piaci così – disse baciandolo – che fai stasera?"
"Oh oh ... quello che farò stasera non si può dire ... troppo osceno, davvero scandaloso!" – rispose lui, sull'onda dello scherzo, ma non troppo.
"Un'altra promessa Tony? ... le manterrai tutte?"
"Lo vedrai! ... Querida!"
Raggiunsero la Hall, faceva impressione vederla deserta. C'era solo il barman che conversava al bancone con due camerieri.
In sala ristorante invece c'era qualcuno. I soliti clienti, anche loro in attesa di capire cosa fare, in attesa di qualche segno in una direzione o l'altra. Per il momento l'atterraggio di alcuni Mig Cubani all'aeroporto non era sufficiente a spingerli a partire, volevano qualcos'altro di più concreto e, presto, l'avrebbero avuto. Tony ne era convinto.
Sedettero in disparte, volevano starsene da soli, una cenetta intima come vogliono tutte le coppie e, a parte la situazione del tutto insolita, loro due erano proprio questo, una coppia di amanti che voleva intimità.
Il cameriere portò il menù, ma Tony lasciò fare a Marçela. Solo per il vino s'informò se c'era ancora il lancers e chiese che ne mettessero un'altra in fresco.
Poi si meravigliò di vedere Paulo, il pianista, entrare in sala e avvicinarsi a loro. Con lui due elementi della sua orchestra, violino e basso, un po' poco per suonare come la prima volta che l'aveva sentito, ma la situazione non permetteva di pretendere di più, anzi ... Paulo salutò felice di vederli e si diresse sul palco dell'orchestra, iniziando a suonare dolcemente la sua solita musica nostalgica, metteva tristezza, ma era la colonna sonora giusta per quei giorni, celebrava la fine di un epoca ... l'inizio di un'altra!
Le pietanze erano squisite, come al solito. I Portoghesi riuscivano a mettere assieme sapori così diversi ... carne con pesce e frutta con verdure. Insolite per gli stranieri come lui, ma Tony si adattava e gli piacevano tutte le cose nuove, anche culinarie. Poi, annaffiava tutto con

quel rosatinho frizzante che era ciò che gli piaceva di più del Portogallo, donne a parte e, questo, pareggiava tutti i conti. Conversava con Marçela, ma era faticoso tenerla lontana dai discorsi politici che a Tony risultavano indigesti. Tornava sempre sul mondo nuovo, sulla rivoluzione ... su ciò che dovevano iniziare l'indomani. Tony, invece, voleva parlare di tutt'altro e verso la fine della cena, Paulo gli venne in aiuto, intonando la canzone Casablanca ... quel vecchio motivo, sempre bello per due che si amano in situazioni estremamente difficili e, Tony, ne approfittò per convincerla a ballare con lui.

"No Tony, non so ballare quelle musiche ..."

"Nemmeno io ... allora? Ci abbracciamo su un decimetro quadrato e ce ne stiamo lì, a sentire il nostro respiro ... i nostri cuori e, quando ci pare, ce ne andiamo in camera a continuare il discorso ..."- replicò, mentre la prendeva per un braccio aiutandola ad alzarsi per accompagnarla sulla pista.

Era una bella sensazione sentire le morbidezze di Marçela appiccicate addosso e il suo odore, fresco e forte, non viziato da nessun profumo, non ne usava.

Tony prese a baciarle il collo dolcemente per poi arrivare ai lobi delle sue orecchie. Non indossava orecchini, troppo femminili per una pasionaria come lei. Poi lentamente seguì con le labbra il movimento del suo viso, che si girava ad offrirgli le sue, mentre il piano di Paulo ne eseguiva la colonna sonora. Baciarla così era uno stordimento ... per un lungo attimo Tony non si rese conto di dove fosse e cosa facesse lì. Un'emozione forte che, un brivido improvviso di Marçela, che si staccò da lui guardandolo stupita negli occhi, evidentemente non fu solo sua. Una domanda nel suo sguardo che non poté ottenere altra risposta che la stessa domanda negli occhi di lui ... Che ci sta succedendo? Una sola risposta possibile, si stavano innamorando perdutamente l'uno dell'altra ... Più di quanto fosse nelle loro intenzioni. Ogni cellula del loro corpo si stava legando all'altra di segno opposto.

Ogni sensazione emotiva, naturale nel rapporto tra i sessi, veniva moltiplicata a dismisura. Marçela appoggiò la testa sulla spalla di lui e Tony prese a carezzarle la schiena, mentre la sua virilità le poggiava sul ventre, impossibile da evitare.

Paulo terminò il suo pezzo e Marçela prese Tony per mano e si diresse verso l'uscita, verso la camera che li attendeva. Ogni altra cosa era ormai priva d'interesse. Volevano solo unirsi ancora, fare l'amore fino a non poterne più e lo fecero ... e ogni volta fu diverso e più bello. Uscirono anche in giardino, sotto la luna, nudi, per tuffarsi in piscina e farlo anche lì.

Fino a che, esausti, non crollarono nel sonno sul letto sfatto. Una notte davvero indimenticabile!
Lo squillo del telefono li svegliò ... Non era la reception ma Antonio, che voleva parlare con Marçela.
"Dorme Antonio, puoi richiamare?"
"No Tony, siamo tutti pronti a partire ... mancate solo voi due ... Bella notte eh?"
"Accidenti ... la fazenda ... completamente dimenticati ... Sì, stupenda, bisognerebbe passarne una così almeno una vola nella vita ... aspetta, la sveglio" - Tony la svegliò carezzandola e baciandole il collo ma dicendole che c'era Antonio al telefono e questo la svegliò di soprassalto.
"Antonio ... che ore sono?"
"Le otto e un quarto ... chiamo la colazione?"
"Sì ... sì, passami il telefono ... Pronto Antonio. Mi dispiace, ci siamo scordati di farci svegliare ... ora arriviamo, al massimo alle nove saremo lì. Ci sono tutti?"
Sì, ma ci sono anche altri, tutti quelli del nostro collettivo e pare che si stiano organizzando altri gruppi per raggiungerci nei prossimi giorni. Hanno saputo che organizziamo un campo per l'addestramento all'uso delle armi e c'è tutta la Luanda dei nostri che vuole partecipare. Gli ho fatto sapere che non ci sarà alloggio per tutti, che ognuno si organizzi con tende e quel che serve per cucinare ... Saremo tantissimi!".
"Vado a ordinare la colazione alla reception" – disse Tony, per non interrompere la conversazione. Si infilò i pantaloni e una maglietta e scalzo com'era raggiunse la reception, dove ordinò la stessa colazione del giorno prima. Ottima e abbondante ... ne avevano ancora più bisogno, considerando che cena e pranzo erano incerti.
"Antonio mi ha detto che saremo un centinaio, ognuno con sue auto, ma anche tre camion. Però ne arriveranno altri, vogliono imparare a sparare. L'Angola non diventerà mai più una colonia!" – disse con uno sguardo ispirato Marçela.
"A vederti c'è da crederci ma ... lasciami dubitare che sia possibile. Fossero anche un migliaio i volontari disposti a combattere, se quello che Luiss ha saputo risulterà vero, l'Angola sarà governato dai sovietici e questo non significa essere liberi nemmeno in URSS ... figurati quaggiù!"
"Se vorranno colonizzarci, li ricacceremo in mare, li costringeremo ad andarsene" – replicò decisa Marçela e, quando diceva queste parole, non sembrava più una ragazzina ed a Tony faceva paura. Lo spaventava quello che leggeva in quello sguardo. Una luce irriducibile, convinta al punto da essere pronta a tutto per quel che si prefiggeva e Tony, certamente non

coinvolto emotivamente da quella situazione, temeva per lei, per le conseguenze che ne avrebbe potuto avere. Aveva dei brutti presentimenti, ma non poteva parlarne ancora, più di quanto avesse già fatto ... oltretutto sarebbe stato del tutto inutile. Cercò di scacciare quei brutti pensieri sul futuro concentrandosi solo sul presente che non poteva essere più propizio. Era lì, in una camera lussuosa, con una bellissima ragazza che l'amava, dopo due giorni indimenticabili e con una ricca colazione davanti. Mancava solo una bella doccia e ... la fece, con Marçela che le insaponava la schiena e lui a lei, per poi sdraiarsi sul tetto a recuperare le forze. Non lasciarono avanzi ... Tony sistemò le sue cose in valigia e la lasciò sull'apposito tavolino all'ingresso. Prese una sacca di pelle che aveva acquistato a Lourenço Marquez e ci sistemò dentro i documenti, passaporto e libretto di navigazione col denaro che si era tenuto, tutto avvolto in una busta di plastica per preservarli dall'acqua e la infilò nella cinta, un ottimo sistema per averli sempre con se e non esserne infastiditi nei movimenti. Indossò i jeans e una polo. Un altro paio di Jeans e alcune polo di ricambio con calze e mutande li diede a Marçela che li sistemò nel suo zaino, mentre lei gli dava l'abito da sera, con un altro che non aveva mai visto e che certamente non era adatto alla fazenda, da mettere in valigia per ritrovarlo al loro ritorno. In breve erano pronti a partire e, con un ultimo sguardo a quella stanza, dov'erano stati così felici, si diressero velocemente alla sua Land Rover. Passando davanti alla reception Tony si fermò per ricordare che aveva lasciato la sua roba in camera e di averne cura. Consegnando le chiavi disse:
"Sarò assente per un safari. Prevedo che durerà due settimane o tre ... o forse quattro. Luiss mi ha detto che non ci sarebbero stati problemi."
"Sì, signor Vero, nessun problema, la sua reservation sarà valida fino al suo ritorno. Abbiamo avuto disposizioni precise dalla Direzione. Buon viaggio."
"Grazie arrivederci!"
Marçela era già al volante e l'auto era in moto, ma Tony voleva vedere se il suo kalashnikov era ancora al suo posto, con la luger e le scatole di cartucce che aveva riposto nel cassonetto, sotto i sedili posteriori e trovò tutto come l'aveva sistemato. Prese la Luger per averla a portata di mano. non si sa mai dovesse servire e la mise sotto il suo sedile. Poi disse a Marçela:
"Bene ... che la tua avventura abbia inizio! ... e che Dio ce la mandi buona!"

"Ah ah ah ... sì, Dio ce la manderà buona Tony. Vedrai..." – rispose lei entusiasta e uscendo in strada, diretta all'appuntamento con gli altri, fuori città, verso est.
Le strade erano tranquille, non c'era alcun movimento ma, passando davanti al porto mercantile, Tony notò alcune navi nere, con una striscia rossa sul fumaiolo e la falce e martello in oro impressa sopra. Erano navi da carico Russe e certamente non erano lì di passaggio. Non commentò nulla con Marçela, non voleva turbare con i suoi pessimismi questi momenti per lei di gioia. Avrebbe avuto altre occasioni per commentare e non se li sarebbe fatti sfuggire. Non aveva affatto rinunciato a farla ragionare, tutt'altro. Era convinto che quando avesse visto un esercito vero ... avrebbe capito che la sua era un impresa impossibile e destinata al fallimento.
Fino a quel momento era la sua ragazza ed aveva il dovere di accontentarla, esattamente quello che stava facendo!
In auto, non poté evitare di riflettere sulla sensazione di dejavue che aveva avuto in quell'attimo, prima di lasciare la camera ... Gli sembrò di aver già vissuto quella scena.
Non furono, però, necessari struggimenti dell'anima per ricordare cose impossibili, l'aveva vissuta più volte, pochi giorni prima, con Inge!
Questi dejavue non lo confusero, anzi, semmai lo convinsero ancora di più di ciò che stava cominciando a intuire: quando gli sembrava di avere già vissuto una situazione ... ebbene, era proprio così, era vero!
Era anche vero, però, che fin'ora era sempre stato certo di non essere stato nei luoghi nei quali aveva ricevuto un dejavue ... allora?
Allora non era mai stato nemmeno a Luanda, ma aveva avuto un dejavue che ha scoperto essere stato sì già vissuto, ma altrove.
Dunque, non doveva scoprire solo quando aveva già vissuto quelle situazioni ma, soprattutto, dove!
Gli era improvvisamente chiaro che erano particolari sensazioni ed emozioni, evocate da luoghi ed azioni contemporanee, a scatenare quei segnali facendogli notare di averle già vissute, di essere già stato lì, intendendo, però, in quella situazione, non per questo in quel luogo!
Per il momento era abbastanza ... il resto l'avrebbe scoperto a suo tempo.

Capitolo II
Marçela Cadìz

Marçela lo riportò al presente, su quella rover con lei.
Guidava velocemente nel traffico, davvero scarso, considerando il solito di qualche settimana prima.
"Saremo fuori città in altri dieci minuti, non c'è nessuno in giro".
"E va bene così ... Lourenço Marquez era nel caos!"
"Perché nel caos?"
"Per l'arrivo dei comunisti del Frelimo ... anche se a te sembrano piacere, solitamente la gente non li ama. Sai cosa diceva dei comunisti il generale della più potente armata comunista dopo quella dell'URSS e della Cina di Mao?"
"Chi?..."
"Il Generale Vò Nguyen, detto Giap. Il Comandante dell'armata Nord Vietnamita e che sconfisse prima i Giapponesi, poi i Francesi della Legione Straniera a Djen Bjen Poh e poi l'armata Americana e Sud Vietnamita a Da Nang e a Saigon e ... che non era un comunista, disse di loro: i comunisti sono corrotti e incapaci! ... e aveva ragione, credimi. Basta leggere un po' di storia che non sia propaganda e scopriresti che è proprio così.
Se verranno qui, sarà per razziare ... prenderanno petrolio, materie prime, diamanti e tutto quello che può avere valore e, in cambio, vi daranno un amministrazione corrotta e incapace. Esattamente come hanno fatto sempre, Giap li conosceva bene ... arriveranno carestia e fame!"
"Conosco la storia di Giap, era il braccio destro ed il ministro della guerra di Ho Chi Minh, ma non ho mai sentito che avesse detto queste cose dei comunisti".
"Perché sei indottrinata Marçela, la verità non si trova mai nella propaganda politica ... l'ha detto, ed era uno dei motivi per cui era sempre sotto controllo. Era un idolo per i suoi soldati, per questo non si era ammalato improvvisamente, per poi morire sotto i ferri ... com'è capitato ad altri. Oppure processati e condannati per qualche reato, suicidati o incidentati. Un intero Ufficio del KGB sovietico è dedicato all'organizzazione di questo genere di cose e io sono sicuro che se i tuoi leader sono davvero sinceri come ritieni, quell'Ufficio ha già i loro

nominativi e li ha segnalati agli agenti locali per metterli sotto controllo. La verità è questa, non quella che credi tu!"
"Non capisco come posso essermi innamorata di un reazionario fascista come te ... Saresti piaciuto a mio padre, sui comunisti la pensate nello stesso identico modo. Non ha mai perdonato a De Spinola di essere passato dalla parte di quelli che volevano l'abbandono delle colonie. Era un amico di famiglia, con mio padre si conoscevano dai tempi di scuola. Era il Generale comandante di tutta l'armata coloniale e, all'improvviso, partecipò al Golpe che fece cadere il Governo di Caetano, Salazarista, cioè fascista come te, che sosteneva le politiche coloniali, proclamando subito la fine dell'occupazione coloniale".
Marçela aveva dato altre volte a Tony del fascista e ne risero sempre assieme, sapeva bene che non lo era, era solo pragmatico ... sanamente pragmatico.
"Non dico che le politiche coloniali siano state perfette. Avevano molti difetti, è vero, ma hanno creato delle nazioni moderne, dove c'erano solo tribù. Anche la ribellione di tanti, come te, è un frutto della politica coloniale di integrazione dei nativi. Una volta che vengono istruiti, pretendono il rispetto dei proprio diritti e sentono, invece, di essere considerati cittadini di serie B. Come dici tu, una negra figlia della colonizzazione nella tua stessa Patria! Questo è gravissimo, ma non è da attribuire alle politiche coloniali, ma al razzismo che è insito nell'animo umano. Non senti i proclami di Jonas Savimbi, nero come il carbone, Ovim'Bunda, che vuole cacciare dall'Angola tutti quelli che non sono come lui ... non è razzismo il suo? L'abbandono dell'Angola da parte del Portogallo, rischia di farlo finire in simili mani e l'ombrello comunista non lo impedirà, dal momento che pure Jonas Savimbi è comunista. Ha studiato a Pechino, anziché a Mosca come Neto ... ma sempre di comunisti stiamo parlando! Io credo che si sarebbe dovuti intervenire, anche in maniera rivoluzionaria, sulle politiche coloniali. Rendere un reato gravissimo le discriminazioni, fornire aiuti e leggi adatte a tutelare i diritti dei cittadini delle colonie, promuovere politiche di sviluppo che vedessero gli angolani e gli altri emanciparsi e partecipare al progresso della Nazione guida, in questo caso il Portogallo. Però, questo, doveva essere fatto prima che si sollevasse la ribellione e montasse l'odio. Ormai è troppo tardi e Spinola deve averlo compreso. La colpa, però, non è sua che ha solo preso atto di tutti i morti inutili, tra i suoi soldati e i civili, per gli attacchi terroristici dei comunisti, sia filo Cinesi, sia filo sovietici, cercando di porvi rimedio con il ritiro delle truppe coloniali. Che cosa accadrà ora è tutto da vedere. Io mi sento come al cinema, la trama è intricata e non

riesco a intuirne la fine, ma cercherò di farmene un'idea per evitare di trovarmi coinvolto in un brutto casino dagli sviluppi imprevedibili. Fortuna, però, che avrò tutti questi bei giocattoli con me, per non sentirmi troppo giù i prossimi giorni" – concluse Tony, ridendo e afferrandogli delicatamente i seni, giocattoli davvero stupendi che distrassero Marçela dalla guida e dalla conversazione, forse troppo seria dal punto di vista politico, almeno per Tony che, invece, voleva restare su argomenti più "intimi".
"Ah ah ah ... smettila, stavo per uscire di strada ... ma possibile che non pensi ad altro?" – replicò lei, in realtà felice di piacergli così tanto e Tony ne approfittava per carezzarle il seno, infilando la mano sotto la camicia che aveva sbottonato, kaki, come i pantaloni di foggia militare che indossava.
"Smettila Tony, non riesco a guidare ..."
"Lasciami fare, tra poco verrà a bordo qualche rompi e dovremo fare da bravi ... che disturbo ti dà una palpatina?" - per tutta risposta Marçela accostò la macchina al marciapiede deserto e lo baciò abbracciandolo con forza, lasciandolo sorpreso e senza fiato.
"Ecco che disturbo mi da una palpatina. Vuoi che torniamo indietro? Perché, se continui così, dovrò girare la macchina e tornare indietro. Ti desidero anch'io, che credi?"
"Scusa ... ma mi è piaciuto ... possiamo rifarlo più in là?" - rispose guardandola rimettere in moto.
"Ah ah ah ... Sì, lo possiamo rifare più in là a due condizioni, se saremo soli e se ne avremo occasione ... va bene?"
"OK ... ci sto ... vale anche se butto giù dall'auto gli incomodi?"
"Nooo ... Ah ah ah ... poveretti, sono tutti volontari, si aspettano ben altro da te che essere gettati giù dall'auto in corsa perché devi palparmi le tette, ti sembra serio?!"
"No ... infatti non lo è, ma cos'è la vita senza qualche sana risata? Quanto manca?"
"Siamo quasi fuori città, abbiamo appuntamento in una radura, subito dietro quegli alberi laggiù, li vedi?"
"Sì ... visti! ... OK, facciamo i seri ... i rivoluzionari non ridono!" - scherzò ancora Tony, facendo sorridere ancora Marçela.
Arrivarono nella radura fuori città per ritrovarsi circondati da auto e vecchi camion e una folla di ragazzi e ragazze, chiaramente studenti che, a piccoli gruppi, si avvicinarono alla Land Rover di Marçela che, scese e assunse il suo ruolo di leader. Parlava in portoghese troppo rapido perché Tony potesse capire tutto. Gli era chiaro, però, che stava dando

indicazioni sulla direzione di marcia e istruzioni su ciò che dovevano necessariamente portare con loro. Poi chiese ad Antonio delle armi e, alla sua risposta, chiese a Tony di seguirla verso due camion apparentemente militari, col telone chiuso, dove avevano caricato tutte le armi e munizioni di cui disponevano. Uno conteneva solo AK-47 e le munizioni di corredo, ma gli dissero che anche un altro camion era carico di fucili mitragliatori e munizioni, in totale erano poco meno di due mila. L'altro, i lanciarazzi RPG-7, i chincom e i razzi con bombe da mortaio. Alcune casse avevano ideogrammi cinesi stampati sopra e, Marçela, spiegò che si trattava di un carico d'armi sequestrati dall'esercito coloniale a Benguela, diretto all'interno, per l'UNITA di Savimbi.
"Allora questi sono la versione cinese dei mortai e, sicuramente, ci saranno anche altri pezzi in quella versione. Per l'AK-47 cambia poco, giusto l'impugnatura e la baionetta, più lunga e ripiegabile. Molto più efficace nei combattimenti all'arma bianca, ma dubito che né farebbero - disse Tony a Marçela, aggiungendo - Mi pare strano, però, che abbiano sequestrato queste armi a Benguela dirette all'UNITA che sta sull'altopiano. Sei sicura che sia andata proprio così?"
"No ... in realtà è solo quello che hanno detto i militari che ci hanno lasciato i camion prima di imbarcarsi. Li hanno abbandonati nel piazzale davanti alla caserma, durante una nostra manifestazione. Avevano fatto amicizia con Antonio e Roberto e gli avevano rivelato che c'erano quelle armi che dovevano essere distrutte proprio da loro. Gli avevano ordinato di portarle fuori città e farle esplodere con delle mine. I due hanno deciso che ne avremmo fatto un uso migliore noi. Avevamo molti amici tra le truppe coloniali".
"Immagino, con tutte queste belle ragazze ... Cosicché abbiamo anche delle mine e dell'esplosivo? Fammi vedere dove, perché quello ha bisogno di cure particolari, se non vogliamo saltare tutti per aria alle prime buche che, immagino, saranno frequenti."
"Antonio ... dov'è l'esplosivo?" - chiese Marçela.
"Sopra le casse, sull'altro camion. Sono cilindri lunghi, sembrano di cartone con una miccia penzolante, l'abbiamo richiuso e messo sulla pila dei fucili ... Perché?"
"Perché non so dire in Portoghese che avete un culo della Madonna!!!
È dinamite, esplode col fuoco, ma può esplodere anche con gli urti, è instabile come pochi altri esplosivi. Occorre trovare un modo di sistemarla, altrimenti dobbiamo scaricarla con tutte le attenzioni possibili e lasciarla qui".

Tony salì sul camion che trasportava anche l'esplosivo ed ispezionò il carico. Vide che era ben tenuto, ma la cassa non poteva restare così, esposta a ogni sobbalzo della strada, a volte inesistente. Vide che c'erano delle corde nel cassone e si fece aiutare da Antonio nel preparare una sorta di amaca di corda tra una stecca metallica del cassone e l'altra. Erano robuste, reggevano il telone, ma potevano reggere bene anche la cassa. Preparata l'amaca vi adagiarono la cassa sopra, ben bilanciata, poi, per maggior sicurezza, la legarono, avvolgendola con diverse passate di corda ai tiranti dell'amaca. Restava sollevata di almeno 50 cm dall'ultima cassa e ben distante dai bordi del cassone. Tony ora si sentiva tranquillo, non poteva esplodere accidentalmente.
"Però ... - disse ad Antonio e Marçela che lo guardavano scendere - se durante il tragitto dovessimo essere attaccati dai terroristi di Savimbi, chi guida questo camion dovrà fermarsi e scendere di corsa allontanandosi e, pertanto, dobbiamo farlo marciare per ultimo e a una buona distanza, perché se viene colpita la cassa ed esplode, farà un bel cratere!"
"D'accordo, lo guiderò io allora, con Roberto e ... staremo indietro, va bene?"
"Sì, OK! Non ti preoccupare, sistemata così non subirà urti e i dondolamenti non gli faranno ne caldo e ne freddo."
Marçela salì in piedi sulla sua Land per essere vista da tutti. Erano centinaia, parecchi sui camion, ma molti con auto e vecchie moto con sidecar. Tutti estremamente giovani ed entusiasti, come se stessero andando in gita scolastica e disse:
"Dobbiamo raggiungere la fazenda della mia famiglia. Dovremo andare a est, oltre Luena e poco prima della selva di Cameia. La casa si trova nei pressi del ponte sul Cajombo. Non potremo arrivarci oggi, sono circa settecento chilometri su strade dissestate e per lunghi tratti dovremo tagliare per la savana. Faremo una sosta per la notte là dove ci troveremo, spero già sulla riva del Luene. Una volta arrivati, chi non ha una tenda con se potrà alloggiare nel villaggio di Cajombo. La stagione delle piogge è finita e si può dormire anche all'aperto, ma è una decisione vostra. La casa è grande, le stalle pure e sono ormai vuote, ci arrangeremo in qualche modo ... Movimiento Popular par la Libertaçao de Angola ... Venceremos!" - terminò, gridando, Marçela, scatenando urla di approvazione e di gioia.
Tony non era così entusiasta, ma non disse nulla a Marçela, non voleva affatto essere pessimista ma, almeno nei suoi pensieri, poteva e voleva dirsi la verità.

Non gli era piaciuto soprattutto lo sguardo di uno degli amici di Marçela, Tomàs. Non aveva detto una parola, osservava tutto e tutti, con quella strana luce negli occhi ... una luce che Tony avrebbe definito sinistra, ma poteva essere solo una sua impressione. Forse era solo che gli era antipatico!
Marçela partì, seguita da una lunga e variopinta colonna di mezzi. Nel cassonetto gli avevano piazzato alcuni fusti di gasolio.
"Certo meglio che dei passeggeri ... questi almeno non parlano e non vedono!" - pensò Tony, allungando le mani sulla sua Marçela.
"Di nuovo Tony? ... Fai il serio, dai. Dobbiamo fare almeno 400 km entro oggi e non sarà facile. Questa strada asfaltata ci lascerà sullo sterrato tra cinquanta km e poi sarà tutta da vedere. Ci sono passati anche i carri armati e i mezzi blindati dell'esercito in ritirata verso l'imbarco e, sicuramente, non hanno lasciato la pista così come l'hanno trovata."
"Ma io sono serissimo! ... Mi vedi ridere forse?"
"Ah ah ah ... bada che se continui così questa notte dovrai pagarla cara, capito?"
"Carissima ... non vedo l'ora!" - rispose Tony, levandole però la mano dal seno. Effettivamente la guida stava diventando impegnativa e, spesso, una buca centrale costringeva a rallentare e spostare il mezzo da un lato o dall'altro per passare sul bordo strada. Meglio pensare alla strada per il momento. Oltretutto non doveva dimenticare le condizioni della ex colonia e pensò bene di tirare fuori il kalashnikov dalla cassetta e metterlo in posizione di tiro, sulle sue ginocchia. Erano ormai fuori dal centro abitato da almeno un ora, quando riconobbe il paesaggio, boscaglia e savana che si alternavano velocemente.
"Ma è la strada che porta a quelle cascate ... Duque de Braganza!"
"Sì ... per circa trecento chilometri è la stessa pista, poi, prima di dirigerci alle cascate, dovremo voltare a sud est per un altro centinaio di chilometri e faremo campo per la notte sulle rive di quel fiume. Dovremo attraversarlo ... c'è un guado molto basso che lo permette. Se però le piogge l'hanno gonfiato troppo, appena più a sud ci sono dei traghettatori con delle zattere."
Guarda ... là, sulla destra, di nuovo gazzelle ... guarda ... guarda un ghepardo in corsa ... accidenti come sfreccia, ma è più veloce di noi ... Ohh povera bestia l'ha presa ... Che storia però ... Una vita per una vita! D'altra parte anche noi, per vivere, dovremo cacciarne qualcuna e, dalla sua morte, ci verrà energia per vivere ... è la storia del mondo."
"Sì ... la storia del mondo. Da bambina avevo una gazzella, mio padre l'aveva salvata dai leoni che era piccolissima. Era restata vicino alla madre,

preda di leoni. Paralizzata dal terrore perché vedeva quelle fiere sbranarsi la madre e non sapeva cosa fare. Fortuna che erano affamati e si erano gettati sulla madre, trascurando lei ... ma non per molto se mio padre, che aveva assistito alla scena, non fosse stato mosso a pietà sparando un colpo in aria e spingendoli ad allontanarsi dietro al maschio, che si trascinava tra le zampe il corpo della gazzella tenuto tra le fauci. Me la portò e l'allevai come fosse un cagnolino, mi seguiva dappertutto. Le davo latte di vacca con un biberon per vitelli e lei sbatteva la coda finché non finiva. Allora prendeva a saltare felice, come fanno gli agnellini. Non era ancora adulta che la vidi sbranata da sciacalli che l'avevano circondata poco fuori la fattoria. Ho cercato di cacciarli, ho persino rischiato di fare la stessa fine raggiungendoli e colpendo con un bastone quelle bestiacce. Ma non c'è stato niente da fare, erano affamati e vedevo il loro muso sporco di sangue, del sangue della mia Clareta, mentre la facevano a pezzi. Mi raggiunse mia madre con alcuni servi che allontanarono gli sciacalli ... ero tremante come una foglia e mi ci volle del tempo per uscire da quello stato di choc. Ero arrivata persino ad odiare l'Africa ... così mostruosamente crudele. Poi ho capito che è la legge della vita. Quei sciacalli devono cacciare per vivere e anche loro hanno dei cuccioli da nutrire ... non hanno scelta, devono uccidere. Loro almeno lo fanno per fame, per nutrirsi, solo l'uomo uccide per divertimento o per sopraffazione. Siamo noi le vere belve ...".

"Già ... sono d'accordo, ma noi abbiamo rimosso la crudezza di certe realtà della vita in millenni di civiltà. Da quando abbiamo imparato l'agricoltura e l'allevamento, abbiamo smesso di dover cacciare per bisogno, è diventata un attività ludica, uno sport. Anche noi, però, siamo stati in agguato tra le erbe della savana, in attesa di cogliere di sorpresa una preda ignara per assalirla e sbranarla velocemente, prima che altri predatori arrivino a pretendere la loro parte! Difficile immaginarsi così ma, alcuni, proprio da queste parti, vivono ancora così!"

"Sì, a Sud, poi, verso la Namibia, ci sono alcune tribù che vivono letteralmente come all'età della pietra ... e a est di qui, nelle foreste del Congo, ci sono uomini della grandezza di una scimmia, i pigmei, che vivono come se non fossero passati milioni di anni di evoluzione della specie. Stanno tra i rami degli alberi, come le scimmie, mangiano frutti e noci, integrando l'alimentazione con la carne che cacciano ... Io non li ho visti ma, mio padre, mi ha raccontato che sulle rive del fiume Congo, dove andò in esplorazione in canoa, poté vederli proprio sugli alberi, mentre guardavano la sua canoa incuriositi ... ed era difficile distinguerli dalle scimmie, ma non c'erano dubbi che fossero loro, i pigmei, e ci sono ancora

adesso. Oltre il fiume Congo ci sono zone di foresta pluviale inesplorata. Sono zone molto pericolose, gli indigeni praticano abitualmente il cannibalismo ed è meglio non avventurarsi da quelle parti ... nemmeno ben armati. Prima o poi si deve chiudere gli occhi e dormire e si rischia di non aprirli più e diventare pasto per cannibali ... Dio mio che orrore, ma come faranno?
Hai sentito di Bokassa ... proclamatosi Imperatore del centrafrica? ... pare che abbia un frigorifero sempre colmo di carne umana ... e non sono favole, lo sanno tutti, ma nessuno può far niente. Pare che il suo regime sia addirittura protetto dalla Francia che fa affari minerari con lui."
"Ho sentito ... e non ci volevo credere. A volte si dice così dei neri per disprezzo ma, invece, qualche anno fa ci sono state delle prove concrete: Un gruppo di militari dell'ONU, baschi blù inviati in Congo per l'ordine pubblico e proteggere i civili, perlopiù coloni Francesi e Belgi, sono stati accerchiati dagli uomini di una tribù dove si trovavano e uccisi, poi fatti a pezzi e alcuni mangiati subito, gli altri sono stati venduti al mercato come carne umana, messi sui tavoli e nelle ceste in diversi tagli, come si fa per la carne bovina. Hanno rimpatriato in Europa delle casse vuote, per non dare alle famiglie una simile notizia, ma era quella la fine che fecero ... da brivido!"
"Sì ... ti immagini? ... sapere, poco prima di morire, che sarai cibo di qualcuno ... Oh No ... è intollerabile anche solo il pensiero ..."
"Concordo, ma solo perché non è nel nostro costume, o almeno non più. Per questi è normale, non se ne fanno alcuno scrupolo e, anzi, evidentemente gli piace di più di quella animale, altrimenti non credo che un Imperatore, per quanto buffonesco, non si possa permettere carne di vitello o di maiale da ridursi a mangiare le sue guardie del corpo ... pare che ne avesse sempre una in frigo ... Ah ah ah!"
"Ti prego ... cambiamo discorso o dovrò fermarmi a vomitare!" - disse, con un lamento, Marçela.
OK ... Cosa c'è tra questa selva? ... Alberi, alberi, savana e ...?"
"E alcune cittadine, villaggi di capanne, quasi sempre lungo le rive di un fiume, ma molto distanti le une dalle altre. L'Angola è su un'estensione enorme di territorio, con grandi pianure costiere, un vasto altopiano centrale molto ricco d'acqua e con alcune montagne che arrivano a duemila metri d'altezza ... ma è spopolato. Siamo stati censiti in appena una decina di milioni dall'ultimo censimento valido, sia pure approssimativo, considerando le zone del tutto selvagge, sfuggite a ogni controllo, ma che rende l'idea."

"Guarda, uccelli acquatici ... sembrano aironi. Ci stiamo avvicinando al fiume ..."

"Sì ... al Luene ... più a sud confluisce nello Zambesi, è quello che hai conosciuto sulle cascate del Duque de Braganza. Ci accamperemo sulla sua riva destra per la notte, almeno un'altra ora buona di marcia e saremo arrivati ad un ansa che potrebbe permettere il guado, nella stagione secca di sicuro, ma la stagione delle piogge è finita da poco e forse saremo costretti a scendere più a sud e passare sull'altra riva con il traghettatore, lo vedremo domattina. Sei stanco meu amor?"

No, il mio culo traballa da questa mattina su questo sedile sbilenco, ma vorrebbe farlo ancora ... Ma cos'è di ferro?"

"Ah ah ah ... sì è di ferro, con un imbottitura che ha visto troppi safari. D'altronde, puoi capire che se non avesse questa struttura, quest'auto non sarebbe durata così tanto. Era di mio padre e ci andò per la prima volta alla fazenda, subito dopo averla rilevata dai vecchi proprietari."

"Non l'ha fatta lui?"

"No ... cioè sì. Lui ha rilevato la concessione e la fazenda era solo un gruppo di baracche. Il Proprietario era un Belga che aveva concessioni minerarie nel Congo e aveva pensato di allevare anche bestiame da carne qui, perché sull'altopiano congolese non ci sono i pascoli dell'Angola. Era una bella idea, a Nord, non molto distante, passa la linea ferroviaria che collega Benguela con Kolwasi e Kinshasa, in Congo. Lui caricava il bestiame sui vagoni e li portava in Congo, facendo buoni affari. Poi, però, il Congo Belga era caduto, il Belgio abbandonò la colonia e lui rientrò in Europa, disfandosi anche della fazenda. Sono stati anni terribili per il Congo, i guerriglieri di Lumumba e di altri leader ribelli, armati dai sovietici, attaccavano le fattorie isolate e le miniere dei coloni e assassinavano e distruggevano tutto, se ne andarono tutti. La fazenda l'acquistò mio padre e fu lui a renderla com'è. Costruì la grande casa al centro, con le stalle e i magazzini tutt'intorno, come se fosse un villaggio. Io l'adoro, ne ho molta nostalgia ... mi batto anche per difenderla. Non voglio che sia distrutta, saccheggiata ... incendiata, com'è successo a tante altre."

"Vedi? ... tu stessa ammetti la verità eppure pensi che in Angola sarà diverso. Hai appena riconosciuto che le bande che saccheggiavano le fattorie e le miniere dei ribelli erano armate dai sovietici, però, in Angola, invece, i sovietici vengono a portare la pace e il progresso, perché?"

"Perché noi non siamo il Congo e il Governo coloniale portoghese non ha mai commesso le atrocità del Governo Belga. Re Leopoldo del Belgio decimò la popolazione indigena e nessuno ne seppe mai niente. Sono

queste le cose che hanno alimentato l'odio che poi gli è esploso contro. Inoltre, noi abbiamo Agostinho Neto, lui è un Marxista Leninista, molto apprezzato a Mosca e che ha sempre rivendicato la volontà d'indipendenza dell'Angola, anche se ha chiesto aiuto contro il terrorismo dell'Unita, ma l'ha chiesto all'ONU, non a Mosca!"
"Sì, sì ... ho capito, ma sei davvero convinta che al Cremlino siano così attenti a questi dettagli? O vuoi solo convincertene, ripetendolo come un mantra? Io spero solo che tutta questa fiducia non ti esploda contro, come ai Belgi. Io, immedesimandomi in loro, qui come altrove ... e ho conosciuto la Guinea, il Sud Africa e il Mozambico ... sento odio e nessuna volontà di ragionare su bianchi cattivi e bianchi buoni e ti dirò di più: non posso dargli torto! Sono stati trattati come schiavi, sfruttati e umiliati e, se gli va bene, riescono a inserirsi con mille sacrifici e diventare medici e ingegneri, per essere considerati cittadini di serie B ... in casa loro! ... Scusa se li capisco. In Sud Africa non volevo credere ai miei occhi, a Durban c'erano i cessi for withe only ... Capisci? Solo per bianchi, manco la piscia fosse diversa tra bianchi e neri. Fossi uno di loro odierei tutti i bianchi e vorrei solo ucciderli o ricacciarli in mare ... Anche se capisco quelli come te, che si sentono a casa loro qui, dove sono nati, e non vogliono partire per l'Europa. In questo, spero che sia possibile, ma ci vorrà pazienza e volontà di pace. Mentre, invece, stiamo armando tutti questi ragazzi per farne dei combattenti ... per uccidere altri neri che li vogliono mandare via. Una spirale di odio che si alimenta da sola, come il fuoco nella savana!" - Tony s'interruppe per guardare una piccola mandria di ippopotami che si spostava lungo la riva del fiume andando verso sud. Marçela si fermò per lasciarli procedere.
"Buon segno! Si stanno spostando a sud, questo significa che l'acqua si è abbassata troppo e questo a loro non piace. Hanno bisogno di restare immersi per controllare la temperatura del corpo. Vedi che colore stanno assumendo?"
"Sì ... rosso sangue ... sono feriti?" - chiese Tony incuriosito. I pachidermi avevano acquisito un colore rosso vivo molto carico ed aumentava sempre più, anche i piccoli che correvano dietro le madri per non restare indietro."
"No ... indica che stanno soffrendo il caldo e, soprattutto, il sole sulla pelle. Il loro sudore è rosso scuro. Oltre al fatto che si stanno spostando fuori dall'acqua, probabilmente per arrivare prima dove il fiume è più profondo, stanno accelerando il passo per evitare di essere attaccati dai Leoni. Solitamente le fiere non attaccano gli ippopotami, forniti di una pelle troppo dura per i loro denti e di mascelle capaci di spezzarli in due

con un morso ma, questo non vale per i piccoli, quelli sarebbero un boccone prelibato. Se non li lasciamo correre davanti, penserebbero che siamo pachidermi rivali e ci attaccherebbero per difendere il loro territorio e ... hai già visto che effetto fa essere attaccati da un pachiderma, no?"
"Mamma mia! ... No, no, lasciali correre ... anzi facciamo campo qui e non muoviamoci fino a domattina ... che siano già tutti molto lontani!"
"Tra poco ... dietro quella macchia d'alberi c'è la secca con fondo pietroso che usavamo per guadare il fiume. Faremo campo lì per la notte e saggeremo il guado, se sarà abbastanza basso, come la migrazione degli ippopotami lascia credere, passeremo dall'altra parte, anche se per qualche auto da città forse sarà alto comunque ... vedremo!" - Marçela si accese una bella sigaretta e scese dall'auto, seguita da Tony che fece altrettanto. Furono raggiunti da Antonio Roberto e da altri autisti, che chiedevano le decisioni per la sosta. Marçela indicò il punto dove dovevano fermare i mezzi e suggerì di parcheggiarli in circolo, tutt'intorno all'ansa dove avrebbero fatto campo. Sarebbero serviti a ulteriore protezione del campo, giacché era un luogo di abbeverata anche per le belve.
Con tutti quei mezzi intorno, la riva del fiume era ostruita per chiunque altro volesse arrivarci e iniziarono a raccogliere legna secca per i fuochi. Antonio con altri si erano allontanati, il sole era ancora alto, per cacciare qualche gazzella.
"Sono davvero troppi per calare un po' di pasta in pentola! ... hai pensato a come nutrire tutti questi e gli altri che arriveranno?" - chiese Tony a Marçela, che si era infilata nell'acqua con un bastone per saggiarne la profondità. La seguì, ma tenendo la Luger ben stretta in pugno e gli occhi sulla superficie, aveva visto che razza di sistemi usano i coccodrilli per fare provviste di carne e non voleva farne parte! Marçela si voltò e vedendo come scrutava la superficie del fiume con l'arma in pugno si mise a ridere.
"No ... dove l'acqua è così bassa i coccodrilli non si avventurano. Questi bestioni sarebbero in bella mostra. Non c'è abbastanza acqua da nascondersi e per catturare le prede hanno bisogno di potersi avvicinare immersi, altrimenti sono troppo lenti e non catturerebbero nulla."
"Ah si? ... puoi anche escludere che ce ne sia uno così stupido da venire proprio qui a buscarsi la cena?" - replicò Tony, senza abbassare la guardia.
"No ... hai ragione, meglio essere prudenti comunque. Abbiamo finito, il fondo è ciottoloso come senti e la media della profondità è di circa trenta centimetri, l'ideale per guadarlo ...Se qualche auto non dovesse farcela, la tireremo fuori rimorchiandola. Faremo tutto domattina, così arriveremo

alla fazenda nel primo pomeriggio. Non ci sono strade per arrivarci, solo una pista che, dall'anno scorso, nessuno manutenziona più e c'è stata la stagione delle piogge di mezzo. Speriamo bene!"
"Perché speriamo bene? Cosa potrebbe essergli successo?"
"Ah di tutto ... Durante la stagione delle piogge, qui, molta di questa savana diventa un acquitrino che copre anche la pista, rendendola morbida di fango e, sopra, ci passano le mandrie in migrazione, Gnu, come Zebre ed elefanti. Puoi immaginarti come la riducono. Sempre mio padre, con la stagione secca, partiva col camion, pale e picconi e, con i suoi uomini, spianava le buche più profonde, altrimenti ... niente più auto da e per la fazenda. In ogni caso, se ce ne troveremo davanti qualcuna troppo grossa ... abbiamo pale e picconi in dotazione ai camion."
"Bene ... mi sento sollevato all'idea di dover spalare sotto questo sole, mi mancava un esperienza così" - Disse Tony, osservando uno Gnù che lo fissava, affacciatosi sull'altro lato del fiume, poi seguito da un altro e da un altro ancora. In breve furono davvero parecchi.
"Un bel guaio - disse Marçela guardandolo - vogliono attraversare proprio qui e non si fermeranno solo perché ci siamo noi!"
"Perché proprio qui? ... non possono andare altrove?" - gridò Tony correndole dietro.
"Perché lo fanno da qualche milione di anni e non vedono motivo di cambiare. Dobbiamo spostare i mezzi e che tutti salgano subito a bordo o ci travolgeranno!" - Tony si voltò a guardare e vide che sulla riva erano ormai centinaia e quelli che arrivavano spingevano in acqua quelli che si erano fermati a guardare quegli strani esseri che gli impedivano il passo.
Intanto i camion, in retromarcia, si erano già spostati e le auto stavano facendo rapide manovre per liberare un passaggio abbastanza ampio per quella mandria che diventava sempre più grossa. Proprio in quel momento il capobranco si buttò in acqua correndo e saltando, seguito da tutti gli altri. Tony era rimasto indietro, non avrebbe raggiunto in tempo un'auto sulla quale montare. Si buttò sull'albero della riva, non era molto grosso né alto, ma aveva dei rami robusti in grado di reggerlo e ad almeno un paio di metri da terra. Vi si arrampicò più veloce di una scimmia tenendosi poi avvinto ad essi, mentre sentiva la terra che tremava sotto il rombo di migliaia di zoccoli e quello strano verso, a metà tra un muggito e un nitrito che riempiva l'aria. Poteva vedere quella lunga colonna animale sbucare sulla riva e gettarsi in acqua traversandola di corsa, certo memore dei rischi che correvano nel farlo, ma dovevano spostarsi per nuovi pascoli ed era la legge della vita a imporlo ... Il loro destino!

Vedeva sotto le sue gambe, che aveva sistemato penzoloni, sedendosi tranquillamente sul ramo dell'albero, una volta verificato che era abbastanza alto e robusto, quel fiume di carne scorrere sotto di lui, ne sentiva l'ansia e ne percepiva l'odore acre, forte ... simile a quello dei cavalli sudati. Li guardava ammirato per il loro essere due bestie in una. Per qualche strano caso del destino un bovino selvatico dev'essersi accoppiato con una zebra da qualche parte la intorno e la loro prole ha vinto la gara per la sopravivenza, moltiplicandosi in questo modo immenso. Le mandrie di questi essere arrivavano a coprire l'orizzonte e, con le loro migrazioni annuali, nutrivano tutta l'africa centrale. In effetti aveva visto una grande estensione di erba fresca arrivando lì. Le piogge avevano fatto spuntare i nuovi germogli ed era per questo che vi si stavano dirigendo ... la catena della vita che continua, anno dopo anno, secolo dopo secolo, per millenni, per milioni di anni ... sempre uguale. Anche nelle pitture rupestri il muso e le corna dei bovini oggetto di quelle cacce era molto simile a quello degli Gnu, forse era allora che si era incrociato con le zebre. In effetti, questo lo aveva reso molto più agile e veloce dei bovini ... una specie vincente! Tony pensava tutto questo mentre attendeva che il fiume di carne finisse di scorrergli sotto, ma non accennavano a diminuire ed era da almeno un quarto d'ora che guadavano il fiume.
"Ma quanti sono?" - gridò verso alcuni sulle auto, a una ventina di metri da lui. Non ricevette alcuna risposta e si mise a ridere ... Come avrebbero potuto sentirlo se nemmeno lui aveva sentito la sua voce in quel frastuono di zoccoli?
Riusciva a vedere che i ragazzi sull'auto si stavano passando delle canne e certamente non avevano alcuna fretta di scendere, ma lui era in posizione scomoda. Il ramo era nodoso e gli stava facendo male sulle natiche. Decise di alzarsi in piedi, ma era pericoloso, se cadeva là sotto l'avrebbero maciullato. Decise così di resistere ... finiranno!
Dopo una lunga mezz'ora la mandria sembrò scemare, tra le groppe pelose che gli scorrevano sotto iniziava a vedere lembi di terreno, fino a che notò che si assottigliava e capì che era la retroguardia ... stavano per finire.
"Accidenti, come mai non ci avevo pensato? Basta abbatterne un paio e ci sarà carne per tutti ... Attenderò gli ultimi e da questa distanza basterà la pistola. Cercherò di colpirli in testa, povere bestie, perché farle soffrire dopo una simile corsa?" - pensò, mentre impugnava la pistola, pronta a far fuoco. Da sopra l'albero, però, vista la posizione scomoda avrebbe

potuto sbagliare, decise di scendere e di poggiarsi al tronco per non essere travolto, in attesa degli ultimi.
Si mise dietro al tronco per non rischiare di essere colpito in passata da qualcuna di quelle corna e vide con sollievo arrivare gli ultimi capi, uno zoppicava vistosamente, era infortunato, oppure semplicemente troppo vecchio per un'altra migrazione. Altri erano vitelli o puledri, non sapeva come definirli, che seguivano le madri e decise di lasciarli vivere, anche se la carne era certamente più tenera ... non gli sembrò giusto ucciderli!
Quando gli arrivò a pochi metri prese la mira e sparò abbattendolo, un colpo preciso, sulla fronte, tra gli occhi ... non sentì nulla e rimase lì, sulla riva. Purtroppo era proprio l'ultimo ... se non l'avesse ucciso lui, l'avrebbe fatto qualche leone nella savana. Raggiunse le auto, voleva vedere Marçela che, invece, lo raggiunse di corsa chiamandolo:
Stai bene? ... ti ho perso di vista e non ti ho visto più, ho avuto paura che ti avessero travolto ... dov'eri finito?"
"Lassù ... sull'albero ... e questa sarà la cena" - disse Tony, indicando lo Gnù dietro le sue spalle.
"Ben fatto ... Credo che ne abbiano preso anche qualche altro. Li macelleremo e lasceremo le carcasse agli avvoltoi, lontano dal campo o arriveranno anche le iene e gli sciacalli. Questa la faremo portare via dal fiume. Vieni ..." - rispose, tirandolo per mano verso l'auto, che doveva rimettere in circolo. Tony vide che effettivamente Antonio e altri stavano macellando velocemente altri due Gnù e li raggiunse per dirgli anche di quello sulla riva.
"Va bene, quello lo mangeremo stasera, intanto prendiamo cosce e filetto da questi, con lingua, cuore e fegato, dureranno fino a domani e abbiamo cibo per due giorni."
"Alla fazenda avevate la cella frigo per conservare il cibo?" - chiese Tony a Marçela.
"Sì, certo, ma per la corrente avevamo un gruppo elettrogeno a motore che funzionava a benzina. Se funziona ancora, avremo anche la luce elettrica. Altrimenti c'erano dei sacchi di sale che usavamo per fare insaccati e conservare la carne. Non credo che non ne siano rimasti, sempre che non sia stata saccheggiata dopo l'abbandono."
Se c'è un gruppo elettrogeno e non è stato rovinato, potrò rimetterlo a posto e di carburante ne abbiamo abbastanza, quindi avremo anche l'aria condizionata?"
"Ah ah ah ... non esagerare Tony, siamo nell'Africa nera semi inesplorata, vorresti trovarci anche la vasca per idromassaggi per caso? Mio padre era un innovatore, per questo organizzò una cella frigorifera e una stazione

radio, però aveva semplicemente chiuso una stanza in mattoni d'argilla, con pannelli coibentati all'interno e una serpentina per il gas del compressore. Abbastanza rudimentale ma efficiente, lo vedrai. Condizionatori no ... però se ti acclimatizzi vedrai che il caldo sull'altopiano è sopportabile, siamo a circa mille metri sul livello del mare e la temperatura media è sui 28 gradi, a volte supera i trenta. In casa bastavano le pale a soffitto che giravano con la corrente della lampadina.
Ci saremo per domani pomeriggio, al più tardi per la sera. Molto dipenderà dalle condizioni della pista."
"OK ... pensiamo a cucinare lo Gnù allora. Ho visto parecchia legna secca in giro, quasi tutta portata dalla piena del fiume. Se qualcuno mi aiuta lo cuciniamo allo spiedo. Basterà trovare rami diritti ed abbastanza robusti dove infilare i pezzi di carne in modo da poterli girare, poi un bel fuoco vivace e in un paio d'ore sarà pronto proprio lì, sulla riva, senza nemmeno spostarlo ed al fiume daremo le ossa."
Tony trovò la collaborazione di alcuni dei ragazzi che, durante la stampede, si stavano facendo le canne in macchina e li convinse a collaborare in vista di un bell'arrosto. Mentre il grosso falò che aveva acceso sulla riva preparava la sua brace, avevano fatto la punta ad alcuni rami freschi. Poi, su alcuni, ci infilarono le cosce staccate e scuoiate dalla carcassa e li piantarono sulla terra ghiaiosa della riva, abbastanza vicino alle fiamme da iniziare a cuocere, così fecero anche per tutte le altre parti, compreso il costato ... bocconi di pregio per buon gustai. Poi non restò da far altro che attendere la cottura, sistemando le braci che si formavano sempre più vicine alla carne e avendo cura di girare gli spiedi ogni tanto, per ottenere una cottura uniforme. Tony avrebbe voluto aggiungere alle braci anche essenze profumate, come facevano dalle sue parti con l'alloro e il rosmarino, ma era molto più a sud e non aveva idea di quali erbe potessero essere aggiunte per fare un buon arrosto. Lo chiese a Marçela che non aveva mai sentito di erbe aromatiche per cucinare alla brace la carne ... per la cucina sì, ma per cuocere la carne arrosto no, mai saputo niente.
Intorno ai fuochi accesi si erano sistemati alcuni ragazzi con le chitarre, iniziando a suonare e cantare in coro, risate e spinelli che giravano e Tony che, sconsolato, guardava Marçela ... stava per dirle:
"Ma ... e tu vorresti farne dei combattenti?" - ma non poté far altro che pensarlo, perché Marçela gli aveva infilato tra le labbra una canna di Marijuana accompagnata da un sorriso così dolce che non poté far altro che fumare con lei ... senza dimenticare l'arrosto, ormai quasi pronto.

Si sdraiarono sulla riva, vicino al fuoco, si guardavano e ridevano ... e fumavano. Senza dir nulla, sembrava che uno capisse cosa voleva dire l'altra ... bello, un incanto!
Il profumo della carne arrosto si disperdeva tutt'intorno, portato da una brezza abbastanza fresca da essere gradevole e che teneva lontane le zanzare, altrimenti davvero fastidiose la sera. Alcuni versi tutt'intorno sembravano risate di iene e doveva esserci anche qualche sciacallo affamato. Non erano pericolosi, non si avvicinavano mai ai fuochi e ancor meno agli umani, ma con la linea dell'orizzonte ormai amaranto e il cielo che cominciava a mostrare il luccichio di alcune stelle, nell'oscurità che ricopriva lentamente la savana tutt'intorno, erano la colonna sonora più giusta per accompagnare i lamenti di tutti quei chitarristi. Tony lo disse a Marçela che scoppiò a ridere da reggersi la pancia. Sicuramente anche per effetto di quell'erba così buona ma, effettivamente, iene e sciacalli sembravano cantare con loro. Ancora di più risero quando, forse, gli sciacalli si misero ad ululare alla luna che sorgeva ... e i musicisti s'interruppero per prendere a ridere pure loro.
"Finalmente! ... Preferisco gli sciacalli - commentò Tony, mentre si alzava a controllare la carne - è pronta e speriamo che il gusto sia adeguato al profumo.
Abbiamo qualcosa da usare come vassoi per mettercela a pezzi?"
"Sì, in uno dei camion ci sono pentole e padelle ..."
"Bene, falli portare intorno ai fuochi che tagliamo via dei pezzi e li sistemiamo in quelle, l'alternativa sarebbe che ognuno va e si taglia il pezzo che vuole".
"Meglio tagliare tutto a pezzi ... sarà anche più facile evitare che qualcuno resti senza" - concluse Marçela, raggiungendo i camion.
"Senza? ... Con tre Gnù di questa maniera?" - rispose sorpreso Tony, anche se non poteva essere sentito da Marçela che stava già dando disposizioni ai primi gruppi, intorno agli spiedi conficcati in terra. In effetti solo intorno al suo falò c'era una montagna di carne, difficile pesarla a occhio, ma le due cosce posteriori avevano la grandezza di quelle di un cavallo, quelle anteriori erano più piccole, ma con molta polpa sulla parte alta, verso la schiena e così era per i filetti che correvano lungo la spina dorsale, erano lunghi quasi due metri e spessi come le dita delle due mani giunte. Aveva messo ad arrostire anche le costole e la lingua, buttando solo la testa, dove ci sarebbero stati soltanto pelo e corna. Sulla lingua aveva un dubbio, a lui piaceva molto, ma occorreva farla bollire per un paio d'ore per ammorbidirla. Arrostita non l'aveva mai provata, forse era troppo dura da masticare ... l'avrebbe saputo tra poco.

All'arrivo di Marçela e altre due ragazze con parecchio pentolame, iniziò a tagliare strisce di carne posandola nei tegami. Li riempì con la sola prima coscia che, però, aveva spolpato completamente, lasciando solo l'osso a vista, che nemmeno le iene sarebbero state capaci di fare altrettanto. Intanto ne aveva assaggiato un bel pezzo e l'aveva trovata molto saporita, come tutta la carne selvatica e aveva ragione, era uno strano incrocio e il sapore richiamava quello della carne equina ed anche bovina, ma gli aveva sentito anche qualcosa di caprino. Comunque ... dura da masticare. Certi pezzi si dovevano masticare con forza per succhiarne il sapore, ma poi li sputava perché la carne era troppo fibrosa. Non era spiacevole però. Tony, una volta raggiunto da Marçela, si mise a dividere alcune grosse costole. La carne attaccata all'osso era ancora più saporita, più tenera, con qualche venatura di grasso che la rendeva più gustosa e non finiva mai. In breve furono sazi e stanchi, troppo stanchi per fare altro che addormentarsi sdraiati lì, sulla riva del fiume, davanti al fuoco ancora vivace.
Gli ultimi pensieri di Tony andarono a un turno di guardia intorno al campo ... ci avrebbero pensato? Mah! ... non lo sapeva, ma in quel momento non gliene fregava nulla ... aveva la testa di Marçela appoggiata sul suo petto e non l'avrebbe svegliata di sicuro, anche perché stava svanendo anche lui tra le braccia di Morfeo, cullato da tutti quei rumori e dal sottofondo dell'acqua che scorreva sulle pietre ... Che pace!
I primi raggi del sole lo svegliarono, il fuoco fumava ancora. Carezzò Marçela sulla schiena per richiamarla alla vita. Lei si alzò sfregandosi gli occhi e sembrava chiedersi dove fosse, poi lo riconobbe e gli sorrise. Qualcuno arrivò con del caffè ... una schifezza, ma sembrò buonissimo!
Il caffè, in effetti, era buono, solo che era fatto come se fosse the, in una brocca da versare in tazza.
"Hey ... non ci abbiamo pensato, ma ... e se dall'altra riva ci viene incontro una mandria d'elefanti che vuole guadare che facciamo?" - Lo disse per scherzo, alzandosi, ma fece il suo effetto perché il campo, memore della stampede del giorno prima, si agitò e, mentre si radeva approfittando del fiume, Tony vide che in pochi minuti erano tutti in fila, pronti a guadare.
Un operazione delicata, Marçela con la Land Rover andò avanti per prima. Tony verificava con un bastone, stando nell'acqua davanti all'auto, con la pistola in pugno, che non ci fossero buche profonde da evitare, ma anche che non arrivasse uno di quei mostri a pelo d'acqua ... meglio non fidarsi! Marçela fu presto fuori dall'acqua e saliva sulla riva bassa per parcheggiare nella Savana, resa verde dalle recenti piogge, e seguire il guado degli altri. Non ci furono problemi, passarono tutte senza difficoltà

e si avviarono di nuovo dietro la guida, Marçela, che su quelle terre c'era nata.
"Non molto a sud di qui ci sono le quedas de tchafinda, le cascate di Tchafinda, sul fiume Luele, non molto grandi, ma belle da vedere. Ti ci porterò in una battuta di caccia tra qualche giorno. Ci sono molti branchi di gazzelle da quelle parti".
"E' pieno di fiumi e di cascate ... un bel territorio"
"Sì, bellissimo. Una parte la stai vedendo, ma ci sono posti di una bellezza primordiale senza pari. Le cascate abbondano perché non dimenticare che siamo nella zona degli altopiani centrafricani e da altezze di più di millecinquecento metri, i fiumi, scorrendo verso sud, si trovano a dover scorrere su dislivelli molto alti e perciò... rapide e cascate. Per questo, pur essendo ricca di fiumi, non si sono mai sviluppati dei sistemi di trasporto fluviali. Abbiamo persino un fiume, il Cubango, il fiume più lungo dell'Angola che, lasciando l'Angola, cambia nome in Okavango, mille chilometri, e si disperde nelle paludi chiamate Delta dell'Okavango. Nonostante non ci sia alcuno sbocco a mare, ne in altri fiumi, scompare lì, in quelle paludi, al limitare del deserto della Namibia ... nel nulla.
Nel senso che, arrivato in Namibia, si divide in diversi rami, formando una laguna, come se fosse un delta e, però, scompare nelle sabbie ... scompare nel nulla".
"Come nel nulla? Da qualche parte andrà ..."
"Nessuno si è mai preso la briga di scoprirlo ...sembra che finisca sotto le sabbie, forse alimenta una falda acquifera, ma potrebbe anche finire per evaporare ...chissà, ma finisce là, nel deserto."
Tony riprese a guardare il panorama senza parlare. Stavano correndo su una pista di terra rossastra, abbastanza regolare e con alte erbe tutt'intorno. All'orizzonte, da una parte e dall'altra, si vedevano cime di alberi da foresta. Degli alberi dalla forma strana che, avvicinandosi, rivelarono che la stranezza era data dalla testa di alcune giraffe che brucavano sulle sue cime. Ogni volta che le vedeva non poteva non pensare a quanto fossero strani quegli animali. Eppure, quell'altezza era ciò che le difendeva dalle belve e che gli permetteva di vivere anche in zone aride perché, i germogli sulle cime degli alberi, soprattutto quelli delle acacie, le poteva brucare solo lei! Sapeva che i leoni le evitavano perché tiravano certi calci che erano come colpi di cannone e ai leoni piacevano le prede facili... La fauna aumentava, come la biodiversità. Tony sapeva solo che stavano dirigendosi verso est sud-est e man mano che procedevano anche la vegetazione diveniva più rigogliosa. Marçela, improvvisamente prese a descrivergli i posti con entusiamo:

"Estamos en el Parque Nacional de Cameia, é um Parque Nacional Angolano, localizado em Moxico, esta provincia. Ocupa uma aréa de 14.450 km².

O Parque Nacional de Cameia estabelecido como Reserva de Caça em 1937 e transformado em parque nacional em 1957. O Parque está limitado a Leste pelo rio Zambeze, a Sul pelo rio Luena e a Oeste pela linha do Caminho de Ferro de Benguela, que o atravessa a Norte. Grande parte do parque é constituído por planícies inundadas que fazem parte da bacia do rio Zambeze, com a metade norte do parque que drenam para o rio Chifumage.

Há também vasta florestas de miombo, semelhantes aos da bacia do Zambeze, na Zâmbia ocidental. O parque é uma amostra da natureza não ocorrem em outras partes de Angola. Dois lagos, Lago Cameia e Lago Dilolo, a maior lago em Angola, estão fora dos limites do parque e ambas têm extensos gramados e pântanos que são ricas em aves aquáticas. Os mamíferos mais abundantes são o gnu ou boi-cavalo..." - Disse Marçela, interrompendosi, nel vedere il sorriso di Tony che la guardava, per chiedergli cosa avesse da ridere.

"Rido perché ho capito una parola sì e due no... Hai parlato con la velocità di una mitragliatrice e in Portoghese stretto ... quella cantilena lo rende ancora più difficile da capire a chi ...non è Portoghese! Eri così entusiasta nel darmi quella descrizione della tua terra che non ho voluto interromperti. Ho sentito che usavi una parola Swaili, che mio padre parlava benissimo. Da piccolo mi cantava sempre in Swaili: Funga Safarì, Funga Safarì, Amoko hò, Amoko hò funga routinè ... Sai cosa significa?"

"Sì, è una canzone che cantavano anche i portatori di mio padre quando partivano per un safari di caccia: Invocano la buona sorte e salutano."

"Esatto... e Miombo era una delle parole Swaili che mio padre usava nei suoi racconti, ma non riusciva a tradurmela con precisione. Tu ne conosci bene il significato?"

"Sì, ma è intraducibile. Occorre fare degli accostamenti. Vediamo, hai presente cosè un ecosistema? ...Ecco, Miambo può tradursi in ecosistema, ma va oltre, significa anche biosfera. Per dirtelo con un esempio, questo Miambo, quello che stiamo attraversando nel suo lato sud, è costituito da due laghi, fiumi che straripano con le piogge e formano acquitrini e sono circondati da foresta tropicale, foresta sub tropicale e savana con ambienti lacustri, canneti, uccelli acquatici, ippopotami, coccodrilli e mille altre specie di ambienti così diversi tra loro, eppure strettamente collegati e dipendenti ...Questo è Miambo!

Un buon posto per gli indigeni, perché ricco di fauna e d'acqua, con flora e frutta. Hai capito cos'è Miambo?"

"Si, perfettamente, la descrizione equivale a quella che mi faceva mio padre, ma lui non conosceva parole come ecosistema o biosfera ...bisognava venirci per capirlo. Allora la tua terra è dentro questo Parco Naturale?"

"No, solo confinante, noi avevamo l'allevamento di bovini e cavalli al confine sud e in parte ovest del parco. La natura che vedi qui è uguale a quella che vedresti in Zambia, nel bacino dello Zambesi. Il maggior fiume di questa parte d'Africa, che scende con le cascate Vittoria nei pressi di Leopoldville e con altri salti e rapide successive, verso le grandi pianure dello Zambia. Scorre anche in territorio Angolano, qualche centinaio di chilometri a ovest di qui, non lontano dalla fazenda, con rapide che lo portano a scendere a una quota inferiore. Molto pericoloso farci il bagno. Scorre tra rocce aguzze e puntute come coltelli! ... ma è bellissimo da vedere e l'acqua è fresca e pulita".

Tony ci mise un po' prima di rispondere. Le parole di Marçela l'avevano riportato alle cascate Vittoria e fece un tuffo nella memoria a Inge e l'est Africa. Com'era tutto diverso adesso ... sembrava un'altra vita ed invece, è stato appena qualche settimana prima! Scacciò quei pensieri ... fanno sempre soffrire, non prima, però, di aver rilevato che stava ancora girando intorno al rombo delle cascate ... intorno a quel segno del suo destino che doveva raggiungere nel momento giusto, per capirne il significato.

Ormai aveva compreso che si trattava di pietre miliari lungo il suo cammino e, anche se non capiva ancora perché, doveva leggere anche quella.

"Che c'è meu amor? Cosa ho detto che non va? Perché ti sei intristito così?"

"Niente ... niente, non mi sono intristito, ero soprapensiero. Pensavo a come si poteva organizzare un campo di tiro con quella mandria di sballoni frikkettoni!"

"Ah ah ah ... sì, hai ragione, sono proprio così, ma sono anche entusiasti, idealisti e molto motivati, vedrai, dagli tempo e cerca di conoscerli senza pregiudizi. Devi capire che fino a pochi mesi fa erano solo studenti, non avevano alcuna intenzione di combattere ne pensavano di doverlo fare. Ma se l'Unita prende il sopravvento, l'Angola diverrà un posto orribile, dominato dagli Ovim'bunda e dobbiamo impedirlo. Ognuno di noi deve sentirsi chiamato a questo compito. Pensa che l'UNITA è appoggiata anche dal Sud Africa che condivide le idee razziali di Jonas Savimbi. Uno che dice di essere un comunista, mentre invece è un nazista. Tutti coloro

che non sono Ovim'bunda, in Angola, diventeranno cittadini di serie B, se non C e i meticci come me saranno espulsi o peggio. Ti sembra giusto accettare una cosa simile? Noi amiamo questo paese e lo vogliamo migliore, non peggiore!"
"E con i Cubani e i sovietici in arrivo come la metterete? Quelli non portano libertà Marçela ..."
"Sì, lo sospettiamo e non vogliamo diventare una colonia di Fidel Castro o del Cremlino, però, noi non crediamo che arriveranno in armi come una forza d'invasione, ma se lo faranno li combatteremo, da guerriglieri.
Tu insegnaci a usare tutte queste armi che al resto penseremo noi!"
Il Luene, affluente dello Zambesi, proprio nel parco di Cameia, iniziava un percorso serpeggiante, con ripetute piccole anse che, con la stagione delle piogge, esondavano acqua nella Savana, trasformandola in un acquitrino.
Stavano proprio costeggiando le rive di quell'acquitrino in cui diverse varietà di uccelli acquatici e i soliti Flaminços, ormai cornice rosa di tutti i suoi viaggi nei luoghi più belli d'Africa, sempre lì a ricordargli la sua terra natale quando, ancora più entusiasticamente, Marçela gli gridò:
"Ecco casa mia ... laggiù, vedi quegli alberi? La Fazenda Cadiz ... siamo arrivati!"
Tony la vedeva guardare fisso davanti a se, incurante dei branchi di gazzelle che saltavano tutt'intorno a quella colonna e la sua espressione attenta lasciava intuire il timore di ciò che avrebbe trovato arrivando.
Temeva di trovare tutto distrutto ... com'era accaduto a diverse fazendas abbandonate.
Girando intorno a quel bosco, però, si illuminò ... in fondo alla pianura si vedeva chiaramente il grande edificio centrale, con la grande cisterna dell'acqua, le stalle e i magazzini intorno e sembrava tutto in ordine.
Fermarono l'auto nel piazzale che si formava davanti alle costruzioni e Marçela, senza dir niente scese e si diresse verso la grande casa.
Le finestre erano chiuse, come la porta, in legno massiccio e scuro
Era una costruzione costruita in parte con pietre, nella parte bassa, e parte in legno fino al tetto. Era su due piani e il secondo piano era evidentemente fatto in legno d'Africa. Legname sicuramente ricavato dai grandi alberi tutt'intorno. Marçela si era avvicinata a uno dei gradini di fronte all'ingresso e mise la mano dietro le pietre di cui era fatto, estraendone una grossa chiave con la quale fece girare la serratura antica che provocava scatti pesanti, come Tony aveva sentito solo nelle case dei nonni del suo paese. Aprì il portone a due ante e la porta gli stava dietro, senza vetri, con zanzariera ed entrò. Tony la seguì in quel grande salone disadorno. Intuiva che molti degli arredi erano stati portati via, Rimaneva

un grosso tavolo centrale, in legno massello scurissimo e una ventina di sedie impagliate intorno, una grossa credenza dove figuravano ancora alcune vettovaglie e bicchieri. Delle teste impagliate di Gnù e antilopi, prede di caccia del padrone ... Arnesi da caccia degli indigeni locali, archi, frecce, lance e scudi di pelle colorati. In fondo un grande caminetto con un tronco di legno sopra la bocca di fuoco e, di lato, una porta aperta. Dai fornelli a legna che si intravvedevano si poteva dedurre che fosse la cucina. A destra dell'ingresso un grande scalone, anch'esso in legno che portava al piano superiore. Marçela vi si diresse di corsa e Tony la seguì mentre, il trambusto dei motori all'esterno, dava notizie dell'arrivo di tutta la colonna che stava sistemandosi nel piazzale.
Il piano di sopra era costituito da un ampio corridoio su cui si aprivano delle porte, sempre in legno scuro, a cassettoni, che davano ognuna in una camera da letto. In fondo, una porta aperta, mostrava una vasca da bagno, di quelle di metallo, con i piedi in ottone e la tubatura a vista dello stesso materiale.
Marçela era entrata in una stanza e quando la raggiunse Tony vide che era la sua stanza. C'era a parete una sua grande foto, da bambina, con un vestitino bianco e un mazzolino di fiori in mano e scarpette da bambola, con il bottone a lato per la cinghietta.
"La tua prima comunione?" - chiese Tony.
"Si ... la mia prima comunione. Quanti ricordi Tony ... Non ci tornavo da un anno e vedere che è ancora in piedi mi riempie di gioia. Ho avuto una gran paura che fosse stata saccheggiata, incendiata, distrutta ... ne sarei morta."
I mobili erano tutti di legno anche il grande letto accanto alla finestra, da cui si aveva una vista a perdita d'occhio dei pascoli che circondavano la fattoria ... fino all'orizzonte! Marçela si ricordò di lui che guardava fuori dalla finestra e fu richiamato dal bacio appassionato di lei. Non se l'aspettava in quel cima di ricordi che l'aveva avvolto, ma lei gli stava sfilando la maglietta e iniziava a slacciargli la cinta per toglierli i jeans.
"Voglio fare l'amore con te, qui, su questo letto, dove ti sognavo senza neanche conoscerti ... subito!" - aveva parlato con voce roca, sensuale e bastava questa a eccitare Tony che la spogliò a sua volta, velocemente, non perdendo tempo a levarle le scarpe e lasciandole i pantaloni calati sulle caviglie, poi fu subito su di lei, tra le sue gambe aperte poggiando il suo petto sui suoi seni e stretto tra le sue braccia. La sua amante che voleva sentirsi viva e felice ... e lo fu.
Un rapporto improvviso, violento, senza preliminari e che donò a entrambi un orgasmo squassante da lasciarli esausti e ansanti su quel

materasso disadorno. Restarono a lungo così, fino a che lei non prese a carezzargli la schiena e i capelli, baciandolo in viso e guardandolo fisso negli occhi con un sorriso.
"Meu amor... è stato bellissimo, come sempre con te... A volte penso che non esisti, sei solo un invenzione dei miei desideri e sto solo sognando di essere con te ... ed ho paura di svegliarmi e scoprire che è proprio così." - disse lei con tono dolcissimo.
"No, non stiamo sognando ... è una realtà che può sembrare un sogno, la tua magia lo rende tale, ma potrebbe tramutarsi in un incubo Marçela. Quello che vuoi fare può ottenere questo risultato. Ti prego pensaci di nuovo e licenzia tutti ... è la cosa migliore da fare... anche per loro."
"Non sarà così, lo sento ... sento che stiamo facendo la cosa giusta e vedrai che lo capirai anche tu" - rispose ispirata. Tony si adagiò ancora su di lei, a goderne le carezze che lo rilassavano scacciando i brutti pensieri che gli tornavano spesso a mente. Fu in quel dormiveglia che si ritrovò in un'altra situazione delle sue immagini. Situazione che incuteva timore, ma anche rispetto e, nello stesso tempo calma, forse rassegnazione all' ineluttabile. Vedeva di fronte a se un gruppo di cavalieri medievali, con armatura metallica e maglia ferrata. Erano in piedi, alcuni cavalli erano a terra, morti, un altro si allontanava lentamente. Era bianco con una gualdrappa dello stesso colore e una croce rossa impressa sul lato a vista. Uno stendardo era in piedi, retto nel pugno da uno dei due che gli stavano accanto, mentre altri, con lo stesso simbolo sulla tunica bianca e insanguinata erano a terra morti o feriti gravemente. Tutt'intorno si poteva sentire, quasi tangibile, una sensazione di morte. I due in piedi guardavano verso di lui. Il più alto lo guardava dritto negli occhi e gli sembrò di conoscerlo, ma non ricordava chi fosse. Lo chiese:
"Chi sei?" - e quel Cavaliere crociato rispose:
"Sono, con i miei commilitoni, vittima di tradimento e ... sono la loro rabbia, la rabbia di chi è stato annientato e non c'è più ... e tu ... tu lo sai chi sei?"
Tony si svegliò di soprassalto con un esclamazione di sorpresa, tanto da spaventare Marçela che si era assopita sotto di lui.
"Che c'è Tony? ... hai fatto un brutto sogno?"
"Si ... un brutto sogno ... non ricordo cosa ... ma mi ha svegliato" - rinunciò a ripeterglielo come ulteriore presagio di sventura, tanto non sarebbe servito. Certamente però, al pari degli altri, non l'avrebbe dimenticato.
L'impossibilità di lavarsi ricordò a Tony quali dovessero essere le sue priorità e si recò con Marçela a verificare la pompa dell'acqua e il gruppo elettrogeno.

L'autoclave sembrava a posto, aveva bisogno solo di energia elettrica per funzionare e anche il gruppo elettrogeno, molto vecchio, ancora ad avviamento a cartuccia esplosiva e manovella, sembrava non aver bisogno d'altro che di una buona scossa per partire. La manovella era poggiata su dei chiodi a parete e, alcune scatole sul bancone di quell'officina, risultarono piene di cartucce.
Il suo movimento avrebbe fatto girare il generatore di corrente che, da un pannello abbastanza moderno, permetteva di regolare il voltaggio e l'amperaggio da trasmettere in rete. Avrebbe cercato di non toccarlo, pensando che, una volta avviato, si sarebbe impostato da solo secondo l'ultima taratura.
Inserì la cartuccia esplosiva nell'apposta sede sul primo dei quattro pistoni in linea, poi incastrò la manovella sul volano anteriore appositamente predisposto e si concentrò un attimo prima di dare il primo colpo di manovella. Tony sapeva bene che se avesse tolto la manovella troppo presto il motore non si sarebbe avviato e se invece l'avesse tolta troppo tardi avrebbe preso a girare vorticosamente insieme al motore per poi essere lanciata via, con forza, in tutte le direzioni, potendo fare anche grossi danni a chi la ricevesse addosso.
Fece uscire Marçela e Antonio, arrivato anche lui a dare una mano, e si apprestò a cominciare, non dimentico di quella volta che ricevette un bel colpo di manovella sul mento, restando stordito e dolorante. Non doveva avvicinare troppo il mento al volano e, con una manovra pefetta, quel vecchio pezzo da museo esplose con una fumata nera e puzzolente, per poi prendere a girare con rumore lento e regolare dando corrente a tutto l'impianto. Il serbatoio alle sue spalle era colmo, non meno di cento litri di gasolio e anche quello dell'acqua di refrigerazione al momento era a posto. L'avrebbe controllato regolarmente.
Restava da controllare se era partita l'autoclave, dato che la bassa pressione della rete lo imponeva automaticamente non l'avrebbe toccata, altrimenti bisognava procedere con l'innesco. Non pescava acqua dal pozzo da un anno e probabilmente avrebbe avuto difficoltà a creare il vuoto nel tubo di pescaggio. Non fu così per fortuna. Pompava acqua nella cisterna che era una meraviglia.
"Bene ... un po' di fortuna non guasta mai" - disse soddisfatto a Marçela.
"Cosa dobbiamo fare per il tiro Tony?" - chiese Antonio, raggiunto da Roberto e altri sotto la cisterna.
"Per questa sera pensiamo ad attrezzarci meglio possibile, anche la logistica ha la sua importanza. Domani penseremo a dove piazzare i bersagli, come farli, come usare i mirini in dotazione, lanciarazzi e mortai.

Domani, ora siamo tutti stanchi. Pensate a trovarvi una sistemazione qui intorno. Si possono utilizzare stalle e magazzini, per avere un alloggio al coperto. La casa può essere utilizzata da quelli che dovranno essere gli ufficiali. Avete pensato ai gradi? A come dividere la formazione militare? No? ... è importante ed è una cosa che potete fare subito. Formate plotoni da cinquanta di voi e a ognuno date un comandante, domani faremo il resto" - Il tono deciso di Tony non rendeva necessari altri chiarimenti e i due andarono a parlare con gli altri.

Tony prese per mano Marçela e tornarono in casa ... avevano qualcosa da concludere di sopra. Dopo qualche ora scesero nel piazzale, Tony si era rasato e cambiato. Suggerì di spostare il mezzo fuori dal piazzale, per averlo libero e non ridotto ad un parcheggio impazzito e di preparare dei bersagli con la paglia che si trovava ancora nelle stalle. Potevano rivestirli con degli stracci bianchi, qualche maglietta sacrificabile e un punto al centro, abbastanza visibile, su cui tutti dovevano impostare la mira. Indicò le spalle della fazenda, dove l'orizzonte mostrava solo savana a perdita d'occhio. Li lasciò che si mettevano al lavoro portando anche i mezzi alle spalle della cisterna. Tutti muniti di sacco a pelo e qualche tenda si accamparono tutt'intorno alle stalle, dove alcuni stavano predisponendo dei giacigli. Insomma, sembrava che dal punto di vista logistico non ci sarebbero stati problemi, abituati com'erano a campeggi e picnic.

Domani si sarebbe visto come sarebbe andata col battesimo del fuoco.

Tony aveva anche controllato la condizione della cella frigo e, una volta data corrente al compressore, funzionava benissimo anche quella. Suggerì ad Antonio di sistemarci dentro quella parte di carne che non avrebbero consumato quella sera, in modo da non dover andare subito a caccia.

Marçela rientrò tutta soddisfatta, con alcune amiche, dalla sua ispezione al campo di ortaggi e frumento che coltivavano per gli usi domestici, con delle ceste colme di verdure e ortaggi, comprese delle teste di cipolle e aglio.

"Sono ricresciuti spontanei dall'attecchimento dei loro stessi semi o radici. Potremo preparare anche qualche minestra e dei contorni alle carni"

"Quasi quasi riapriamo la fazenda e mandiamo tutti a casa ... che ne dici?" - disse Tony, per niente scherzoso.

"Ah ah ah ... sì, ci siamo fatti una bella gita, una bella mangiata e arrivederci alla prossima festa ..." - rispose Marçela ridendo con le amiche.

Tony la guardò sconsolato. Non c'era verso di farla ragionare. Ricordava quel proverbio: non c'è sordo peggiore di chi non vuol sentire. Continuando a guardarla scherzare con le amiche pensò:

"Anche lei ha il suo destino da seguire ... di che mi meraviglio? Se non fosse così, allora io cosa ci faccio qui? Il destino mi ci ha trascinato e il destino ci porta lei a realizzare il suo. Deve seguirlo, non può farci nulla.
Io posso solo aiutarla se sento che fa parte del mio, smettendo di fare l'uccello del malaugurio, oppure levandomi dalle palle!" - e decise di procedere come, fin dall'inizio, aveva deciso.
"Si vedrà quel che sarà!" - disse a voce alta, seguendola fuori, dove si stavano già accendendo i fuochi per riscaldare la cena, mentre altri lavavano le verdure nel vascone dell'abbeverata, sotto la cisterna, ora colmo d'acqua ...
"Ma sì ... viviamoci pienamente anche questa! ... pensiamo positivo..." - concluse Tony ... cercando di scacciare i presagi negativi che bussavano alla sua mente.
Fu una serata spensierata, una festa allietata da carne arrosto, vino, birre fresche, musica e ... marijuana. Ne circolava talmente tanta che Tony pensò che dovevano averne riempito il cassone di un camion. Ma non ne fumò quella sera, aveva bisogno di essere lucido, doveva riflettere e si ritirò presto con Marçela, nella sua stanza. Parlarono a lungo e lui aveva smesso di essere pessimista. Aveva accettato l'idea che era del tutto inutile e, anzi, deleterio.
Dopo essersi amati ancora, lui le spiegò alcune cose tecniche che era giusto sapesse, come comandante di una colonna combattente non doveva ignorare le basi della conoscenza della forza a sua disposizione.
"Nonostante l'addestramento, ci sarà sempre qualcuno che sparerà meglio e altri peggio. Non basta addestrarsi, ci sono anche caratteristiche e talenti innati che si hanno oppure no e dovrai imparare a conoscere gli uomini e le donne, per poterli utilizzare al meglio nell'interesse comune. Alcuni potrebbero risultare troppo pavidi e in uno scontro a fuoco ti delusderanno. Ma se sono buoni tiratori, puoi impiegarli come cecchini. Sono utilissimi e non si scontrano fisicamente con nessuno. Si nascondono, prendono la mira e sparano per uccidere. Dovrai individuarli e toglierli da chi vorrai avere in un gruppo d'assalto. E' importante ... non c'è niente di peggio in un azione tattica d'attacco che vedere il tuo commilitone che si gira e fugge ... spinge alla fuga anche gli altri e un azione vincente si tramuta in un attimo in un fallimento, una sconfitta! Dovrai anche selezionare dei comandanti. Alcuni hanno la naturale attitudine al comando, altri no. Inutile dare il comando a chi è privo di queste risorse ... ne faresti un pavido, mentre invece, se messo al seguito di un buon comandante, sarebbe un ottimo combattente. Questo non s'impara in poche settimane. Come ti ho detto, più che insegnargli l'uso

delle armi, in queste prossime settimane, non si potrà fare. Il resto dovrete impararlo in azione e questo è molto pericoloso."
"La soluzione c'è ... tu resterai con noi e sarai tu il nostro comandante. Io eseguirò i tuoi ordini e selezionerò chi vorrai ..."
"No, no... non pensarci. Io ho rinunciato alla professione delle armi e niente potrebbe convincermi a tornare sui miei passi. Sono un professionista perché, da quando avevo appena quindici anni circolavo per le caserme dell'esercito di Tallia a subire selezioni e valutazioni attitudinali. Ho compiuto sedici anni che già sapevo usare i razzi anticarro e non sbagliavo un colpo. Con la mitragliatrice pesante, l'MG-42, ero infallibile e le mie note caratteristiche dicevano, appunto, naturale attitudine al comando, pochi mesi dopo ero già stato promosso caporal maggiore e a diciassette anni sergente. Dopo tre anni mi congedai perché volevo combattere e l'esercito di Tallia non aveva guerre per me. Mi arruolai nella Legione Straniera Francese e feci tre mesi d'addestramento anche lì, poi disertai perché avevo ucciso un uomo. Fu legittima difesa, mi aggredì armato di coltello ma ero fuori senza permesso, in borghese e, la verità era che sia io che il mio amico, con il quale avevamo intrapreso quell'avventura, ci eravamo stufati e ci congedammo lasciando Marsiglia e le identità che avevamo assunto per l'arruolamento nella Legione, approfittando di quell'incidente. Fu come un segno del destino che ci portò a salire su quel treno verso Terranova. Mio fratello d'armi, si chiama Piero, aveva deciso di seguire la carriera che si era scelto ... il mestiere delle armi. Sta da qualche parte qui, in Africa, come mercenario di qualcuno che lo paghi bene ... m'invitò ad andare con lui ... con un certo capitano Denard, ex Ufficiale della Legione, che cercava volontari per una milizia di ventura costituita da professionisti ben addestrati. Lo salutai partire ... io volevo seguire un'altra via ... quella del mare. Mi specializzai in macchine e motori navali e così giunsi in Africa, sui mercantili. Se sono di nuovo qui, a parlare d'armi ... lo devo solo a te, ma è per questo che ci sono. Non m'importa nulla di guerre e rivoluzioni ... se mai ci sono state, ora sono fuori dal mio destino e voglio che ci restino. So che devo fare altro ... sto cercando di capire cosa e ci sto arrivando, un passo alla volta. Abbiamo il libero arbitrio, è vero, ma ci sono anche delle tracce da seguire se si vuole scoprire dove portano. Io voglio farlo e sono quelle che mi hanno portato qui. Altri segni mi hanno indicato che questa non è la direzione giusta ... Tu non vuoi ascoltare e io non insisto, ma è così..."
"Vorrei seguirti, ma anche a me qualcosa mi tiene qui ... sento di doverlo a questa terra..."

Sì, sì ... non è necessario ripeterti ancora, ho capito. Anche tu hai il tuo destino ed è giusto che lo segui, per gli stessi motivi per cui io devo seguire il mio.
Si sono incrociati a Luanda ... si divideranno presto lasciandoci questi momenti indimenticabili ..." - le sussurò Tony, sdraiato sul letto, illuminato dai raggi di luna, mentre lei si alzava per raggiungere la finestra aperta, da dove entrava una leggera brezza da ovest e il disco d'argento si stagliava nitido su un cielo percorso da nuvole cariche di pioggia che a tratti l'oscuravano.
"Perché sembri così sicuro che i nostri destini non si siano incontrati per congiungersi per sempre? Io mi sento tua per sempre ... perché non senti la stessa cosa?" - rispose Marçela, in piedi, davanti alla luna che le illuminava la pelle, dando risalto anche ai suoi capelli ricci, rendendone d'argento i contorni.
Lui la raggiunse appoggiandosi a lei e abbracciandola, afferrandole i seni e baciandola sul collo, per poi cercarne la bocca. Sensazioni forti, forti quanto l'odore della sua vagina che risaliva dal basso, colmando le narici di lui e portandolo a nuova eccitazione ... e la prese così, in piedi, da dietro, con la luce della luna negli occhi d'entrambi e le labbra che spesso si cercavano per abbeverarsi l'uno dell'altra, mentre i suoi seni si inturgidivano sempre più tra le sue mani ... fino ad un orgasmo che li sgomentò, stordendoli e facendo tremare le loro gambe che li fecero cadere all'indietro, sul letto che li accolse ancora uniti, ansanti e ... felici.
Fu lei la prima a parlare, poggiando le sue mani su quelle di Tony per stringerle ancora di più sui suoi seni:
"Vedi ... io sento che tu mi senti come io ti sento ... Non è possibile che questa forza, questa passione che ci unisce e che io non ho mai provato con nessuno, non significhi che siamo fatti l'una per l'altro e che noi, invece, in forza di chissà quale strana legge del destino, ci si debba separare ... anziché essere uniti ogni giorno sempre di più ...Tu ti sei mai sentito così con una donna Tony?"
Tony riprendeva fiato, respirando profondamente e nel contempo rifletteva:
"Se le dico di sì ... le faccio del male, una cattiveria inutile. Se le dico di no, alimento illusioni che la faranno soffrire in futuro, anche questa una cattiveria inutile. Se le dico la verità, cioè che con ogni donna ho provato sensazioni diverse, perché diverse erano loro, ma sempre potenti, come l'eccitazione e le loro magie sapevano darmi ... probabilmente non avrebbe compreso. Era una donna e una femmina ... ragionava da femmina. Io avevo capito che ogni donna ha una sua magia ed è quella

che ispira il maschio ad agire e sentire la sua sessualità rispondendo a tono. Come due strumenti musicali che suonano in maniera diversa, ma si uniscono per creare una musica ... è sempre diversa, qual'è la più bella? Boh! ... ma come posso rispondere così?" - decise di non farlo, anche perché ... era vero, con lei sentiva come ... di unirsi con l'Africa, la terra di cui era fatta e, questa, era una sensazione mai provata prima.
"No meu amor ... mai! ..." - e lei si girò, stando sdraiata supina sopra di lui, a cercare ancora le sue labbra, felice e appagata. Sarebbe riuscita a non farlo andar via, ne era certa. Si addormentarono così, sotto i raggi di quella luna piena mentre, in lontananza, i tuoni di una delle ultime piogge della stagione si scaricavano con lampi luminosi sulla savana.
La mattina caffè nero e pane fatto con un po' di farina trovata in un sacco, nella cella frigorifera, al riparo dagli insetti. Poi, Tony preparò dei disegni, fatti con pezzi di carbone su fogli di carta e li fece circolare.
"Guardateli bene ... sono ciò che dovete vedere con l'occhio che usate per mirare, uno e non due, il destro ... o il sinistro, se siete mancini. Dovete vedere la piccola V che si trova subito vicino ai vostri occhi, in linea perfetta con la I del mirino che si trova alla fine della canna del vostro fucile. Entrambi devono coincidere precisi sull'obiettivo che state mirando. Ora proverete, perché non c'è altro da sapere, ma solo da praticare, solo questo vi permetterà di sparare bene, la pratica. Ricordatevi che ogni movimento concorre a deviare la direzione della pallottola sparata, anche il respiro. Quindi, se volete una mira precisa, trattenete il respiro e tenete ben stretta l'arma tra le mani e col calcio premuto verso la spalla. Poi iniziate a premere il grilletto fino a che sentirete un mezzo scatto, quello è il segnale che sta per scattare il cane sull'otturatore che farà esplodere la carica lanciando il proiettile verso l'obiettivo. Se in quel momento un lieve movimento muove la canna, anche di un solo millimetro, la pallottola andrà fuori dal bersaglio persino di un metro, dipenderà dalla distanza del bersaglio. Tutto chiaro? - non ci furono domande e Tony proseguì - Ora portate i bersagli a circa cento metri, i Kalashnikov non mantengono la precisione oltre quella distanza, e sdraiatevi a terra, a gambe larghe, reggetevi sui gomiti impugnando saldamente il fucile come vi ho mostrato e poi sparate un intero caricatore, a colpo singolo ... Fatelo tutti, ognuno dietro il suo bersaglio. Poi alzatevi, mettete in sicurezza l'arma, e andate a guardare quanti ne avete colpiti e come. Mentre io farò vedere alla prima fila come si ricarica il serbatoio, ci stanno trenta colpi, la seconda fila farà la stessa cosa. Mi raccomando, aspettate che la prima fila si sia levata dai bersagli prima di sparare" - concluse Tony, scatenando le risate di tutti ...S erviva a scaricare

la tensione. Erano quasi tutti alla loro prima esperienza di tiro e si trattava di un AK-47, non di un fucile da caccia. Tutto procedeva con molta disciplina e con una attenzione inaspettata. Tony ne restò meravigliato e questo lo invogliava a continuare, correggendo alcune posizioni errate e gratificando chi sembrava più bravo. Alcuni facevano dei centri di una precisione insolita per dei principianti e li segnalava a Marçela, perché li tenesse da conto. Altri si facevano scuotere talmente tanto dall'arma, da far partire accidentalmente raffiche che li scuotevano ancora di più. Davvero divertenti ... ma evitava di ridere apertamente ... non voleva demoralizzarli. Era solo questione di pratica ... tra qualche giorno si sarebbero abilitati al tiro come dei veterani. Almeno ... così si sperava! Mentre tutti ripetevano la sequenza di tiro senza soluzione di continuità, una fila dietro l'altra, cinquanta per ogni fila, che poi gli insegnò a chiamare plotone! Ad altri, sempre a gruppi di cinquanta, insegnava l'uso dei mortai Chinkom. Erano mortai leggeri di fabbricazione sovietica costituiti da una piastra che fungeva da base d'appoggio a un semplice tubo inclinato e poggiato su un arco graduato e regolabile del peso totale di circa venti chili. Facili da trasportare e micidiali. L'arma più letale utilizzata in Vietnam dai Vietcong, perché permetteva di essere impiegata inserendo una raffica di bombe da caduta per poi smontare tutto e fuggire nella jungla, prima che potessero essere intercettati dalle pattuglie Americane. Non fu difficile spiegargli il funzionamento e le regole dell'alzo da regolare in base alla gittata che si voleva dare al proiettile da mortaio, dal momento che erano tutti laureati o quasi. Puntò maggiormente a fargli capire che la mano non doveva sostare sopra la canna più dell'attimo per infilarcela ... o l'avrebbero perduta.
Il proiettile, in caduta nel tubo di lancio, colpiva con la culatta il chiodo posto sul fondo, facendo esplodere la carica detonante che accendeva il razzo che lanciava la bomba. Un attimo ed era fuori con tutta la potenza e la velocità di quella carica e consigliava, ai più sensibili, di usare le mani per tapparsi subito le orecchie, perché l'esplosione assordava e stordiva. In un tratto di savana avevano posto un bastone con straccio legato in cima come obiettivo e ognuno doveva regolare l'alzo in maniera di colpirlo. Quando poi ci riusciva, si azzerava l'alzo e toccava al prossimo, così a ripetere, sempre, fino a sera, alternandosi anche a quel mortaio, a gruppi di cinquanta elementi. Ogni due gruppi si doveva sostituire il mortaio, per evitare che fondesse il tubo di lancio. Lasciandoli a se stessi dopo i primi colpi, affidando i plotoni ad alcuni capisquadra appena individuati tra quelli che gli sembravano più idonei al comando e che segnalava, per questo a Marçela che lo seguiva passo, passo, senza dir

nulla, ma osservando e imparando a sua volta, anche provando ad usare quelle nuove armi. Infine, lasciando tutti alle prese con quell'inferno di fuoco, che serviva ad abituarli anche al rumore e al fumo acre della cordite che avrebbero trovato in battaglia, disse a Marçela di far montare sui camion almeno due plotoni di quelli che restavano per raggiungere con gli RPG-7 le rocce più vicine, adatte a fungere da bersaglio per i micidiali razzi anticarro che dovevano imparare a usare. Nella foresta del parco di Cameia, che si intravedeva a Nord-nordest, vi erano dei gruppi rocciosi che potevano fungere da sagoma di carro armato, adatti allo scopo. Il massimo del danno arrecato al parco, cosa a cui Tony dava molta importanza, sarebbe stato la creazione di pietrisco dalle rocce colpite e nient'altro. Ci sarebbero stati dei tronchi d'albero, alti e maestosi, molto più vicini, ma gli alberi erano esseri viventi, un'opera della natura che Tony non avrebbe mai fatto distruggere per un'esercitazione.
Marçela conosceva il posto adatto e si mise alla guida del primo camion conducendo il convoglio sul limitare della foresta. Da lì dovettero marciare con una decina di RPG-7 e alcune casse di razzi fino a un piccolo massiccio roccioso che si ergeva nella foresta, circondato da alberi secolari. Uno spuntone di roccia ai suoi piedi fungeva allo scopo, sembrando anche un carrarmato, con la torretta leggermente più alta del solito ... ma non importava. Tony vi salì, salutato dalle urla delle scimmie che dagli alberi osservavano tutto, incuriosite da quelle strane scimmie là sotto, delle quali non riuscivano a capire cosa stessero combinando. Tony parlava, con quel sottofondo di rumori di bosco e canti d'uccelli che si richiamavano da varie distanze, spiegando cos'era un carrarmato, quali fossero i suoi punti di forza e quali quelli di debolezza. Spiegò che tutti i carrarmati avevano nel frontone anteriore il massimo spessore della corazza d'acciaio e che era quindi inutile cercare di distruggerli colpendoli lì. Serviva un cannone da almeno 100 mm per avere la possibilità di distruggerlo. I razzi non potevano farcela. Il punto migliore per fermarlo era sparare sui cingoli che, rompendosi, l'avrebbero bloccato, poi sui serbatoi di benzina, sempre a poppa, dietro il tank che si sarebbero incendiati costringendo l'equipaggio ad abbandonarlo per non finire arrostiti dal calore delle fiamme. Ma il colpo da maestri, sarebbe stato colpirli alla gola e spiegò che la gola di un carro era quel punto di connessione tra la testa, la torretta, e il corpo, lo scafo. Colpirlo in quel punto significava permettere all'esplosivo contenuto nella testata del razzo, di perforare la corazza, in quel punto sufficientemente debole, e penetrare attraverso il foro di qualche millimetro appena all'interno dell'abitacolo del carro, carbonizzando tutto e tutti alla temperatura di

circa mille gradi centrigradi. Una morte orribile, ma istantanea ...non si faceva in tempo a soffrirne. Con questi razzi potrete abbattere anche elicotteri e aerei in fase d'atterraggio o decollo. Questo perché mentre gli elicotteri sono più lenti e permettono al razzo di raggiungerlo, gli aerei sono troppo veloci per il razzo anticarro, tranne che al decollo o all'atterraggio. Tenete presente che la gittata utile è molto bassa, qualche centinaio di metri ... poi il razzo va a passeggio per conto suo fino a che non cade per forza d'inerzia, ma è ben visibile e l'obiettivo che mancate saprà che siete lì e anche dove siete e vi farà fuori con tutta la potenza di fuoco di cui dispone. Cercate quindi di mirare al meglio l'obiettivo e di colpirlo ... o sarà lui a eliminare voi! ... Ci sono domande?"

"Sì ... mi avevi detto che bisognava stare a una certa distanza dal lanciarazzi quando era utilizzato ... quanto?" - chiese Marçela.

"Acc... Hai ragione, ho dimenticato la cosa più importante e avremmo potuto subire una tragedia per questo ... mai distrarsi ... perdonatemi. Spero che controllando il primo lancio me ne sarei accorto rimediando prima di veder andare arrosto qualcuno di voi. Questo vi serva per evitare tragedie da leggerezza nell'esercitazione e ricordate ... in battaglia non sono mai pochi i caduti per fuoco amico. Significa che il vostro compagno, sparando accidentalmente, colpisce voi e nemmeno se ne accorge o che lanciando un razzo senza guardare chi ha alle spalle vi manda arrosto! Capito? Per rispondere alla tua domanda Marçela ... No, non c'è una distanza di sicurezza da tenere, il lanciarazzi è innocuo tranne che davanti, per ovvi motivi, e dietro, perché i fumi della combustione si scaricano alle spalle, uscendo da quella specie di tromba e sono anche quelli gas combusti alla temperatura di circa mille gradi centigradi. Potete immaginarvi come vi ridurrebbero se vi venissero addosso ... perché stavate facendovi una canna alle sue spalle." - rispose Tony, facendo ridere quella banda di reclute.

"Si, ridiamone pure ma, ricordate, mai distrarsi quando si ha un arma micidiale come queste in pugno ... può essere mortale per voi ed i vostri compagni d'armi. Ora passiamo alle prove pratiche. Vieni ... come ti chiami?"

"Antonia ..." - rispose una bella ragazzina, con lunghe trecce nere ai lati del capo, avvolta in una tuta mimetica che chissà dove si era procurata.

"Bene Antonia, questo è il lanciarazzi, se non sei mancina, impugnalo con la destra così e poggialo sulla spalla destra. In questo modo ti trovi davanti il mirino telescopico ... lo vedi?"

"Sì ..."

"Vedi anche una scala graduata, in verticale e orizzontale, che s'incrociano proprio al centro del mirino ... affermativo?"
"Sì ..."
"Bene, quei gradi servono a valutare la distanza dell'obiettivo, in modo da regolare l'alzo, una cosa che vi spiegherò in un secondo momento ... al momento preoccupiamoci di non spararci i razzi sui piedi!" - disse Tony, suscitando altre risate ... abbastanza nervose, specie da Antonia che stava per provare per prima a lanciare un razzo anticarro e non sapeva cosa avesse provato. Tony la usò come cavia anche per l'emozione che sentiva e trasmetteva agli altri.
"Ora parliamo del grilletto e di cosa dovete fare per far partire il razzo. Questo ha l'aspetto del grilletto di un fucile, ma non lo è ... è tutta un'altra cosa. È una dinamo piezometrica ... che non è un ufo, ma funziona come tutte le dinamo, per esempio quelle delle biciclette che, con il movimento rotatorio della ruota, creano corrente da mandare alla lampadina illuminandola. Questo funziona nello stesso modo, solo che il movimento da sfruttare è quello del vostro dito che preme il grilletto. Una furbata degli ingegneri sovietici che progettarono quest'arma ... Una furbata che lo rende completamente autonomo anche per l'energia, e senza alcun bisogno di manutenzione. Cercate, però, anche se non è necessario, di spingere il dito sul grilletto lentamente e con forza costante fino a che non sentite il leggero rinculo dei razzi che si accendono e del proiettile che esce dal tubo di lancio. Questo impedirà che in qualche rara occasione, ma capita, la dinamo non produca abbastanza corrente e il razzo non parta e, magari, questo significherà mancare il bersaglio, oppure colpirlo nel punto sbagliato perché, solitamente, i bersagli si muovono e un attimo dopo può esservi fatale. Ora ti dò il razzo Antonia, questo è il razzo anticarro ... vedete com'è fatto? Prendetene in mano uno e guardatelo. Solo l'ogiva ... la testa, è metallica, il resto del corpo è di cartone pressato perché la sua sola funzione è quella di contenere il propellente, le polveri detonanti che gli danno la spinta bruciando ... si consuma nella sua corsa. Guardatelo quant'è cazzuto!
Colpite bene il bersaglio con uno di questi e vedrete uno di quei mostri d'acciaio esplodere dall'interno e fermarsi, come un elefante colpito in testa.
Aggiungo solo una considerazione. I progettisti sovietici hanno pensato a coprire la gola dei loro T-54 e versioni successive dotandoli di una torretta tonda e completamente schiacciata sul corpo, senza collo apparente. Questo non rende impossibile colpirli proprio lì, ma sicuramente è molto più difficile. Bisogna essere proprio bravi, oppure rinunciare e colpirli

altrove, sui cingoli o sui serbatoi. Questo li fermerà comunque, anche se possono continuare a usare il cannone e la mitragliatrice. Bene Antonia ... adesso impugnalo con la sinistra e infilalo nel tubo di lancio, va ad incastro perfetto, senza fare alcuna forza ... vedi? Chi non ci ci arriva bene può farlo prima di mettere a spalla il lanciarazzi. Non succede niente, non è un mortaio e se non si preme sulla dinamo non si accende niente.
Pefetto ... bravissima. Ora guarda quella roccia, vedi qualcosa che possa assomigliare alla gola di un tank?"
"Sì ... c'è una specie di buco tra la parte alta e quella bassa."
"Vero ... perfetto, allora mira su quella e, per questa prima volta, scegli la posizione che preferisci. Io lo uso stando in piedi a gambe larghe e ben piantate ma, a volte, piegare le gambe poggiando a terra il ginocchio destro e facendo leva d'appoggio sul sinistro, si riesce a tenere meglio ferma l'arma per un tiro più preciso. Prova e decidi come ti sembra più sicuro ...Tutti voi state lontano dalle sue chiappe e guardate che succede alla vegetazione troppo vicina."
"Sì ... è meglio inginocchiata" - rispose Antonia, assumendo quella posizione. Tony la corresse leggermente facendole poggiare il piede sinistro ad angolo retto con la gamba, dandole poi il via.
"Quando vuoi Antonia ..." - un attimo ancora per la mira e Antonia seguì le istruzioni ... centrando in pieno il punto che aveva deciso di identificare come la gola del tank. Il forte sibilo del razzo in partenza ed il rinculo, pur essendo la sua prima volta, li aveva retti bene ... Tony si congratulò con lei, riempiendola d'orgoglio e mostrando anche a lei quel che era successo del cespuglio alle sue spalle, che ancora bruciava. Tony chiese ad alcuni ragazzi di spegnerlo, anche se era tutto fresco, per via delle piogge, in Africa era meglio non lasciar bruciare niente, per evitare pericoli d'incendio.
Tutti, però, avevano visto e capito non solo come si fa ... ma anche quali sono i rischi da evitare. Tony mise in posizione anche i successivi e questo per almeno una decina di loro. Tutti furono molto precisi, tranne un ragazzo che, provando a sparare in piedi, cadde all'indietro mandando il razzo da tutt'altra parte. Tony lo fece riprovare subito per vincere il panico che lo aveva preso, facendogli mollare il lanciarazzi per scappare all'indietro. Andò meglio e si tranquillizzò: ... l'RPG-7 non mordeva!
Tony lasciò che anche loro se la cavassero da soli. Ora era solo questione di pratica. Dovevano sparare tutte le cassette di razzi che avevano portato, almeno tre razzi per ognuno di loro. Poi, capitando l'occasione, sarebbero stati in grado di abbattere anche elicotteri e si allontanò in quella foresta incantata. Era silenziosa ora, a parte le esplosioni che

avevano zittito e fatto fuggire tutti, scimmie e uccelli ... ma non quella vegetazione lussureggiante, non quei monumenti della natura possenti e antichi. Ammirava la bellezza di quei colori, l'innumerevole varietà della tonalità di quel verde lo facevano sembrare un paesaggio finto, creato dalla tavolozza di un grande maestro pittore e sentì che, tra l'altre cose, Dio era proprio questo, anche un maestro pittore. Si beò di tutto quel verde e di quel tappeto di foglie che rendevano morbido il cammino, fino ad arrivare in una radura, apertasi improvvisa tra la fitta vegetazione, con erba fresca, verde per la stagione delle piogge appena finita e alta fino al ginocchio. Incurante dei pericoli sentì il bisogno di rotolarcisi dentro, come faceva da bambino sui prati intorno alle paludi di casa sua e stranamente l'odore dell'erba era lo stesso, poi si fermò supino, a braccia aperte, a osservare il cielo ... e vide Marçela che lo guardava sorridente, in piedi, vicina a lui ...
"Che meraviglia ..." - le disse Tony senza muoversi.
"Sì ... è bella la mia Patria ..." - replicò lei sdraiandosi al suo fianco a guardare il cielo. Il sole del tardo pomeriggio era calato e non era insopportabile e, a quell'altitudine, circa 1200 metri sul livello del mare, la temperatura era piacevole ... meno di trenta gradi.
"Davvero ... come raccontava mio padre ... il paese della cuccagna!"
"Cosa significa cuccagna?" - chiese lei.
"Niente ... un vecchio termine, ormai desueto e intraducibile, della lingua del Regno di Tallia. Potrei dire il paese delle meraviglie, ma non sarebbe esatto. La cuccagna è tangibile, gustabile, palpabile ... ottenibile in concreto ... Capito?"
"Sì ... l'Africa è una cuccagna!" - rispose lei, girandosi a baciarlo.
Nessuno poteva disturbarli, nemmeno quelle esplosioni e, tra l'una e l'altra, il lontano crepitare dei fucili mitragliatori e delle bombe di mortaio, ovattati dalla foresta ... Fecero l'amore là, tra l'erba alta ... come alle origini del mondo!
Che strane sensazioni provavano assieme ... Tony continuava ad avere i suoi dejavue e nemmeno ci faceva più caso. Ora sentiva di essere già stato lì, ma quando mai ci era passato? Probabilmente a confondergli i ricordi era il fatto che nell'erba alta ci giocava da bambino e quella similitudine traeva in inganno la sua memoria. Ma i conti non tornavano ... nell'erba alta ci giocava con i ragazzini della sua età ... non ci faceva l'amore con una donna come Marçela e, tantomeno, poteva confondere lei e le sensazioni che gli trasmetteva con le masturbazioni di gruppo o i giochi con i maschi femmine della sua infanzia ... era ridicolo solo a pensarci, ma ... allora? Perché questa sensazione di esserci già stato, ed esserci stato con lei? ... e

quando? Non parlava di queste sue sensazioni con lei, non era mai capitata l'occasione di farlo. In quel momento, però, fu lei a chiedergli se avesse mai avuto la sensazione di essersi già incontrati e di avere già fatto l'amore assieme e ... là, proprio là dove si trovavano. Lui si voltò verso di lei, sdraiatasi su un fianco per vederlo meglio e lui fece altrettanto, guardandola negli occhi e dicendo:
"Non te ne parlavo, perché mi sembrava assurdo ... ma visto che è successo anche a te devo dirti di sì ... mi è successo, sia ora che alle cascate del Duque de Braganza ... ma sono certo che non sia così, non può essere."
"Ne sei proprio sicuro? ... quante cose ignoriamo dell'universo, della fisica, della materia e dell'energia che lo pervadono. Chi può essere certo di non aver già vissuto una vita parallela a questa, magari ritardata o anticipata nei tempi ... sempre che non si tratti semplicemente di reincarnazione, metempsicosi, la trasmigrazione delle anime ... ne hai mai sentito parlare o letto qualcosa?"
"Sì, ne ho sentito parlare, o meglio ho letto qualcosa sulle religioni orientali, ma non ho voluto approfondire per non essere condizionato, nelle mie esperienze, da quelle altrui ... anche perché molto di ciò che ho letto, a me ... son sembrate cazzate!"
"Ah ah ah ... sì, anche a me. Com'è bello scoprire di pensarla nello stesso modo su tante cose ... non trovi?"
"Sì, trovo ..." - rispose Tony, mettendosi in bocca un filo d'erba con un fiorellino giallo in cima, per poi sputarlo subito dopo. Dall'aspetto gli sembrava un'erba delle sue parti che aveva un succo aspro che a lui piaceva, ma questa era amara.
"E come hai risolto i tuoi perché su queste stranezze?" - insisté lei.
"Non li ho risolti ... come ti ho detto, sto arrivando a pensare che non siano previsioni sul futuro ma rimembranze del passato e questo lascerebbe intendere che si tratti di reincarnazione ... che abbiamo già vissuto in precedenza, incontrando in questa vita o dimensione, le stesse persone che abbiamo incontrato nelle precedenti, gli amici e ... i nemici. Così si spiega la simpatia o l'antipatia innata che alcuni ci ispirano pur sconosciuti. E credo che a me tutte queste indicazioni mi arrivino da chi, dentro di me, ricorda tutto e cerca di portarlo alla mia conoscenza, ma non riesce perché non abbiamo un linguaggio comune. Allora ... mi trasmette immagini e sensazioni, a volte in sogno, altre da sveglio. Tuttavia non sono premonizioni ... anche se quelle che non capisco al momento, mi sono chiare in seguito, al tempo suo. Ogni cosa a suo tempo! ... dice un proverbio Talliano. Intanto colgo quest'aiuto a

percorrere la giusta via per la conoscenza e procedo con decisione nella direzione indicata. Per questo ti ho invitato a lasciar andare fuori da te queste utopie irrealizzabili. Noi ci siamo trovati uniti in un attimo, appena ti ho vista ho capito che eri tu ... Tu e non un'altra, ma i discorsi che fai e le scelte che stai portando avanti non sono le mie. Io sono qui solo per te e perché qualcosa, oltre al sentimento che ci unisce, mi chiede di stare qui. Evidentemente questa è una tappa sulla via della conoscenza ..." - continuò Tony, alzandosi in piedi e rivestendosi.
"Non è molto gratificante essere considerate una tappa sulla via ..." - replicò Marçela, ponendosi davanti a lui con le braccia dritte e rigide sulle sue spalle. Sorrideva dicendolo e lui completò la sua ripetizione:
"... Della conoscenza! ... E la via della conoscenza non è solo mia ... ma anche tua e di chiunque vi si voglia incamminare."
"Non ti facevo così saggio ... Questo tipo di ragionamenti presumono una preparazione filosofica di alto livello che mi hai detto di non aver avuto. Mi hai detto di avere frequentato solo le scuole inferiori e non hai studiato filosofia, è vero?"
"Verissimo ... la mia strada alla conoscenza passa per l'esperienza diretta, sulla mia pelle ... non su quella degli altri. Quando mi è capitato, nelle lunghe navigazioni oceaniche, di prendere in mano qualche testo mi sono trovato d'accordo su alcuni punti, ma molte mi sembravano vaneggiamenti di chi voleva arrivare a una conclusione, pur arrivandoci poggiando i piedi sul nulla. Non sono cose per me, la mia mente vuole seguire la logica e in base ad essa costruire la verità di cui vado in cerca.
La verità di cosa? ... la mia verità! Chi sono, da dove provengo, dove sto andando, dove arriverò, dov'ero prima di nascere, dove andrò dopo la morte ... trovare la risposta a queste domande, mi permetterà per logica di arrivare alla verità assoluta, sul tutto. Queste sono cose che m'interessano davvero ... non la politica e tutte quelle utopie di cui cerchi di parlarmi, senza riuscire a capire che le mie orecchie sono chiuse a quei discorsi e se qualcosa trapelasse da esse, sarebbe la mente a rifiutarle. Con questo, però, non voglio dire che chi vive per esse sbagli ... Affatto! Dico semplicemente che è il suo karma, il suo fato, il suo destino e non il mio. Per questo non credo che la nostra storia, pur unica e appassionante, possa portarci assieme oltre questo punto. Ognuno di noi due dovrebbe rinunciare al suo essere per poter stare assieme all'altro e, questo, renderebbe infelice l'uno o l'altra. Chi dei due dovrà soffrire e umiliare la sua natura? ... Tiriamo a sorte?"
"Diablo Tony, mi hai detto cose feroci che mai avrei voluto sentire, ma senza ferirmi ... e non capisco perché."

"Perché ti ho detto cose feroci ... o perché non ne sei rimasta ferita? Nel primo caso posso rispondere che non era mia intenzione farlo, nel secondo perché penso che sei una donna intelligente e la tua intelligenza ti dice che è la verità e, agli homo sapiens non fa paura la verità, anzi, la cercano avidamente!

E' anche vero, però che, dall'alto delle tue due lauree, hai la presunzione di credere che chi non ha titoli di studio sia un ignorante e barbaro incolto. Non solo non è sempre così, ma è altrettanto vero che il mondo è pieno di somari titolati. Io, per esempio, ho semplicemente rinunciato a continuare gli studi quando compresi che la scuola, qualsiasi scuola, era inadeguata a fornire risposta ai miei quesiti. Realizzai che non mi servivano a niente ... un'inutile perdita di tempo. E' ben vero, però, che non ho mai smesso di imparare, anzi, posso dirti che proprio allora cominciai l'apprendimento vero ... a inseguire la conoscenza. Tu hai una laurea in filosofia se ricordo bene, dunque hai studiato la nascita e il profondo cambiamento del pensiero, a Mileto, città Ellenica sulle coste dell'odierna Turchia, nell'VIII secolo a.c. ad opera dei primi filosofi, Talete ed Anassimandro, coloro che per primi indagarono la realtà con gli strumenti della ragione, senza ricorrere alle mediazioni dei sacerdoti dei templi. Iniziò così una rivoluzione che cambiò il mondo e che non fallì mai perché, a differenza delle rivoluzioni di cui parli tu, non tentano di togliere a nessuno la libertà di pensiero e di parola ... anzi, la stimolano come il bene più prezioso della civiltà.

I Greci, che in realtà definivano se stessi Elleni, iniziarono sempre più numerosi a chiedersi il perché di tutti i fenomeni, interrogandosi sulle origini del mondo e la natura delle cose, creando due scienze nuovissime, la fisica e la biologia; sull'esistenza, creando l'ontologia e la metafisica; sul comportamento umano, creando etica e psicologia; sui processi della conoscenza, creando la logica.

E' da allora e grazie a loro, che ogni volta che rispondiamo a un perché facendo appello alla razionalità, in un certo senso pensiamo alla Greca, anzi, all'Ellenica. Persino le pubblicità commerciali e le propagande di qualsiasi genere, non sarebbero le stesse senza il metodo della persuasione messo a punto da Socrate nel IV secolo a.c. e dai suoi seguaci. Quei pensatori s'interrogarono anche sui problemi della convivenza umana, creando così la politica, l'arte di governare le Polis, le Città Stato. Politica che, alle sue origini, era proprio questo: l'arte di amministrare i problemi comuni, non strattagemmi per ingannare i popoli da parte di emeriti farabutti interessati solo a derubarli di averi e diritti ... oltre che della speranza e dei sogni!

Pensi che non si possa conoscere Eschilo, Sòfocle, Euripide, creatori del teatro, così come lo concepiamo oggi, portando un'intensità drammatica sino ad essi sconosciuta e mettendo al centro del loro teatro le tematiche del dolore e della colpa, la cui eredità si tramanda di padre in figlio. Ed io so bene che il mio legame con l'Africa discende proprio da mio padre, che visse in Africa Orientale per vent'anni, facendoci anche due guerre e abbandonando al loro destino, al rientro nel Regno, i figli avuti con una donna africana, perché erano meticci e se ne vergognava. Sì, ho fratelli e sorelle mulatti, probabilmente anche nipoti, ma non li conosco, ne potrei mai conoscerli ... E tu ... pensi di non aver ereditato niente di ciò che tuo padre ha fatto qui? ... Io credo di si, e questa tua smania di voler fare ad ogni costo qualcosa per liberare l'Angola, forse ha le sue origini proprio in questa eredità karmica, ma sei certa che l'Angola voglia essere liberato da te? Eschilo parlò, analizzandola e facendola conoscere al suo pubblico attraverso le sue commedie, della vendetta, sempre dominante e del castigo, visto come strumento per raggiungere l'autocoscienza. La caratteristica delle sue opere drammatiche era l'intensità del pathos con cui riusciva a trattare il tema del male. Se oggi abbiamo questo tipo di teatro e cinema, lo dobbiamo alle loro rivoluzioni. Forse pensi che io non possa conoscere Pericle, lo statista per eccellenza, che pose l'architrave del meccanismo democratico ateniese, introducendo il salario, fino ad allora sconosciuto, per coloro che si dedicavano ai pubblici uffici per il bene della collettività e ammettendo le classi inferiori, fino ad allora escluse, all'effettivo governo della Polis? Oppure Socrate, nemico dell'ignoranza, che considerava causa di tutti i mali il quale, fedele al suo insegnamento di Giustizia e rispetto della legge, accusato di non credere agli Dei, non fuggì, ma bevve la cicuta. Ippocrate ... creatore della medicina moderna, che fu il primo ad allontanarsi dalle pratiche stregonesche trasformando la medicina da pratica empirica, in tecnica fondata su un metodo scientifico. Rischiò anche lui la sua vita sostenendo che salute e malattie dipendevano da condizioni umane e non da interventi degli Dei ... idee davvero rivoluzionarie e pericolose per quei tempi. Platone, allievo di Socrate, che elaborò la dottrina delle idee, secondo la quale l'idea è la base universale e assoluta che fa esistere il mondo e consente di pensarlo. Davvero avrei dovuto avere bisogno di studiare lui per capire che è vero, le idee costruiscono e plasmano il mondo? Come mai, allora, l'ho compreso, ignorando persino la sua esistenza, fin quando non mi capitò di leggere alcune notizie su di lui, e capire che era uno che era arrivato prima di me alle stesse conclusioni?

All'idea, secondo Platone, si contrappongono i fenomeni sensibili, che sono un imitazione imperfetta e transitoria. Solo gli Dei possiedono la conoscenza ... Io, però, penso che questa dichiarazione la fece solo per non finire a bere la cicuta come il suo maestro ... mentre l'uomo deve cercare la verità attraverso la filosofia che in Greco antico significava l'amore per la verità ... E non è quello di cui sto parlando? ... Non è ciò che sto cercando e facendo? ... La ricerca della verità può essere spinta solo dall'amore per il sapere, dunque, io sono un vero filosofo!
Mentre, in questa realtà decadente, non avendo alcun titolo di studio, io posso essere considerato solo un barbaro incolto e filosofi sono tutti coloro che, senza aver capito mai un piffero della vita e dell'essenza delle cose, ne essersi mai sforzati di capirle, hanno imparato a memoria, come scimmie ammaestrate, quello che altre scimmie ammaestrate gli hanno chiesto di ripetere per potergli dare la patente da scimmie ... Sono un esperto d'armi? Sì ... conosco tattica e strategia, ho studiato l'arte della guerra ... dunque non sarei un filosofo, ma un militare! Allora i grandi condottieri Greci, che crearono l'arte della guerra e le grandi strategie che gli permisero di arginare l'espansionismo della superpotenza Persiana e, con Alexandro Magno, anche lui un filosofo allievo di Aristotele, conquistarono l'Impero Persiano e tutto il mondo allora conosciuto, cos'erano, barbari incolti? ... Milziade, Leonida, Temistocle, Aristide, Alcibiade ... tutti grandi pensatori, filosofi e politici e, nel contempo, Generali e abili strateghi.
La lista è lunga ... dobbiamo sorvolare su Aristofane che inventò la funzione pedagogica del teatro o su Senofonte, scrittore e storico ateniese, il quale, partito al seguito della spedizione mercenaria greca, ingaggiata da Ciro per la guerra civile intrapresa per detronizzare il proprio fratello dal Trono persiano, quando tutti i comandanti greci furono uccisi con l'inganno guidò, con strategia militare encomiabile, i diecimila guerrieri ateniesi superstiti, nell'interminabile marcia di ritirata, attraverso il territorio nemico, riuscendo a riportarli in patria. Non tralasciando di scrivere, da storico e filosofo qual era, la memoria dettagliata di quella spedizione militare contenuta nella più nota delle sue opere, l'Anabasi. Ci sarebbe molto da dire su Demòstene, riconosciuto come il più grande oratore greco, un leader politico che dedicò tutta la sua vita alla difesa della democrazia, non certo ad arricchirsi alle spalle del popolo e che, quando fu necessario, seppe trasformarsi in un protagonista di azioni militari e diplomatiche tanto che Filippo, Re di Macedonia, nemico della Democrazia che lui difendeva, ebbe a dire: non temo i greci, temo Demostene!

Conosci la storia di Ipazia? Una filosofa della scuola di Alexandria, in Egitto, ma lei era greca. Validissima insegnante, disposta a insegnare anche nelle piazze a chiunque avesse voglia d'apprendere, fu trucidata da fanatici cristiani, giunti al potere con l'editto di Costantino e che ne bruciarono i resti facendola divenire la prima strega della storia cristiana. Nessuno, sottolineo nessuno di questi padri fondatori della nostra civiltà era laureato! Posso dire anch'io con Dante: fatti non fummo per viver come bruti, ma per seguire virtute e conoscenza! ... Credi che sia fuori tema quel che ho detto? ... Assolutamente no!
Ti stai battendo per una causa sbagliata. Ti stai battendo per coloro che, quando saranno davvero al potere, quelle come te le dovranno perseguitare, perché non le potranno controllare. Tutti quei grandi che ho ricordato sono stati perseguitati a causa delle loro idee e della loro libertà. Molti, addirittura, furono accusati ingiustamente di empietà o tradimento, processati e giustiziati o esiliati.
Non credo che sia necessario aggiungere altro per esprimerti più chiaramente il mio pensiero su tutto ciò di cui stiamo parlando da settimane. Spero che tu rinsavisca prima che sia troppo tardi..." - concluse con un sorriso Tony, che aveva preso a camminare tra le erbe alte, con lei che lo seguiva ascoltando attentamente.
"Davvero sorprendente Tony, sono colpita ... non me l'aspettavo. Credevo che tu fossi tutt'altro tipo di persona ... intelligente, ma ... non così colto, come invece dimostri di essere."
"Ma io sono! ... tutt'altro tipo di persona. Non mi considero per niente colto ... sono solo un amante della verità che non si stanca di cercarla ... un filosofo, appunto! E un filosofo maschio, dal momento che sono convinto che la verità sia femmina ed è per questo che mi piace così tanto cercarla, frugarla ... come se stessi frugando sotto la gonna di una bella donna come te ... ah ah ah!
Un ultimo esempio ... pochi si prendono la briga di cercare il motivo che sta dietro ogni cosa. In pochi, infatti, si sono chiesti perché gli Elleni sono chiamati da sempre greci. Io l'ho fatto ed ho così scoperto che la causa fu il primo incontro tra i romani, con la colonia ellenica di Cuma, nel golfo di Neapolis. Gli emissari di Roma notarono che i coloni si definivano Graikoi. Il termine, in realtà, indicava solo la popolazione insediata sull'isola di Eubea, da cui provenivano i primi cumani. Ma i romani affibbiarono per estensione quel nome a tutti gli abitanti dell'ellade. Così, per tutto il mondo romano, gli Elleni diventarono Graii e Graeci, traduzione Latina di Graikoi. L'errore fu poi tramandato, attraverso il latino, alle lingue moderne che ne sono derivate. Mi è piaciuto scoprire anche questa

piccola verità ... perché amo la conoscenza in tutte le sue forme ... e non perché devo superare un esame per avere un pezzo di carta ... ma per me stesso!" - erano arrivati di nuovo al limitare della foresta. Marçela l'aveva preso a braccetto senza fare altri commenti. Le esplosioni dei razzi erano terminate da un po' e trovarono i due plotoni appoggiati alle rocce, a piccoli gruppi, intenti a conversare piacevolmente e fumare spinelli.
"Bene ... avete fatto progressi?"
Sì, alla fine è facile, come dicevi tu ... ci vuole solo un po' di pratica" - replicò Antonia.
"Esatto! E, una volta appresa la tecnica, l'esperienza ve la farete combattendo, se mai si renderà necessario. Caricate il materiale sui camion, si ritorna alla fazenda" - disse, tornando verso i camion con Marçela, silenziosa come mai prima. Anche durante il tragitto non parlò, tanto che Tony pensando l'avesse con lui glielo chiese.
"Ti ho forse arrecato offesa con i miei discorsi? ... se è così mi dispiace, sai che non è nelle mie intenzioni."
"No, no ... che dici? Non sono offesa, sono toccata e sto riflettendo sulle tue parole, mi hanno dato modo di capire alcune cose molto importanti e che non capivo prima d'ora. Ho bisogno di rifletterci da sola ... tutto qui!"
"Ok ... capita anche a me, cogito ergo sum!" - concluse Tony facendola ridere. Teneva gli occhi sul terreno per evitare di finire in qualche buca nascosta sotto il filo d'acqua che a tratti ricopriva la savana che stavano attraversando.
Arrivarono così, in silenzio, alla fazenda e parcheggiarono i camion accanto agli altri mezzi. S'incamminarono verso la casa con passo stanco, lo erano per davvero. Desideravano solo sdraiarsi sul letto e riposare un po' ... e lo fecero, senza voler parlare con nessuno, nemmeno con Antonio e Roberto che si erano avvicinati per riferire dell'esito della giornata al poligono.
"Domani Antonio ... domani, abbiamo bisogno di riposare un po'. Con l'RPG-7 è andato tutto bene ... Hola!"
"Hola Tony ... vi porto qualcosa per cena? Stiamo preparandoci ad arrostire."
"Se vuoi e se non stiamo dormendo ... anche un buon sonno è un pasto ..."
"Va bene ... busserò prima di entrare ..." - concluse, girandosi per tornare dove stavano accendendo i fuochi.
Sì ... anche lui sentiva lo stato d'animo di Marçela. Era una stanchezza mentale, non fisica. Del tipo peggiore ... paura di sbagliare, paura di aver sbagliato, paura di non poter rimediare ... e nessuno poteva farci niente, ognuno per se!

Tony entrò in camera subito dietro di lei e si gettò sul letto, vestito, di schiena e ci rimase, mentre Marçela era andata in bagno. La sentì che riempiva la vasca da bagno e le gridò, senza alzarsi:
"Chiamami quando è piena, lo facciamo assieme, risparmieremo l'acqua" - la porta del bagno si aprì e Marçela, già nuda, appoggiata allo stipite con un sorriso malizioso rispose:
"Non abbiamo nessun bisogno di risparmiare l'acqua ... la cisterna è piena e i pozzi sono colmi d'acqua ... è appena finita la stagione delle piogge ..."
"Beh ... comunque si può farlo assieme no?" - replicò lui, alzandosi per raggiungerla. Non poteva davvero resistere alla sua vista quando si mostrava così disponibile. Si stavano asciugando quando Antonio bussò alla porta.
"Marçela ... ho portato un vassoio di carne bollita con la salsa ..." - attendendo risposta. Tony uscì ad aprire la porta ad Antonio, avvolto in un lenzuolo malandato che usavano come asciugamano.
"Hola Antonio ... grazie. Ci voleva proprio, siamo affamati ... mettilo sul tavolo. Che salsa è? ... come siete riusciti a farla?"
Abbiamo raccolto degli ortaggi spontanei ricresciuti nell'orto e li abbiamo pestati nel mortaio con erbe e alcuni frutti selvatici. Se intingi i pezzetti di carne bollita nella salsa, sentirai che buona."
"Non ne dubito ... a proposito: Marçela mi ha detto che si deve andare a caccia per rifornirci di carne e vuole portarmi nella savana a Nord, a caccia di gazzelle. Visto che ormai si tratta solo di far fare pratica a tutti col tiro di precisione, che ne dici di venire anche tu? Partiremo con le due Land Rover in serata, saremo di ritorno con buona caccia ... almeno si spera."
"Buona idea ... stavo decidendo la stessa cosa ... c'è rimasta solo una coscia di Gnù e il costato, ci vorranno almeno una decina di gazzelle per andare avanti un paio di giorni e sono in arrivo anche gli altri, dopodomani saranno qui."
"Acc... Ma quanti arriveremo ad essere ... hai fatto una previsione?"
"Sì, se arriveranno tutti quelli che si sono impegnati, poco meno di duemila. Ma la maggior parte arriveranno con le tende militari e un carico di razioni prelevate ai magazzini dell'esercito portoghese. Smobilitando hanno lasciato molto materiale, specie quello vecchio e strausato che non valeva la pena riportare in Portogallo. Ci farà comodo tutto ... anche le posate, i tegami e le gavette ... Andrà tutto bene vedrai!"
"Ne sono certo ... a domattina allora, all'alba ci vediamo nel piazzale".
"Buona notte ..." - disse Antonio, con un sorriso complice. Era da tempo un amico di Marçela, ma tra loro non c'era stato mai nulla, altrimenti Tony avrebbe sentito la sua gelosia. Un maschio resta sempre possessivo verso

le sue compagne, anche quando non lo sono più ... è nella natura, ma un uomo sa tenerla a bada senza farlo notare troppo.
Sedettero ancora una volta nudi di fronte a quella grossa padella piena di carne lessa e Tony ne intinse un pezzetto nella salsa che avevano messo da un lato, era densa e di un colore tra il giallo e l'arancio ... Piuttosto agrodolce. Molto buona, a Tony piacque molto ed anche la carne, lessata, dopo essere stata arrostita, era molto più tenera. Mangiarono di gusto, non c'è che la fame per far gustare il cibo, qualunque cibo. Poi ... di nuovo sdraiati, l'uno di fianco all'altro a guardare la stessa luna che li vide amarsi, la notte prima, sotto i suoi raggi e che saliva in cielo, passando davanti alla loro finestra. La pelle di Marçela assumeva un colore particolare sotto i suoi raggi ... doveva carezzarla, sentire sotto le dita quella pelle di seta e si girò sul fianco per poterlo fare. Notò l'espressione assorta di lei e prese a passarle la mano leggera sul petto, tra i seni e giù sull'ombelico e il monte di venere, per girare con le dita tra i suoi peli a raggiungere le cosce. Ripeteva questo movimento lentamente senza ricevere alcuna reazione da Marçela che, invece, improvvisamente, chiese:
"Tony ... le tue parole oggi mi hanno aperto la mente a troppi ricordi, ricordi che mi facevano male e che per questo avevo rimosso ..."
"Male ... si fanno il nido nell'anima ed escono a morderla quando meno te l'aspetti ..."
"Proprio così ... e oggi me l'hanno sbranata, ma ho capito ... ho capito il mio rapporto con questa terra, perché sono così decisa a battermi per essa, perché abbia un futuro migliore, diverso da questo."
"Non so se potrai ... ma se senti di doverlo fare, allora devi farlo! Intanto prendi per le orecchie quei ricordi e mettili qui, su questo letto, li inzuppiamo nella salsa ..." - disse Tony, notando che aveva accennato ad un sorriso.
"Si tratta di questa fazenda e di mio padre. Ci vivevo felice, come in paradiso. Ero nata qui, in mezzo a tanta gente che ho visto sempre intorno a noi, i miei fratelli, mia madre, mio padre. A volte mi portava con se a vedere gli altri possedimenti, avevamo campi di cotone intorno al Cuango e, quando i fiocchi erano pronti alla raccolta, vedere quell'estensione di bianco a perdita d'occhio mi affascinava. Sono stata spesso anche alla nostra piantagione di caffè tra Caxito e Uìge. Da tempo non ci sono più andata, da quando ero divenuta abbastanza matura da capire che le condizioni in cui mio padre teneva i lavoranti, i raccoglitori, sia del cotone che del caffè, erano da schiavitù. Una schiavitù legalizzata, ma di questo si trattava considerando le condizioni in cui vivevano e i

salari che percepivano. Anche là possedevamo delle grandi case ... mi chiedevo, però, perché, invece, loro vivessero in misere capanne o tuguri di proprietà della fazenda. Considerando quanto rendeva il loro lavoro avrebbero dovuto essere trattati molto meglio, con dignità, invece, quando mio padre aveva la luna storta o nel raccolto qualcosa non era andato per il verso giusto ... allora usava quel suo frustino ... come un negriero! Ma quello fu niente, se paragonato a quel che vidi fare a mio padre e alcuni suoi fazenderos portoghesi il giorno che, a causa delle forti piogge, un ponticello di legno si era rotto impedendo così alla nostra Land Rover di attraversarlo. Mio padre ordinò ai suoi vaqueros di andare a prendere e portare là tutti i suoi lavoranti. In breve furono tutti intorno al ponte e li costrinse a scendere nel fossato, con l'acqua alla vita e reggere sulle proprie spalle i travi portanti di quel ponte, in modo che reggessero le traversine e facendoci passare l'auto sopra mentre lui era lì, alle loro spalle, colpendoli come un demonio con quel frustino perché non se ne allontanassero ... Dio quanto l'ho odiato!
Fino a quel momento non mi ero nemmeno mai chiesta perché la pelle di mio padre e di pochi altri, alcuni Vaqueros, fosse diversa dalla mia e perché, tra i miei fratelli, uno aveva la pelle uguale a quella di mio padre e l'altro a quella di mia madre. Mia madre aveva la pelle scura, non era mulatta, era nera ... bellissima, dolcissima e nera. Mio padre era ed è sinceramente innamorato di lei ed io crescevo convinta che gli uomini potessero avere la pelle di tutte le tonalità, come per i capelli, il colore degli occhi, l'altezza ... Non mi curavo del fatto che i figli dei servi, miei compagni di giochi e d'avventure, avessero la pelle nera e credevo che anche a mio padre non importasse.
Un giorno, invece, ero molto piccola ... circa cinque anni, giocavo dietro le stalle con i ragazzini della fazenda e del villaggio vicino, un villaggio indigeno di paglia e fango, dove vivevano i lavoratori stagionali necessari alla fazenda, quando, da dietro l'angolo del capannone, arrivò di corsa mio padre ... urlava e brandiva il suo frustino, quello che credevo riservasse al cavallo e con quello frustò tutti i miei amici ... dei bambini neri che non dovevano avvicinarsi a sua figlia ... a me!
Ero troppo piccola per capire, ma ne restai traumatizzata. Non riuscivo nemmeno a comprendere cosa avessero fatto di male, ma non potei vederli più. Mio padre aveva punito anche i loro genitori che non gli avevano impedito di avvicinarsi alla fazenda e a sua figlia. Una cosa orribile, che mi fece vedere sotto una luce diversa quell'uomo duro, forte, che mi prendeva in braccio e faceva volare tra le risate e, nello stesso tempo, così cattivo, violento, crudele. Da allora lo guardavo diversamente,

anche quando saliva a cavallo con quel suo frustino sempre allacciato al polso, per essere pronto ad usarlo, ormai sapevo che non era per il cavallo che lo portava. Lo vidi altre volte frustare i servi ... anche quella che mi fece da vice mamma ... fu orribile! Mia madre se ne accorse e mi carezzò per calmarmi, riuscendoci benissimo ... era così dolce, ma fu da allora che mio padre divenne anche per me il padrone, Padron Cadiz! Mi sentivo in colpa, ma non ne parlai mai con nessuno, crescevo e le scuole superiori mi videro in collegio, con i figli dei portoghesi come me. Tornavo alla fazenda solo per le vacanze. Le tue parole, oggi, sulle conseguenze delle azioni dei padri, che sono ereditate dai figli ... mi hanno fatto comprendere finalmente la natura di quel sentimento indecifrabile che mi porto dentro da allora. Io porto dentro di me, nell'anima, il peso della colpa di mio padre verso questo popolo che per metà è il mio. Devo fare qualcosa per riscattarla ... per questo sono andata in giro per i villaggi a organizzare scuole primarie, per alfabetizzare i bambini, che sappiano almeno leggere e scrivere.
Per lo stesso motivo sono pronta a battermi per la libertà dell'Angola. Che diventi una Repubblica davvero democratica, libera, dove ognuno possa sentirsi tra suoi pari, senza distinzioni di razza, sesso, religioni ... Sono davvero da considerare utopie queste, Tony?"
"No! ..." - rispose secco Tony, senza poter commentare quel che Marçela aveva detto con così tanta passione e che condivideva.
"Penso quel che ti ho già detto, ma allo stesso tempo penso che le motivazioni che mi stai dando ... e che non mi avevi dato sinora, non hanno niente a che vedere con la propaganda e la dottrina politica di quella banda di ladri assassini. Anche tu, come me, stai sciogliendo i nodi negativi del tuo destino. Questo è bene, perché fa stare bene, ma occorreva arrivare alla verità e questa era nascosta davvero profondamente dentro di te. Ora che l'hai tirata fuori e osservata, la controlli ... non sarà mai più lei a controllare te ... vedrai!"
"Il mio filosofo guerriero ..." - disse Marçela, girandosi a sua volta per baciarlo affettuosamente sulle labbra.
"Del resto ... anch'io sento le colpe di mio padre verso l'Africa. Mio padre amava profondamente l'Africa, questo mi era evidente da come ne parlava rapito, nei suoi racconti della mia infanzia. L'Africa per lui era la giovinezza, ma anche la sofferenza della sconfitta bellica e della prigionia. Restò per quattro anni in un campo di prigionia Inglese sul lago Vittoria. Lontano dalla sua compagna Eritrea dai figli che gli aveva dato e impegnato a lottare per la sua sopravivenza. Morivano come le mosche per le privazioni e le epidemie, ma lui sopravisse e ti assicuro che era un

brav'uomo. Ma tra le sue foto ce n'era una, in stivaloni neri, divisa bianca e frustino in mano che fa il paio con ciò che mi hai detto del tuo.
Per questo mi sento di suggerirti di perdonare tuo padre. Non era colpa sua, più di quanto lo fosse di mio padre. Era il loro tempo e le politiche coloniali erano le stesse per tutti. Il tempo delle razze elette e di quelle inferiori. Il tempo delle follie razziali di Hitler e del nazismo. Pochi sfuggirono a quel condizionamento mentale. Mio padre ne fu vittima quanto il tuo. Sì, anch'io ho ereditato le sue colpe, ma anche le sue conoscenze. Se il destino mi farà incontrare i suoi discendenti, li abbraccerò volentieri come fratelli. Nel frattempo non mi rodo l'anima per le sue responsabilit. Ho le mie e mi bastano e mi avanzano te l'assicuro ... ah ah ah" - anche Marçela sorrise e ad entrambi si chiudevano gli occhi. Avevano dormito pochissimo la notte prima ... ed è stata una giornata pesante ...
"E' tardissimo ... dobbiamo dormire, altrimenti domattina non riusciremo ad alzarci ..."
"Sì, hai ragione ... dormiamo e facciamoci una promessa."
"Che promessa?" - chiese lei.
"Che domani parleremo di ... Paperino!" - risero entrambi e notarono che mancavano ormai poche ore all'alba ... ed era davvero meglio riuscire a dormirle tutte.
Scesero nel piazzale che il sole iniziava a sorgere sulla Savana, mostrando la rugiada della notte che diveniva vapore salendo verso l'alto e annunciando quanto sarebbe stata calda quella giornata. Una flebile luce arancio dava un contorno luminoso a ogni cosa. Avevano appena bevuto del buonissimo caffè, appena tostato. Ce n'erano alcuni sacchi in magazzino. Erano freschi, di colore verdastro, provenienti dalla loro piantagione di Caxito. Antonio li aveva messi a tostare in forno ed erano stati macinati nello stesso momento in cui li mise nella caffettiera.
Un aroma e un gusto incredibili ... un buon modo di iniziare la giornata!
Tony aveva con se il suo Kalashnikov e l'ormai inseparabile Luger e seguiva Marçela verso la Land Rover. Lei imbracciava una vecchia carabina Garand. Arma leale, di precisione, adattissima alla caccia. Ricordava di averla vista in una cassapanca, nel salone, che aveva aperto per vedere se ci fossero provviste.
"Era di mio padre ... ha anche l'attacco per il cannocchiale, se serve posso inserirlo facendolo scorrere nell'innesto ... è molto potente" - disse notando il suo interesse e mostrandoglielo.
"Hai fatto bene a prenderlo ... il Kalasnikov non vale molto come fucile da caccia. Sulla breve distanza sì, se non si superano i cento metri è

abbastanza preciso, ma subito oltre il bossolo comincia a girare e ad andare per suo conto con sempre meno forza. Trattandosi di gazzelle, mi pare difficile riuscire a prenderle con questo, ma con un po' di fortuna qualcuna può venirmi addosso e allora ... anche il Kalashnikov va benissimo!"

Antonio, Roberto, Carlos e una ragazza, che aveva notato stare abbastanza spesso in compagnia di Antonio ... Maria si chiamava, salirono sull'altra Land Rover. Maria era anche lei mulatta, molto carina e sicuramente studentessa. Aveva i capelli arricciolati, ma si vedeva che li metteva in piega per evitare che lo fossero troppo e li teneva legati dietro, a coda di cavallo, come stava facendo Tony con i suoi per non doverli tagliare. Misero in moto e, prima che iniziassero a muoversi, Antonia arrivò di corsa e saltò sulla Land di coda, col suo kalashnikov a tracolla. Non seguivano alcuna strada o pista, ma una traccia sull'erba alta della Savana, che stava solo nella testa di Marçela. Un autista di taxi, impegnato a portare a destinazione un cliente nella sua città natale, non avrebbe potuto avere un atteggiamento più disinvolto nel guidare in mezzo a quell'erba alta che non permetteva di indovinare il suolo.

"Accidenti Marçela, sembri in auto sulle strade asfaltate, non sarà il caso di rallentare per evitare di finire in qualche buca col semiasse rotto?"

"Normalmente sì Tony, ma questa è la zona di esondazione del fiume, fino a un paio di settimane fa era tutta allagata, come ogni anno con la stagione delle piogge. Il fondo, quindi, è livellato dal fango riportato dalle acque che riempiono ogni eventuale buca. Perlopiù tane scavate dagli animali ... non abbastanza da provocare danni a una Land Rover. Tra circa un'ora dovremo stare più attenti e rallenteremo ... stiamo procedendo in direzione di Henrique de Carvalho, una cittadina al confine orientale dell'Angola con il Congo. Un centro diamantifero ... Diamanti in gran parte provenienti dal Congo che sono contrabbandati da noi ... è carina, ordinata ... molto portoghese. Se faremo subito buona caccia ti ci porterò a bere qualcosa in centro. Potremmo prendere anche un buon gelato, lo sto desiderando! ... è a circa trecento chilometri dalla fazenda, ma il percorso non è sempre così accidentato, ci sono alcune strade abbastanza buone che potremo prendere ... non ci metteremo più di tre ore e potremo anche fermarci là per la notte e ripartire domattina, freschi e riposati."

"Freschi e riposati ... Yuhhuh!" - rispose Tony, sollevando l'umore di Marçela che sembrava aver superato la depressione del giorno prima."

"Ora godiamoci lo spettacolo della natura, guarda ... non è una meraviglia?"

"E' una meraviglia sì ... altrochè ..." - replicò Tony ,guardandosi intorno.
Sulla destra un grande maschio d'elefante agitava le sue grandi orecchie barrendo minaccioso verso i pachidermi, con quelle strane zampe rotolanti, che gli ruggivano intorno, mostrando la sua potenza in difesa della sua famigliola di femmine e qualche piccolo elefantino. In fondo, verso l'orizzonte, era in mostra una varietà di specie al pascolo da far capire il significato letterale e scientifico di biodiversità ... le più vicine erano le zebre che si allontanavano pigramente davanti alle Land Rover. Evidentemente le avevano già incontrate e sapevano che non costituivano un pericolo per loro: per masticare la carne di zebra ci vorrebbe un tritacarne al posto dei denti. In finale di quella mandria c'erano strani bufali, neri e a pelo lungo, con corna ampie e lunghissime ... Tony non li aveva mai visti e chiese spiegazioni a Marçela.

"Sono Boi-cavalho ... sono endemici di questa parte dell'Angola. Mio padre provò ad allevarli in mandria, ma era difficile controllarli, tendevano a fuggire nella savana. Per allevarli occorreva tenerli in cattività, in stalla e foraggiarli. Non ne valeva la pena. Comunque hanno una buona carne, prendiamone uno" - disse, fermandosi a prendere la mira, dopo aver fatto cenno ad Antonio per evitare che sparassero anche loro ad un Boi-cavalho. Avrebbero riempito i cassoni della Land Rover non lasciando spazio per le gazzelle, sicuramente da preferire.

"Marçela, da provetta cacciatrice, innestò il mirino telescopico e, discesa dalla Land, scelse il suo bersaglio. Un giovane vitello abbastanza cresciuto che ruminava guardandola di lontano. Un colpo secco e l'animale venne giù, sedendosi sul suo petto. Un centro perfetto ... mentre le mandrie fuggivano in tutte le direzioni, raggiunsero in auto la carcassa e iniziarono subito a macellarla. Caricarono le cosce, la lingua, il filetto e il costato sul cassone, lasciando il resto agli avvoltoi che, subito, iniziarono a volteggiare sopra di loro, ripartendo nella stessa direzione. Non avevano visto gazzelle lì intorno ... le incontrarono quasi un ora dopo aver incrociato di tutto un po', compresa una famiglia di giraffe intente a brucare le cime delle acacie. Poi, improvvisamente, le videro sfrecciare in grandi balzi tutt'intorno a loro. L'erba alta le aveva nascoste alla vista e solo quando iniziarono a fuggire fu possibile vederle. Troppo tardi, purtroppo erano velocissime e prendere la mira mentre erano in corsa era un impresa quasi impossibile. Decisero di rallentare e procedere nella direzione che avevano preso loro. Avrebbero fatto attenzione questa volta e si sarebbero fermati prima di disturbarle, avvicinandole ancora, a piedi, coperti alla loro vista dalle erbe. Ci volle quasi mezz'ora per rivedere qualche gazzella spostarsi facendo capolino con le corna dalle cime

dell'erba. Scesero tutti e si aprirono a ventaglio avvicinando il branco. Erano d'accordo, avrebbero sparato tutti assieme, dopo aver preso di mira ognuno un capo diverso. In questo modo avrebbero evitato di trovarsi di nuovo a dover sparare a dei bersagli così mobili.
Arrivarono fino a poco più di cinquanta metri dalla parte più vicina del branco, aiutati sicuramente dal vento a favore che impedì di essere traditi dall'odore.
Tony sollevò il capo dopo aver scelto la sua preda. Verificò che non fosse una madre con l'agnellino, o avrebbe condannato a morte anche quello. Poi alzò la mano con le cinque dita aperte. Significava di contare fino a cinque e poi fare fuoco. Fu una scarica di fucileria, rapida e letale. Nel fuggi fuggi generale, alcuni animali restarono a terra. Come faceva ai tempi delle sue cacce col vischio, Tony, scattò di corsa e raggiunse in un attimo le gazzelle quella che aveva colpito lui tremava con le gambe tese, povera bestia era ferita e soffriva visibilmente. Le sparò un colpo alla testa e fece altrettanto con quella colpita da Marçela, che cercava di rialzarsi senza riuscirci. Era colpita al collo ... evidentemente aveva mirato alla testa pensando di farcela col mirino telescopico, ma un centro così difficile con un animale come quello, che si muove a scatti anche solo per istinto, sarebbe stato solo un colpo di culo.
Tutto sommato era andata bene ... ognuno aveva preso la sua preda. Solo una di quelle colpite stava allontanandosi zoppicante e goffa ... sarebbe caduta presto, occorreva seguirla e intanto caricarono quelle uccise sulla seconda Land Rover. Sei gazzelle e una in arrivo con il Boi-cavalho erano una buona provvista di carne. Decisero di raggiungere Henrique de Carvalho, avrebbero ripreso la caccia sulla via del ritorno, magari un altro Boi-cavalho. Poco dopo essere ripartiti, fermarono per permettere a Tony di finire la gazzella, colpita al ventre e ormai morente, caricandola con le altre.
Marçela cambiò direzione di marcia, girando leggermente verso ovest.
"Procedendo esattamente a Nord di qui incroceremmo la città, ma ho deviato perché voglio andare verso la strada che, poi, ci porterà più velocemente in città. Allunghiamo di una ventina di chilometri, ma poi potremo viaggiare ad almeno cento all'ora e in poco più di un ora saremo arrivati."
"E senza rischio di romperci niente ... mi sembra la scelta migliore Darling! - commentò spiritosamente Tony - Ti offrirò un buon gelato e una bella serata. Ci saranno dei locali adatti?"
"C'è tutto quel che si trova in qualsiasi altra città d'Angola ... vedrai, è molto carina con un architettura tipicamente portoghese coloniale."

"Bene ...avanti tutta allora!" - concluse Tony, alzandosi in piedi e reggendosi al parabrezza per godersi il vento tra i capelli che aveva sciolto. Quella visione di spazi immensi tutt'intorno lo spingeva a urlare con quanto fiato aveva in corpo.
Che sensazione di libertà ... d'immensità assoluta!
La stessa che provava sull'ultimo ponte dei mercantili con i quali aveva traversato l'oceano, quando vi si rifugiava per annullare il mondo e sentirsi solo, di fronte al mare oceano. Scambiò un sorriso ed uno sguardo d'intesa con Marçela che lo stava osservando sorridente, mentre si rimetteva seduto. Aveva intravisto ancora lontana, la strada che cercava Marçela e dovevano superare una specie di cunetta di scolo, scavata ai lati della carreggiata. Poi presero a viaggiare a tutta velocità verso Est, verso Henrique de Carvalho, dove arrivarono poco più di un ora dopo.

Capitolo III
Henrique de Carvalho

L'arrivo alla città, un paesone più che una città, era annunciato da alcuni gruppi di capanne sui bordi della strada.
L'Avenida principal era a due corsie per senso di marcia, separate da aiuole che forse un tempo erano fiorite e ombreggiate di verde, ma erano trascurate da tempo ... solo terra secca nelle aiuole. Da subito sembrò che c'era qualcosa che non andava. Poca gente per le strade e uno strano silenzio, cosa insolita in una cittadina africana.
Videro alcuni militari in tuta mimetica pattugliare alcune vie laterali all'Avenida che stavano percorrendo a passo d'uomo.
Arrivati fin quasi al centro della rotonda, su cui campeggiava un orologio solare, o qualcosa che somigliava a una meridiana, decisero di fermarsi per una birra fresca e qualche informazione davanti ad una locale tipicamente africano, alcuni pali di legno a sorreggere una tettoia fatta in parte di lamiere ondulate e, in parte, di paglia intrecciata.
Alcuni avventori seduti ai tavoli di legno a sorseggiare delle bottiglie di birra li fissavano attoniti, senza una parola.
"Forse sono le armi, dovevamo lasciarle sulle auto ..." - disse Tony, rivolto al gruppo che, intanto, si era seduto poggiando fucili e mitra sulle ginocchia.
"No, non credo sia questo ... sono abituati agli uomini armati, quasi nessuno arriva a Henrique de Carvalho senza almeno un fucile in spalla. Siamo circondati di savane e foreste, è zona diamantifera al confine con il Congo ... nessuno si meraviglia di vedere uomini armati ... cercherò di saperne di più chiedendo al barista" - osservò Antonio, chiedendo agli amici cosa doveva ordinare.
"Birra per tutti immagino, e che sia bella fredda, altrimenti non mi piace."
Antonio si diresse verso il fondo di quella sala, che era abbastanza grande, non si sarebbe detto dalla strada. In fondo c'era anche un barbecue per arrostire. Antonio stava intervistando un grassone, con dei baffetti neri, su una pelle appena un po' più chiara. Sorrideva guardandoci con un espressione simpatica ... poi Antonio tornò verso di noi e riferì.
"Tutto chiaro ... pochi giorni fa la città è stata espugnata da truppe mercenarie provenienti dal Congo. Hanno sbaragliato rapidamente i militari del distretto ed hanno imposto il coprifuoco e la consegna di tutte

le armi in mano ai civili, pena la fucilazione. Per questo, vedendovi entrare armati come se niente fosse ... si sono meravigliati tutti. Sono francesi, dei veri duri e con quelli c'è poco da scherzare. Sarà meglio che, bevute le nostre birre, ce ne andiamo per dove siamo venuti, sperando di non incontrare nessuno."
"Un accidenti ... noi non andiamo da nessuna parte se non seguendo il nostro programma. Se sono mercenari francesi, saranno certamente ex legionari e so come prenderli e come ragionano. L'importante è che voi non parliate e lasciate fare a m. Intanto chiediamo al barista alcune informazioni ... state a sentire."
Il barista arrivava con bicchieri e bottiglie che, dalla brina che si era subito formata sopra, sembravano ghiacciate, proprio come le voleva Tony.
"Senti ... siamo di rientro da una battuta di caccia, abbiamo degli animali da far macellare per trasportarli meglio al nostro campo ... un viaggio di qualche ora. Mi sapresti indicare un macellaio che può farci il lavoro a pagamento e tenerci in frigo la carne fino a domattina?"
"Claro, Josè Garçia ... la prima traversa a destra dopo la rotonda. Ha la macelleria sul retro del mio magazzino, siamo confinanti, ma per andarci dovete fare la rotonda e girare alla prima traversa alla vostra destra. Che animali sono?"
"Sette gazzelle e un Boi-Cavalho..." - rispose Tony, soddisfatto della notizia.
"Per le gazzelle potete portarle attraverso il mio cortile ... la macelleria è sul retro della sua bottega. Glieli lascerete direttamente sui ganci e per domattina saranno pronte. Per il Boi-cavalho, però, pesa troppo, dovrete portaglielo in auto davanti al negozio. Si arrangerà lui con i suoi aiutanti".
"No, no ... non è un animale intero ... ma solo le cosce, filetti e costato, con la lingua. Dovrà solo scuoiarle e tenerle in frigo fino a domani. Puoi chiedergli se ci farebbe il lavoro e il costo? ... pagheremo il disturbo e, anzi, se vuole, Josè Garçia può raggiungerci qui per una di queste belle birre ghiacciate ... offriamo noi!"
"Oh ... non rifiuterebbe mai una buona birra ... vado a chiamarlo senhor."
"Visto? ... Un vero simpaticone e abbastanza sveglio da capire al volo. Quasi quasi, visto che si è fatta ora di pranzo ... direi di mangiare qualcosa qui ... che ve ne pare?" - propose Tony.
"Magari Tony, ma non abbiamo soldi e anche la macelleria ... aspettiamo di sapere cosa ci chiederà prima di accettare." - suggerì Antonio.
"Giusto Antonio ... ma se ho parlato così è perché abbiamo abbastanza denaro per comprare tutta questa baracca e mandare il barista in vacanza

alle isole Hawaii, nel Pacifico ..." - rispose Tony, facendo ridere la compagnia.
"Tony dalle mille risorse ..." - disse Marçela, poggiando il boccale di birra che le aveva lasciato un bel paio di baffi, bianchi di schiuma fresca, che Tony si affrettò a levarle via con un bacio."
"Povero Tony ... sempre costretto a cavarsi d'impaccio con mille espedienti. Ma no, nessun mistero ... non potevo certo lasciare i miei documenti e il mio denaro all'hotel Vargas, mentre Luiss riparava in Portogallo ed io venivo con te ... con voi, nel cuore dell'Africa. Potrei anche trovarmi a non poter tornare più a Luanda. Tanto più che, se davvero arriveranno i cubani, non lascerò l'Angola ritornando a Luanda, ma passando in Zambia, o forse in Congo ... chissà. Alla fine in hotel ho lasciato solo una valigia con qualche abito e biancheria di ricambio. davvero poco per giustificare un viaggio e un rischio come quello. Tornare in una città finita sotto il controllo di quei tiranni."
"Sempre così pessimista? Non pensi che potrebbe non essere vero e che si tratterà solo di una forza di pace dell'ONU mandata per contrastare il terrorismo dell'UNITA?"
"Sì, come no ... e che Fidel castro, per l'occasione, a l'Havana, indosserà il vestitino da cappuccetto rosso e canteranno in coro con Breznev vestito da Babbo natale ... Ah ah ah! ... Dai ridiamoci su ... non vale la pena prendersela per così poco. Sarà quel che sarà, alla fine noi ci adegueremo no? ... brindiamo!"
"SARA' QUEL CHE SARA'!!!" - brindarono tutti in coro, mentre arrivava il barista, seguito da un uomo fortemente stempiato e asciutto persino nel naso, del quale si potevano indovinare anche le fosse nasali laterali e da due ragazzoni neri, sicuramente suoi lavoranti.
"Ecco Josè Garçia senhor, le farà il lavoro e chiede solo diecimila escudos".
"Bene senhor Josè ... affare fatto. Domattina ritireremo le gazzelle macellate e il Boi-cavalho scuoiato, tagliato in parti e tenuto in fresco tutta la notte, pagamento alla consegna ... va bene?"
"Sì está bem ..."
Bene, birra per tutti allora ... è davvero buona ... non me l'aspettavo così lontana dalla costa."
"E' cerveza Spagnola senhor, la faccio arrivare ogni settimana da Luanda" - rispose tronfio il barista che si presentò come Paulo, strofinandosi le mani sul grembiule che una volta era stato bianco.
Paulo tornò con un nuovo giro di birra e Tony notò che non serviva i due ragazzi di colore, mentre Josè chiedeva che qualcuno li accompagnasse alle bestie da macellare che le avrebbero portate in macelleria.

"No, no ... un momento. Non mi dite che qui si usa così, perché non me ne frega nulla di quali sono le usanze ... IO ho detto birra per tutti ... offro io! E così dev'essere ... Birra per tutti i presenti, anche quelli seduti agli altri tavoli, salvo che non la rifiutino. Esta bem Paulo?"
"Claro que è assim senhor... perdona!" - rispose Paulo, muovendosi come un camion in retromarcia, con le bottiglie vuote sul vassoio e trotterellando verso il bancone a rifornire di birra tutti gli avventori. Si prospettava una buona serata per lui. Come ogni barista, lo percepiva dall'atmosfera che si era creata nel suo locale. Tony, intanto, era andato nella ritirata, perché chiamarlo bagno era esagerato. A destra entrando c'era una porta che dava all'esterno, nel cortile laterale e una stanza con un cesso alla turca, talmente gialla e puzzolente che Tony preferì farla per terra, su quella terra non pavimentata della quale, probabilmente, anche altri avevano approfittato per non morire asfissiati dai gas di quella fogna. Tony voleva soprattutto estrarre dal piccolo borsello di cuoio attaccato alla sua cintura un po' di denaro, senza dover mostrare quanto ne aveva. Non è mai prudente farlo, aveva tenuto con se soprattutto dollari, ma aveva anche un po' di escudos Portoghesi in tagli da diecimila, ne mise in tasca cinque biglietti e ripose gli altri, ben arrotolati, nella busta di plastica in fondo al borsello, che poi richiuse con cura.
Tornò nella sala che Paulo stava versando da bere a tutti ... che più allegro non poteva essere, e ricevette i sorrisi e i ringraziamenti di quegli stessi avventori che poco prima li fissavano attoniti.
"Sempre meglio ingraziarsi il pubblico e l'eventuale giuria, avrebbero detto gli antichi saggi!" - pensò Tony, tornando a sedersi.
Iniziò a bere la seconda birra, anche questa bella ghiacciata, quando Paulo, timidamente, gli presentò il conto da pagare ... voleva sincerarsi che c'era del denaro dietro tutta questa generosità. Sospettoso come tutti i baristi, memori di qualche pacco ricevuto.
Tony ostentò indifferenza e gli porse un biglietto da diecimila pesos, nuovo e frusciante, come solo quelli appena usciti dalla banca possono essere e, quelli, li aveva avuti proprio dal Direttore amico di Luiss.
Si divertì molto a vedere l'espressione adorante che fece Paulo nel vedere una banconota di quel taglio e disse:
"Pagatene un altro Paulo, sempre per tutti, e preparaci una bella cena per stasera. A proposito ... ci sono alberghi per la notte qui vicino?"
Certamente senhor ... ci sono alcune locande, ma non sono adatte a voi. Però una mia amica ha un hotel, in una strada qui vicino, molto comodo e pulito. Quante camere?"

"Una matrimoniale e cinque singole ..." - stava dicendo Tony, quando fu corretto da Antonio:
"Due matrimoniali ..." - annunciando così che si era casado con Maria. Tony li guardò con un sorriso di consenso e simpatia e confermò:
Due matrimoniali e tre singole, ma se non ci fossero singole, va bene anche tutte matrimoniali."
Paulo servì di nuovo le cerveças, restituì il resto e uscì dal locale con passo svelto per andare a contrattare con l'amica la sua percentuale per l'affare. Tony non aveva dubbi su questo, ma non importava, l'importante era che stava sistemando tutto lui e se ci guadagnava qualcosa sopra, era giusto così.
Intanto, finita la terza birra, Josè e i suoi, accompagnati da Roberto, scaricavano le carni dalle auto e traversavano la sala diretti sul retro, verso la macelleria.
Josè si fermò a chiedere lumi su come volevamo macellate le carni e Tony fu breve e precisò:
"Come le macelli per metterle in vendita sul bancone della macelleria, in bistecche, braciole, costate, carrè, girello, e considerato che dobbiamo viaggiare, domattina faccele trovare ben avvolte con cellophan o qualche altro modo. Se hai delle cassette chiuse adatte al trasporto,sistemale in quelle, aggiungerò il costo delle cassette a quello che abbiamo pattuito, insomma, vedi tu!"
"Muinto bem senhor ... a domani."
"A domani ..." rispose Tony, dedicandosi finalmente alla sua Marçela che sorseggiava la birra, ma con ancora quella luce di tristezza nello sguardo. Le diede una piccola gomitata per richiamare la sua attenzione e le fece una smorfia, per scacciarle la malinconia, poi le disse:
"Fado ...?!" - facendola finalmente sorridere.
"Sì ... Fado!" - replicò, appoggiandosi alla sua spalla. Tra poco andiamo a metterci comodi in camera, poi torniamo qui a cenare e poi ... a nanna. Speriamo che ci trovi delle belle camere. La città non sembra molto bene in arnese, ma col denaro si riesce a trovare di tutto ovunque ... per questo gliel'ho mostrato." - Stava baciando Marçela quando Antonio e Roberto rientravano nel locale, a mani alzate e con dei militari in tuta mimetica dietro le spalle. Parlavano in francese e solo Tony era in grado di capire e rispondere.
Antonio riferì di essere andato in auto a vedere se avevano preso tutta la carne, quando sono arrivati quei militari con una jeep armata di mitragliatrice e li hanno disarmati, chiedendogli delle cose:

"Ma chi li capisce? Mi è sembrato di capire che volessero sapere cosa facevo qui e ho indicato il bar, per dire che ero al bar ... ed eccoci qui. Puoi chiedergli se posso abbassare le mani? Si sono addormentate ..." - disse Antonio.
"No, aspetta, tienile in vista e poggiale sul capo se si sono stancate di stare su, ma lasciali tranquilli. Sono professionisti e, nel dubbio, ti farebbero fuori, prima di rischiare di essere colpiti da te. Non dimenticare che abbiamo i kalashnikov con noi e che sono un gruppo isolato in terra ostile ... Ora ci parlo e vediamo."
"Alors mon frères ... Que vous voulez par nois?"
"Chi siete voi e perchè siete qui, armati di kalashnikov?"
"Siamo in battuta di caccia e siamo venuti qua per cenare e passare la notte. Tutto qui!"
"Lo vedremo se è tutto qua ... sta arrivando il comandante, intanto non vi muovete ..."
"Ma ouì ... non ci muoviamo ... non vi chiedo chi siete voi, anche se questa è zona portoghese e voi siete legionari francesi ... Forse dovreste essere voi a dirmi che ci fate qui. Io sono straniero, ma i miei amici sono tutti Angolani."
Nessuna risposta, c'era da aspettarselo. Quello che aveva parlato, il più giovane, aveva l'aspetto di un ragazzo, più o meno la loro stessa età. Dietro di lui, in supervisione, c'era il veterano, quarantenne, con una brutta cicatrice di traverso all'occhio destro che, però, aveva salvato e altre sulle braccia. Massiccio, con la fronte bassa e i capelli brizzolati che furono castani. Tony avrebbe giurato che fosse Corso, aveva imparato qualche parola di quella lingua durante la sua permanenza a Marsiglia e la pronunciò per vedere le reazioni e aveva indovinato. Il suo volto si accese di sorpresa, ma continuò a non parlare e a non smettere di tenerli sotto tiro. Così come si deve fare sempre in zona di operazioni. Non c'era da fare altro che aspettare il loro comandante e disse in francese:
"Bene, attendiamo pure allora ma ... chi c'impedisce di bere qualche buona birra? Sergente ... non corri nessun rischio con noi, avanti, noi restiamo con le mani in vista sul boccale e voi con la mitraglietta in mano. Non vorrai farmi credere che avete paura di bere della birra mentre tenete sotto controllo qualcuno? Ma, alors ... dove sta andando a finire la legione? - disse provocatoriamente, ma con un bel sorriso Tony ... poi, vedendo la reazione positiva che stava portando i due a rilassarsi un po', chiamò Paulo, nel frattempo rientrato, ma rimasto in disparte viste le armi dei militari Francesi - "Paulo, ancora della buona birra e altri due boccali

per questi amici! ... avanti sedetevi, qui di fronte a me ... e tenete pure la mitraglietta ... cos'è una Uzi?"
"Sì ... una Uzi Israeliana ... le conosci?" - disse il veterano sedendosi.
"Sì, ci ho sparato anni fa. Buona arma tattica e a tiro corto ... forse in Africa sarebbero più efficaci armi più potenti, ma dipende sempre dall'uso che se ne deve fare. Io la considero un arma da commando, leggera e adatta ad azioni brevi, veloci, dove serve grande volume di fuoco e non sia necessaria una grande precisione, se non a breve distanza. Ho indovinato, siete legionari, vero?"
"Eravamo legionari ... ora siamo con il Capitano Denard ... tutti ex. Come l'hai capito?"
"Sono anche io un ex legionario. Ho dovuto lasciare la legione per evitare la ghigliottina ... Ho ucciso un tale a Marsiglia, davanti all'Operà ... che aveva picchiato la mia donna ..."
"Hai fatto bene allora!" - dichiarò il Sergente, mentre assaporava la birra fresca.
"Sicuramente, era un porco ed è finito scannato come un porco col suo stesso coltello ma ... lo chiamano ugualmente omicidio e lo sai come sono prevenuti nei tribunali, quando a uccidere è un legionario. Il Generale Michaleff comandava Fort Saint Nicholas, a Marsiglia ... quando decisi di fuggire con un amico. Lui stesso me lo avrebbe consigliato per non vedermi ghigliottinato, ma sì ... quel bastardo se lo meritava proprio ... ne è valsa la pena."
"Michaleff era anche il mio comandante ai tempi dell'Algeria, era capitano all'epoca ... Grand'uomo ..."
"Gran soldato e un Ufficiale di gran classe!"
"Vero ... di gran classe ... alla sua salute - propose Tony, ben accolto dagli altri due per poi aggiungere con tono solenne - Alla Legion Etranger!"
"Sentendo, come un eco, proveniente da dietro le spalle dei due, da parte di un gruppetto di altri militari che stavano entrando in quel momento:
"Alla Legion Etranger!"
Poi una voce, dall'ufficiale che restava col viso in ombra, a causa della luce che entrava dalla veranda alle sue spalle:
"Dovevo immaginarlo che fossi tu. Un pazzo con una Land Rover piena di selvaggina, armato di kalashnikov che se ne frega del coprifuoco e del divieto di circolare armati ... Ah ah ah ... Tony, non ci ha allontanati poi di molto il destino che hai seguito! ... Vieni qui fratello mio!" - Tony non riusciva a vederlo in faccia, ma quella voce era la sua, inconfondibile:
"Piero! ... ma sei proprio tu? ... Ah ah ah ... no, non ci ha allontanati di molto ... è vero!" - rispose Tony, alzandosi di scatto, facendo cadere le

bottiglie vuote a terra per andare ad abbracciare il fratello d'armi, col quale avevano condiviso tutte quelle avventure fin da ragazzini. Era davvero felice di rivederlo e presero a parlare fitto, senza curarsi di nessun altro. Era uno degli Ufficiali del Capitano Denard ... Era là, esattamente dove voleva essere e a fare esattamente quel che voleva fare. Tony si congratulò con lui e non gli chiese altre spiegazioni per il momento. Guardando i sorrisi rasserenati dei suoi nuovi amici che si chiedevano, comunque, cosa stesse succedendo, si sentì in dovere di dare qualche spiegazione:
"Questo è Piero, o Pierre ... mio fratello d'armi fin da ragazzi ... Per me è una sorpresa trovarlo qui, a Henrique de Carvalho, una piacevole sorpresa, ma permettetemi di invitarlo a cena con noi ... Vi presento: Marçela, la mia compagna, vuole combattere per la libertà dell'Angola e non crede che stiano arrivando i Cubani a dominarlo. Lo stesso vale per gli altri. Sono tutti studenti e mi hanno chiesto di insegnargli a usare le armi per poter combattere per l'indipendenza della loro Patria, ed ecco perché sono qui, in Angola. Abbiamo organizzato un campo d'addestramento a Sud, nella provincia di Moxito, circa trecento chilometri da qui. Siediti, anzi sedetevi. Paulo! ... Organizza i tavoli per avere più spazio, la compagnia cresce! ... Ah! ... Piero, autorizza il tuo sergente a levarmi la mitraglietta di dosso, non l'ha spostata un attimo nemmeno bevendo birra con me ..." - Tony fece apposta questa richiesta, per gratificare il vecchio legionario davanti al suo Ufficiale che, infatti, lo lodò, autorizzando entrambi a calare le armi e, a quel punto, tronfio d'orgoglio, il sergente si presentò tendendo la mano a Tony:
"Mi chiamo Jean ... niente di personale Tony, lo sai!"
"Manco a dirlo Jean ... manco a dirlo!"
Paulo aveva ordinato una lunga tavolata, ricoprendola delle tovaglie più bianche che aveva, con piatti e boccali di terracotta e chiese a Tony cosa dovesse preparare.
"Tutto il meglio che sai fare ... ma per questo lascio fare a Marçela, da portoghese conosce la vostra cucina quanto te e saprà scegliere per tutti noi.
I miei ospiti sono Francesi, ma sono abituati a mangiare di tutto ... purchè sia buono! ... Attento però ... sanno anche incazzarsi quando non lo è!"
Concluse Tony, passandosi la mano aperta sotto la gola, con un gesto universale che fece ridere tutti, anche i francesi, i quali, pur non capendo il portoghese, avevano capito il senso.
"Marçela ... puoi seguirlo in cucina e vedere tu? Facciamo bella figura con i nostri amici .. .Ok?"

"Ok Tony ... volentieri - rispose lei, alzandosi per raggiungere Paulo - quanto possiamo spendere?"
"Non poniamoci dei limiti ... Approfittiamo di questa occasione per mangiare il meglio ... chissà quando ne avremo un'altra ... e voglio anche una bella torta finale, magari con cacao ... Può ordinarla in una pasticceria se non ne fa lui."
Paulo aveva sentito bene e più soddisfatto che mai corse in cucina, chiamando il ragazzo che l'aiutava per dargli disposizioni e ricevendo con grandi sorrisi Marçela nella sua cucina. Tony riprese a parlare con Piero, nella lingua del Regno questa volta, che capivano solo loro due:
"Allora Piero ... ci siamo lasciati che volevi raggiungere il capitano Denard per offrirti come professionista, ma in Congo e, invece, ti ritrovo qui, in Angola ... cosa c'è sotto?"
"Politica Internazionale Tony, strategie da Guerra fredda ..."
"Cioè?"
"Cioè, posso passarti solo intuizioni ... non c'è niente di ufficiale dietro, ma abbiamo già verificato che è tutto vero. Il Presidente francese, François Mitterrand, ha appoggiato la rivoluzione congolese di Mobutu Sese Seko, per impedire alla ex colonia francese e belga del congo di finire sotto il controllo dei comunisti di Patrik Lumumba, oggi comandati da Lourant Kabilà. Il Capitano Denard con un migliaio di ex legionari ha partecipato alla vittoria di Mobutu e a difenderne il potere ma, ora, dopo il disfacimento dell'Impero coloniale portoghese e le azioni del terrorismo comunista che vuole prendere il controllo dell'Angola, come è accaduto recentemente in Mozambico, l'ONU ha autorizzato i cubani ad inviare un corpo di spedizione, forte di ventimila uomini, un'intera divisione corazzata, guidata dal fratello di Castro, Raùl, come commissario politico e dal Colonnello Manuel Ochoa, in qualità di Comandante militare. Una cosa che ha provocato molte paure all'Eliseo per la sicurezza del Congo e degli interessi minerari francesi e belgi nella ex colonia. Così, non potendo intervenire direttamente per via della risoluzione dell'ONU, è stato richiesto al Capitano Denard e alla sua milizia di intervenire ad arginare la penetrazione comunista, organizzando una zona cuscinetto tra l'Angola e il Congo, che Mobutu ha voluto chiamare Zaire. I servizi segreti francesi ci hanno informati che a Luanda stavano arrivando mercantili sovietici carichi di mezzi militari e soldati cubani e che alcuni Mig 21 erano atterrati nell'aeroporto di Henrique de Carvalho, suggerendo di venire a dare un occhiata per verificare se ciò corrispondesse al vero. Il capitano Denard è un tipo particolare ... te lo farò conoscere ... sarebbe felice di avere un tipo

come te tra i suoi, anche se non ama i cappelloni. A proposito, com'è che hai i capelli da donna?"
"Ah ah ah ... i capelli da donna ... sono e saranno sempre capelli da uomo Piero. Dopo anni a farmi rompere le palle da teste di cazzo che volevano la sfumatura alta per permettermi di uscire dalle caserme, ho fatto voto, a me stesso, che per due anni non me li sarei tagliati più e così ho fatto. Lo sai che sono di parola ... no?" - rispose Tony.
"Ahh ecco ... volevo ben dire ... tu con i capelli come un Hippy, sembrava una nota stonata in tutto ciò che so di te. Ma è ben vero che sei testardo e ostinato, altrimenti, con questo caldo, chiunque avrebbe mandato a farsi fottere qualsiasi voto, anche fatto a Dio in persona. Lo sai che devi assolutamente evitare di grattarti la cute con le unghie ... o potresti provocarti immediatamente un'infezione gravissima. Come fai a evitare i pruriti con quella massa di capelli in testa?"
Non li evito, quando mi prude mi gratto ... ma senza unghie perché me le rosicchio da sempre! - replicò Tony con un sorriso, e mostrandogli le unghie rase - non ti ricordi quanto mi prendevate per il culo alla scuola?"
"Già ... è vero, ricordo ... beh, ma stacci attento lo stesso, in Africa ogni infezione può risultare mortale. Ti dicevo ... Denard, perciò, invece di mandare qualcuno a spiare e verificare la presenza o meno di Mig all'aeroporto, ci ha fatti marciare di notte, attraverso la Jungla, per arrivare alle prime luci dell'alba alla periferia di Henrique, cogliendo di sorpresa la guarnigione e sbaragliando ogni difesa. Una battaglia di un paio d'ore e la città era nostra. Abbiamo permesso la ritirata al grosso delle loro truppe e occupato immediatamente l'aeroporto, ma non abbiamo potuto impedire il decollo di tre dei cinque Mig che erano atterrati i giorni precedenti. Non abbiamo sollevato alcun incidente diplomatico internazionale per due ragioni, la prima è che siamo mercenari e siamo qui perché quel pazzo di Denard ci ha portati qui. La seconda, perché l'ONU ha autorizzato l'occupazione dell'Angola da parte di truppe cubane e consiglieri militari sovietici dal mese di Novembre, e manca parecchio! Insomma, noi non dovremmo essere qui ... ma neanche loro! La nostra missione sarebbe finita qui ... il messaggio è stato chiaro: Giù le mani dal Congo!
Sennonché ... Denard, visitando la banca e alcune cassaforti in città ci ha trovato diamanti e questo è un buon motivo per il quale un'esercito mercenario possa decidere di fermarsi qualche tempo in un dato posto. Avremo ognuno la propria parte ... E' per questo che Denard è così amato dai suoi uomini ... è un uomo giusto, basta conoscerlo per capirlo ... E ora

dimmi di te ... dicevi che stai addestrando degli studenti ... che ne è stato dei tuoi propositi di viaggi per mare?"
Li sto seguendo ... sto seguendo il mio destino ... ma sul mio cammino mi sono trovato immerso nel crollo dell'Impero portoghese, prima in Mozambico ed ora qui. Arrivai su un mercantile a Lourenço Marquez, ho divuto lasciarla in aereo, con un portoghese che fuggiva dalle truppe del Frelimo in arrivo in città e il suo aereo mi ha portato a Luanda, dove ho incontrato Marçela ... ed eccomi qui!"
"Ah ah ah ... una donna! ... Non cambierai mai, sempre una donna ... Ho un sospetto: non è che tu sei convinto di seguire il destino ... mentre invece insegui sempre una sottana? Un nostro compatriota disse che tira più un pelo di figa che cento paia di buoi ... Ah ah ah ... tu ne sei la prova vivente! ... Non prendertela fratello mio, ti voglio bene e sono felice di vedere che non sei cambiato. Ricordi quante punizioni, quante notti passate in cella di rigore, sul tavolaccio ... perché continuavi a fare il filo alla figlia del Colonnello comandante della scuola militare? ... ah ah ah. Continuavano a beccarti arrampicato sull'edera che portava al suo balcone ... Ah ah ah!"
"Sì ... ma ho un solo rimpianto: quello di non essere mai riuscito ad arrivare fino al balcone. Lei era così bella e così innamorata ..."
"Sì ... ma il colonnello non ti voleva come genero e non voleva nipotini da te ... eh eh eh!"
"Due braccia morbide cinsero il collo e le spalle di Tony, era Marçela che tornava dalla cucina e baciandolo su una guancia da dietro le sue spalle commentò quei discorsi, che aveva capito solo in parte, arrivando.
"Sì ... meu amor segue il suo destino ... ed il suo destino lo ha portato da me, ed il mio da lui!" - Non era difficile capire, anche se era detto in portoghese, poi, lo sguardo di una donna innamorata non ha bisogno di traduzioni ... è universale!
"Ahhh Tony ... Tony ... - commentò Piero, con un sorriso complice - cet l'amour!"
"Ouì, bien sure ... cet l'amour...!" - ripetè Tony, baciando la sua Marçela, cosa che suscitò l'applauso dei francesi e le risate dei ragazzi che presero ad applaudire anche loro ... tra i brindisi di quella buona birra fresca.
Tony, però, non era affatto privo della sua lucidità ... anzi, mentre scherzava con Piero, stava anche riflettendo su quella situazione venutasi a creare e, di punto in bianco, richiamò l'attenzione di Piero che parlottava con i suoi sottoposti.
"Senti Piero ... ho pensato a una proposta possibile che forse può tornare utile alla vostra operazione di dissuasione. Io mi sono assunto questo

incarico ... è vero quel che pensi, perché volevo stare con Marçela e lei ci teneva che io lo assumessi!" - iniziò Tony, interrotto dalle risate di Piero.
"Ah ah ah ... Eh sì ... ti conosco bene come nessun altro io, Tony!"
"Beh ... l'hai vista no? Guardala bene ... non faresti anche tu una guerra per lei?"
"Ouì ... bien sur ... la farei fratello, eccome se la farei ..."
Marçela si era seduta di fianco a Tony e gli si era poggiata sul braccio, tentando di capire quella strana lingua. Non era molto difficile per dei portoghesi, hanno molte similitudini.
"Torniamo alla proposta che voglio farti. Ci sono un migliaio di ragazzi e ragazze iscritti all'MPLA, movimento Marxista leninista dell'Angola che non accettano l'idea di finire colonia sovietica dopo essere stati colonia portoghese. Vogliono battersi contro i cubani, se interverranno militarmente in Angola. Anzi, mi dicono che altri stanno arrivando per unirsi a loro e si presume che alla fine saranno poco meno di duemila. Capisci bene che per me, addestrare militarmente alla guerriglia duemila reclute, quasi tutti studenti ... è un impresa impossibile. I giorni scorsi ho insegnato a usare il kalashnikov, gli RPG-7 e i chincom ... ma sarebbe come mandarli al macello accontentandosi di questo. Ho provato a fargliela capire, ma non c'è stato verso. Sono decisi a intervenire comunque e allora, mi son detto: meglio di niente sarà! Ora, però ... dopo aver sentito quel che mi hai detto mi chiedo ... non sarebbe perfetto per voi, addestrare duemila volontari che svolgano il vostro ruolo qui, ai confini col Congo? Duemila volontari, bene armati e addestrati, che si battono con azioni di guerriglia contro l'armata cubana possono essere un'ottima dissuasione a intervenire in Zaire ... non credi? Basterebbe impiegare una squadra di legionari per farne dei soldati eccezionali n due mesi o poco più".
"Diavolo Tony, è un ottima idea ... ne parlerò al capitano stasera stessa e domattina avrai la risposta. Andremo assieme da lui, così lo conoscerai. Vedrai che ti piacerà ... avete le stesse debolezze. Pensa che lui si porta sempre dietro le sue mogli. Ne ha quattro ... si è fatto Musulmano per poterle sposare tutte ... ah ah ah."
In quel momento Paulo e il suo garzone arrivavano con vassoi di legno scavato, pieni di pezzetti di carne stufata con diverse verdure ... e ne mise due sui tavoli, in modo che ognuno potesse servirsi da solo, poi portò delle scodelle di salse che Marçela, senza parole, mostrò come usare prendendo delle fette di pane nero e spalmandocele sopra. Veramente squisite e furono apprezzate da tutti i francesi, amanti delle souce, che ne spalmavano pure sulla carne che, secondo Tony, non ne aveva nessun

bisogno, già insaporita dal sughetto della preparazione in umido. Seguirono dei pesci di fiume, mai visti prima, ma anche questi ben insaporiti di erbe e spezie e circondati da bocconcini di carne di maiale in salsa ... solita sciccheria portoghese.
Poche volte in una vita capita di cenare in davvero buona compagnia e quella fu una di queste! Tony, contrariamente al suo solito, aveva anche esagerato con la birra e mischiarla col Lancers, che Paulo era corso a procurargli, non sarebbe stato consigliabile, ma poi, in fondo ... perché mai? Essere un po' brilli, di quando in quando, aiuta a ricordare di essere solo esseri umani, mortali e non Dei!
Aiuta a ricordare che per quanto ci si sforzi nella ricerca delle verità ... non se ne verrà mai a capo ... e non si avrà mai la certezza di essere noi a inseguire il nostro destino e ... non sia invece lui a correrci dietro!
Paulo, da vero oste qual'era, aveva capito che la serata avrebbe reso bene ed aveva fatto arrivare anche dei musici per allietare i suoi ospiti ... ed alla musica di organetto e chitarra doveva quella voglia di ballare che l'aveva preso.
Ballare con quella strana ragazza che era riuscito a convincerlo a imbarcarsi in quell'autentica follia.
Una follia paragonabile ad accettare un imbarco su un guscio di noce diretto nel mare Oceano, con un Uragano in arrivo proprio su di lui ... ma cosa sarebbe la vita senza un pizzico di follia?
Tony si alzò in piedi guardandola ridere verso i suoi amici, con le guance rosse e gli occhi lucidi, quei suoi bellissimi occhi azzurri come il cielo ... non l'aveva mai vista così bella. Le porse la mano e con l'altra l'invitò ad accompagnarlo davanti ai musici, dicendo serio:
"Vuoi ballare con me?" - anche lei si fece seria e rispose, con un bellissimo sorriso:
"Sì Tony ... voglio ballare con te!"
Passarono davanti a Piero che, con lo sguardo di un gattone che aveva appena mangiato un bel topone gli sorrise ammiccando.
"Vai così Tony ... sei sempre il meglio Frà!"
Piero aveva sempre avuto questo atteggiamento verso le donne, in realtà non ne aveva mai avuta una, se non professioniste al lavoro, per un rapporto sessuale. Era un misogino, per questo non l'aveva mai visto frequentare una ragazza, né una donna che valesse la pena frequentare anche ... dopo.
Era l'atteggiamento di chi le considera prede sessuali e, qualsiasi altra cosa si faccia, amicizia, affetto, simpatia ... attenzioni, sia solo apparenza per arrivare allo stesso identico scopo, scoparle!

Tony sapeva che Piero era convinto che tutto quello che stava facendo con Marçela aveva questo solo interesse e, qualsiasi cosa dicesse o facesse per fargli capire che c'era qualcosa di più, l'avrebbe solo fatto sorridere, con quel suo insopportabile atteggiamento del ... "a me non me la fai!"
Perciò rispose al suo sorriso, come sempre faceva con lui, come a dirgli con lo sguardo e l'espressione del viso, senza bisogno di parole:
"Sì, lo so, a te non la faccio ... ma guarda quant'è bella la mia ragazza, vale la pena no?" - per poi girarsi verso Marçela ad abbracciarla, per ballare stretti stretti ... senza allontanarsi da lì, nemmeno un po'. Persino con i pantaloni e la sahariana mimetica, la sentiva femmina come poche altre e non gli serviva altro per desiderare di starsene da solo con lei. Marçela sentiva il suo desiderio e alzò lo sguardo porgendogli le labbra per un lungo bacio che, dopo un po', suscitò commenti e risate tra gli applausi, costringendoli a smettere.
"Hey ... è la mia donna ..." - commentò ridendo anche lui, ma tornarono a sedersi, non era l'ambiente giusto, era meglio aspettare di ritirarsi a dormire. In proposito, Tony chiamo Paulo che continuava a correre portando birre e vino e gli chiese notizie delle camere.
"Sì ... certo che ho trovato, l'albergo della mia amica, qui vicino, ha le camere che vi servono, vi farò da guida, basta attraversare la piazza e due traverse. Ma sarà bene farsi accompagnare dai suoi amici senhor ... sono aperto perché ci sono loro e non si può circolare per strada di notte col coprifuoco".
"Claro! ... ci faremo scortare da loro ... e ti riporteranno indietro. Ancora qualche giro di birra e ci ritireremo a dormire ... domani sarà una giornata pesante!"
Riprese a sorseggiare birra ... non per altro, ma perché era piacevolmente fredda. Il brusio di tante voci in lingue diverse era un sottofondo di cui sentiva solo il tono, animato ma allegro ... amichevole ... ed è sempre bello quando accade, mai abbastanza spesso purtroppo.
Marçela si appoggiava alla sua spalla come una gattina. Era stanca, voleva andar via, ma non lo diceva per non disturbare quell'incontro con i suoi amici. Una delicatezza che Tony apprezzò, ma fece altrettanto chiedendole:
"Vuoi andar via? Paulo mi ha detto che ha trovato delle buone camere qui vicino, ma per andarci dobbiamo farci accompagnare da Piero ... c'è il coprifuoco e le ronde armate. Magari possiamo aspettare ancora un po', tanto da fargli finire questo giro ... Ok?"

"Sì ... Ok, sto bene ... lasciami appoggiare così e non mi serve altro" - rispose, sistemandosi meglio e abbracciandogli il braccio, appoggiando la sua testa sulla spalla.
"Piero era di fronte ... commentava col suo solito sarcasmo nello sguardo, poi disse nella loro lingua:
"Ti ha proprio catturato ... o almeno così crede lei ... eh eh eh. Lo sa che la lascerai, o crede che invecchierete assieme? ... eh eh eh."
"Piero ... perché riesci ad essere così odioso quando parli di donne? ... me lo sono chiesto tante volte, ma non so dare risposta ... e tu? ... Lo sai tu?"
"Certo che lo so ... piacciono anche a me quelle bamboline, che credi? Ma io non mi faccio irretire dalle loro smorfie. So che è sempre una questione di commerci, di scambi, so cosa vogliono e so cosa voglio dare ... basta seguire questa regola e tutto è più chiaro! Mi fanno ridere le manfrine che ci si inventa per nascondere tutto questo ..."
Tony non seppe cosa rispondere e attese qualche minuto guardandolo negli occhi e pensando a una riposta possibile. Voleva aiutare l'amico a capire quanto sbagliasse e, nello stesso tempo, provare a convincerlo a sperimentare qualcosa di diverso.
"Non sai quanto ti sbagli Piero. Sì, è vero, ogni rapporto umano si basa sullo scambio reciproco, ma a volte non si scambiano beni materiali ma sentimenti, affetti, amicizia. Forse che noi siamo stati da subito amici perché tu volevi qualcosa da me ed io da te ... a parte l'amicizia?"
"No ... ma che c'entra? ... Io mi riferisco alle donne!"
"E questo il tuo problema ... l'amicizia, l'affetto, può esserci solo tra uomini, le donne ne sono escluse ... non sarai omosessuale senza saperlo?"
"Ah ah ah ... che ci vuoi provare anche con me adesso ... cazzone!"
"Ah ah ah ... lo vedi come sei? Io te ne parlo per aiutarti. Non puoi essere felice senza donne nella tua vita."
"Chi l'ha detto? ... Io sto benissimo!"
"Vedi Marçela? ... tu sei convinto che lei si sia data a me per convincermi a risolverle il problema dell'addestramento dei suoi amici e che, nello stesso tempo, io abbia accettato per scoparmela ... uno scambio. Ma non è così".
"No? ... e com'è?" - rispose sornione.
"E' che lei mi ha conosciuto di passaggio a Luanda. Siamo andati a letto assieme e ci è paciuto ... sSapeva che dovevo ripartire subito, ma voleva stare con me e venendo a sapere da un amico comune che conoscevo bene l'uso delle armi, mi ha chiesto di aiutarli andando con loro alla fattoria di famiglia, dove si stanno radunando per esercitarsi al tiro. Io ho accettato per stare ancora con lei. Le ho proposto di lasciar perdere tutto

ed andarcene in Portogallo con questo amico che partiva con un jet privato, poi avremmo visto e deciso cosa fare. Ma non c'è stato verso ... ci crede davvero in tutte quelle cazzate politiche. Ho cercato di convincermi a lasciar perdere, a partire, ma non ce l'ho fatta e, a questo punto, sai che sono fatalista, ho pensato che il destino voleva così e ... l'ho seguita.
Secondo te questo l'ho fatto per potermela scopare, ma se fosse così una figa vale l'altra ... perché correre tutti questi rischi? Ora sarei potuto essere in Portogallo, ospite di Luiss o altrove, dove mi pareva. Invece sono qui ... e ci sei anche tu!"
"Già ... siamo entrambi qui ... tu che interroghi continuamente il destino, chiedigli perché e fammelo sapere ... potrebbe essere interessante saperlo."
"In ogni modo ... voglio crederti, c'è qualcosa di più che qualche bella scopata, cosa ... amour? Ma cos'è ... e perché se c'è io non l'ho mai provato? Sembra la questione della fede in Dio! ... Esiste Dio? Tutti dicono di sì e c'è anche chi dice di averlo visto e di averci parlato ... ma a me non è mai successo, perché dovrei crederci? ... è la stessa identica cosa.
Io credo che siate tutti invasati e vogliate credere perché questo vi consola ... volete credere nell'amore e nell'amore in Dio ... ma a me non frega niente di credere in niente. Quello in cui credo è il sesso, perché lo vedo, lo sento, posso toccarlo e mi fa godere ... tutto il resto sono cazzate di contorno, stupide e inutili!"
"Mi fa piacere che tu ti sia aperto così con me, almeno posso capirti e capire quello che facesti quella volta a Marsiglia con quelle puttane ..."
"Cosa vuoi dire? ... quando?" - chiese Piero incuriosito.
"La prima volta che uscimmo ... andammo a trovare le prostitute nei vicoli dell'operà e tu, dopo averci scambiato due chiacchiere, gli infilavi il dito sotto la gonna e poi lo annusavi ... La prima volta non avevo sentito cosa le dicevi e la seconda mi avvicinai di più per sentirti dire che volevi sentire l'odore della figa, perché ci saresti andato solo se ti piaceva ... e che avresti scelto quello che ti piaceva di più tra tutte ... Ah ah ah ... ti sei annusato tutte le fighe di quella strada, a raccontarlo chi ci crede?"
"Sì, sì, ridi tu, ma io lo faccio sempre e ancora adesso, prima di accoppiarmi con una donna, voglio sentire che odore ha ... Se non mi piace l'odore della sua figa non mi piace nemmeno lei ... Sicuro!"
"Ah ah ah ... ecco, questo racconta tutto di te e del tuo rapporto con le donne. Per te sono un prodotto da usare ... un oggetto sessuale allo stato puro, senza fronzoli e senza eccezioni. Ma questo ti ha impedito di avere un rapporto sentimentale con qualcuna ... non si può avere rapporti sentimentali con gli oggetti. Alcuni lo fanno, i feticisti, ma con oggetti

inanimati ... con oggetti veri, non con esseri umani, anzi, peggio, donne, perché per te le donne non sono esseri umani, ma una specie di animali da compagnia da prendere e lasciare quando non servono più. Tutto questo è molto triste Piero. Non sarai mai felice così ... dovresti provare a cambiare ... non so come, ma ti auguro di riuscirci.
Ti ci vorrebbe una donna che ti facesse innamorare ... ma è una parola!
Ci si innamora di chi ci somiglia e se una donna somigliasse a te ... se fosse davvero il tuo alter ego femminile, sarebbe una gran puttanona che dell'amore penserebbe la stessa identica cosa che pensi tu e, degli uomini, penserebbe che sono solo cazzi usa e getta, poco più che vibratori o dei bancomat per rifornirsi di denaro ... Non ti auguro certo di incontrarlo il tuo alter ego ... ah ah ah!"
"Nemmeno io ... ah ah ah!" - concluse Piero.
"Però, te l'assicuro, per come mi conosci, sai che credo poco alle utopie, ne politiche ne sentimentali ... esiste l'amore ed è una cosa grande e seria. Importantissima e dà una cosa che nient'altro può dare, la felicità.
Gli esseri umani, ma anche tutti i viventi, sono completi quando sono composti dell'essenza maschile e di quella femminile. Per una strana ragione che al momento mi sfugge, quell'essere completo è stato diviso in due parti, uno femmina e l'altro maschio e gettati nel caos dell'Universo. Così, per ritrovare quella felicità e completezza originali, s'inseguono da sempre per completarsi e riprodursi ... Per questo a volte accade che si creda di essersi ritrovati, ma poi si scopre che solo alcune parti sono complementari, non tutte e, perché l'impresa sia completa, l'incastro dev'essere perfetto!"
"E com'è l'incastro con quella? ... L'incastri bene?" - chiese per tutta risposta Piero, facendo con la mano il gesto che universalmente indica la scopata.
"Ah ah ah ... sei incorreggibile ... Sì, incastriamo bene, ma solo il tempo può dire se tutto è complementare e se ci si completa a vicenda, oppure no. Cambiamo discorso Piero, che con te non è possibile parlare di donne, siamo agli antipodi. Dimmi, cosa te ne sembra dell'idea di addestrare questi ragazzi?"
"E' buona ... dipendesse da me decidere avrei deciso per il sì, ma non dipende da me. Questa notte stessa ne parlerò col mio Capitano e domattina avrai la risposta. Ti verrò a svegliare e ti darò la notizia. Tanto più che per lasciare la città dovrò comunque scortarti ... Non so spiegarmi perché non hai incontrato nessuna ronda arrivando ..."
"Forse l'ho capito io ... In realtà, una volta entrati nell'Avenida principal, ho notato una pattuglia di militari che scendeva dalla jeep, davanti ad una

casa in una via laterale, dall'altro lato della carreggiata, ma non potevo immaginare che erano legionari, ho pensato a una pattuglia Angolana. Evidentemente non ci hanno visto e poco dopo siamo entrati in questo bar."
"Beh ... tutto è bene quel che finisce bene. Peccato che tu stanotte devi battere poesie d'amour con la tua bella ... altrimenti ti portavo con me a conoscere il Capitano, vi piacereste ... avendone sposate quattro, evidentemente, ognuna era solo un quarto della sua essenza ... ah ah ah!"
"Ah ah ah ... Sei sempre tu Piero ... mi fa piacere. Allora, andiamo a riposare. Marçela ... svegliati, ce ne andiamo ... dai!" - Marçela fu subito in piedi al richiamo di Tony, si era solo appoggiata, ma non addormentata. Tony chiamò Paulo per il conto, che gli portò subito, con un gran sorriso, erano sedici mila escudos. Tony aveva solo biglietti da diecimila e gliene diede due.
"Tieni il resto Paulo, ma pagati qualche altra birra se gli amici ne chiederanno ancora e se non bastano, te li darò domattina ... Ok?"
"Muito obrigado senhor Tony ... boa noite ... Atè amanha!"
"L'oste mi ha detto dove vi ha trovato alloggio, conosco quell'albergo e conosco la padrona, Magdalena, bella donna. Vi ci porterò io".
"Ah si? ... è com'è il suo odore ... Buono?"
"Sì ... buono ... Ma stanotte non mi ci potrò fermare, sono l'Ufficiale di picchetto".
Salutati i legionari, che avrebbero atteso lì il ritorno di Piero per fare un giro di pattuglia in città, uscirono ordinatamente per raggiungere le Land Rover. Preceduti dalla jeep, che sul roll bar montava una M-60 ... una mitragliatrice pesante americana, raggiunsero in breve, attraverso una città deserta e buia, una casa a due piani, con un patio davanti e dall'aspetto decoroso, oltre la media degli edifici intorno. Pierò tirò una corda, sicuramente collegata ad una campanella e la luce si accese. Sulla porta comparve una donna dai capelli corvini legati e avvolti dietro la nuca. Era portoghese. Salutò amichevolmente Piero e Tony non poté fare a meno di pensare che sì ... doveva avere un buon odore e il pensiero, presentandosi, non poté non strappargli un sorriso.
La signora distribuì le chiavi, indicando le scale per il piano di sopra. Era un piccolo hotel, con scale di legno e pavimento in cotto. Tony salutò Piero con una stretta di mano davvero calorosa, era felice di averlo rivisto e si diresse, mano nella mano con Marçela, verso la camera numero 7.
La camera era semplice e accogliente. Armadio e letto con testiera in legno, erano del colore dell'ebano. Sul letto una trapunta di cotone bianca e, di fronte, la stanza da bagno. Di lato al letto c'era una specchiera con

sedia per signore, per rifarsi il trucco. Marçela andò subito in bagno e Tony la seguì per vedere se c'era la vasca o la doccia. Il bagno era piccolo e non c'era vasca, ma una doccia incassata nel muro e, al di sotto, il piatto doccia.
"Meglio così ... Avevo proprio bisogno di una bella doccia! - disse, iniziando a spogliarsi e Marçela lo raggiunse che era già sotto l'acqua fredda, insaponandosi i lunghi capelli con lo shampoo. Non era un impresa facile e Marçela lo aiutò ridendone, da dietro le sue spalle. Le piacevano i suoi capelli e glielo diceva spesso, carezzandoli quando erano soli, a letto. Li stava sfregando tra le mani quando ricordò l'incontro con Piero.
"Quel tuo amico, Piero ... a vederlo sembra simpatico, poi, però, ha degli atteggiamenti che più stronzi non si può. Ho capito qualcosa di quel che vi stavate dicendo dopo cena ... Ma spero di aver capito male, perché se è vera solo la metà di quel che ho capito ... Accidenti è proprio malato!"
"Ah ah ah ... no, non è malato, ma è vero che deve avere avuto qualche brutta esperienza con il genere femminile ... forse addirittura con la madre, perché non me ne ha parlato mai. Però, ti assicuro che è un amico leale e sincero e non si macchierebbe mai di crimini, tantomeno di guerra. Anche se è uno che ha scelto il mestiere delle armi da quando aveva appena 16 anni ... Siamo stati assieme per più di tre anni, poi ci siamo separati ed ora ... a totale sorpresa ... eccoci qui, assieme. Lui pensa che io ho accettato di accompagnarti ... solo per scoparti! ... E ha ragione! - rispose Tony, suscitando uno scatto di Marçela, che fermò tra le braccia ridendo e baciandola - Infatti ho intenzione di scoparti a lungo ...t i dispiace?" - lei lo guardò negli occhi prima di rispondere, poi aggiunse:
"Anche io voglio scoparti ... piace anche a me ... Ma è il modo in cui quel tuo amico lo dice che indispone ... Non è il tuo modo o non mi saresti potuto piacere mai."
"Tranquilla ... io sono come mi conosci e Piero è anche peggio di come sospetti, ma questo riguarda i suoi rapporti con le donne ... lasciamolo a lui. E' mio amico e questo non può cambiare per questo ... lo capisci no?"
"Sì ... non pensiamo più a lui ..." - Tony prese a insaponarla e carezzarla, fino a possederla di nuovo sotto la doccia e poi portarla sul letto, per continuare quell'esperienza che li coinvolgeva sempre di più.
Le pale del ventilatore a soffitto facevano un leggero rumore regolare che, unito alla brezza, che asciugava il sudore, conduceva dolcemente al dormiveglia e come se venisse dal sogno appena iniziato, Tony sentì la voce di Marçela chiedergli:
"Tony ... vorrei chiederti una cosa, sei sveglio?"

"Quasi ... dimmi".
"Cosa ne pensano a Paperopoli della morte ... ne parlano a volte?" - Tony ci mise un po' a capire che era una battuta e, con una risata che lo svegliò del tutto, si girò verso di lei per rispondere.
"Ahh ecco ... vuoi parlare di Paperino ... Ah ah ah ..."
"Ah ah ah ... Sì, penso spesso alla morte da quando morirono i miei nonni, a distanza di breve tempo l'uno dall'altra, ma non riesco a darmi una spiegazione e quella della fede religiosa non mi basta ... non mi convince".
"Credo di sì, credo che anche a Paperopoli se ne discuta ... Tutti ne parlano, è l'ossessione dell'Umanità. Solo gli animali non lo fanno, almeno così dicono gli umani. Perché io ricordo una sera che rientravo a casa, da bambino, un gatto attraversava la strada, faceva parte di una banda di gatti da cortile sempre assieme a miagolare e andar per gatte, è stato investito da un'auto ed è rimasto secco lì, sull'asfalto, mentre tutti sono corsi su di lui e gli sono stati intorno per un bel po'. Questo mi diede da pensare, sembrava che gli facessero una veglia funebre ... sai, come si fa con i morti di famiglia. Lo stesso mi fece pensare l'atteggiamento dei gatti di casa che, quando stanno per morire si allontanano. Vogliono essere soli. Se non capissero la morte, quando la vita sta per finire, come farebbero a farlo? E le bestie al macello? Io le ho viste, nonostante tutte le precauzioni sentono che stanno andando a morire. La loro intelligenza è limitata, ma non è vero che non lo sono, hanno delle loro consapevolezze e tra queste anche quella. Il problema si pone quando l'intelligenza aumenta e, per gli uomini, fu traumatico rendersi conto che, a un certo punto, i loro cari chiudevano gli occhi per sempre e il loro corpo si disfaceva ricoprendosi di vermi, aspettandosi, senza dubbi, che quella sarebbe stata anche la loro fine. Così nacque l'esigenza dell'inumazione o di bruciare i corpi, per esorcizzare la morte nascondendo alla vista il disfacimento del corpo. L'Intelligenza umana, però, aumentava con l'evoluzione ed ecco nascere le religioni e gli sciamani che davano spiegazioni sull'aldilà, poi i sacerdoti e le sepolture monumentali, sempre per allontanare la grande paura, esorcizzare la morte, un mistero inspiegabile e apparentemente irraggiungibile".
"Ne parli come se tu, invece ... non ne avessi paura, come se tu fossi riuscito ad esorcizzarla ... possibile?" - chiese lei.
"Paura ... definiamo paura, cos'è? Secondo me è suscitata dall'ignoto, si ha paura di ciò che non si conosce, perciò non potendo confrontare la propria forza, fisica o morale, con ciò che non si conosce, si teme. Perché la paura è la consapevolezza della propria debolezza davanti all'ignoto, o a un avversario più potente. La morte è un avversario invincibile. Nemmeno

i grandi condottieri del passato, che si credevano simili a Dei, hanno vinto la morte ... un giorno, hanno chiuso gli occhi per sempre e, anche loro, sono stati divorati dai vermi o dalle fiamme o, come i Faraoni, si sono fatti imbalsamare per evitarlo ... ma sempre morti erano. Anche se adottavano tutte le precauzioni con i vasi canopi, dove custodivano gli organi che dovevano servirgli nell'aldilà e togliendo il cervello che avrebbe provocato la putrefazione, erano inesorabilmente morti. Il corredo funebre comprendeva gli oggetti cari e più preziosi che venivano sepolti con loro, perché il Faraone li avesse sempre con se. Questo, però, serviva ai vivi, non ai morti! Bisogna dire, però, che in questo modo ottennero il risultato di non scomparire nel nulla. Oggi, millenni dopo, grazie a questa loro credenza, si sa tutto di loro ... ma questa non è l'immortalità!"
"No, certo, anche secondo me ma ... Allora? Che spiegazione ti sei dato tu? Te ne sarai fatto una tua opinione ... o no?"
"Stai a vedere che tu, che sei laureata in biologia e filosofia, adesso vuoi sapere da me cos'è la morte ... possibile? ... Ah ah ah. Beh, comunque sì, io ce l'ho una spiegazione, anche se certamente il beneficio del dubbio non manca mai quando si tratta di quella signora. Io credo che in realtà non esista, non com'è vista dall'umanità, cioè la fine della vita e il passaggio nell'Aldilà, nell'Ade, nel paradiso o nell'inferno. Credo, invece, che sia solo un passaggio da una dimensione all'altra e che segua il suo corso ... così come la nascita ha segnato quello del feto. Chi resta in questa dimensione non vede più chi va e viceversa ... ma nessuno ha smesso di esserci.
Il bruco non incontra mai una farfalla che torni indietro a dirgli cosa sarà di lui. Io ho osservato spesso la gente morire e ho notato che nel momento in cui si spengono, un piccolo soffio esce dalle loro labbra e giurerei che il loro spirito abbandona il corpo morente proprio in quel momento, come un autista scende dall'auto in panne o incidentata. Questa è la definizione che, a questo punto, sono arrivato a darmi.
Ho avuto più volte la netta sensazione, nel corso delle mie esperienze, che dentro di me ci sia qualcuno che sa già tutte le risposte e me le vorrebbe far conoscere, ma parla un'altra lingua. Vuole aiutarmi e rendermene consapevole, vorrebbe indicarmi la via e cerca un linguaggio comune per farlo ... strani sistemi di comunicazione, per esempio usa i sogni e le immagini oniriche. Una via difficile da capire, ma io credo di esserci riuscito, anche se con molta difficoltà e, spesso, solo molto tempo dopo riesco a decifrare i suoi messaggi. Più che altro ho scoperto che mi indica delle pietre miliari lungo la via che mi confermano che sono sulla strada giusta ... che non sto sbagliando la direzione. A volte la paura mi

bloccava ... potevo cambiare direzione, rinunciare a procedere su quella via, ma non lo feci!
Ed eccomi qui ... Dopo ogni esperienza superata ne so di più, sono più vicino alla conoscenza di quel che cerco, ma so bene che la strada da percorrere e tanta, le prove da superare sempre più difficili. Come nelle scuole che hai frequentato tu, ogni esame ti permette di procedere, se non lo superi, devi ripetere l'anno e riprovarci, oppure rinunciare al titolo.
Capito, cara la mia studentessa con due lauree? Io ho superato più esami di te e in cambio non ho avuto titoli ... cartacce che danno anche a un sacco di somari, ma la conoscenza! E' quella che cerco ... e solo quella m'interessa.
Poi, però, mi capita di confrontarla con il risultato di ricerche scientifiche di altri laureati come te ... ce ne sono in gamba davvero! e così scopro che, sia pure per altre vie, stiamo giungendo allo stesso risultato.
Ho letto, infatti ... solo letto non studiato, i risultati di alcuni studi scientifici, m'interessa sempre la conoscenza non solo in campo filosofico, ma anche in campo scientifico, e ho saputo che gli scienziati stanno arrivando a capire che tutto è regolato da codici, codici genetici, persino la data della morte di un essere vivente è scritta nei suoi geni ... e non è quello che io chiamo destino?
Le sequenze di DNA, e quello che di ancora più piccolo, ormai, sta diventando chiaro ai ricercatori, dicono che la scienza non smentisce per niente le sacre scritture, che quel codice lo chiamano Verbo, quello che sta alla base del creato.
Siamo, ognuno di noi, un agglomerato di essere viventi, decine di migliaia di miliardi di cellule, ognuna chiusa nel suo universo, ognuna col suo nucleo e con i suoi codici che si rigenerano, ma anche si consumano in continuazione e, ognuna, sa bene quando finirà il tempo di rigenerarsi per arrivare a quello di spegnersi. Pare che sia ipotizzato persino che le cellule, quando è la loro ora, si lascino morire, si suicidino.
Io ci credo ... anche i vecchi umani, quelli che hanno vissuto pienamente la loro vita, arriva il tempo in cui perdono interesse alla vita. Non li attira più, sono stanchi e si lasciano morire ... perché? Perché hanno vissuto pienamente la vita ed è ora di morire!
Quindi, la morale qual è? ... La morale è che se vuoi smettere di temere la morte, vivi intensamente la vita, riempila di significati e di esperienze, segui il tuo destino e cerca di compierlo pienamente e non avrai più nessuna ragione di temere la morte ... Arriverà quando è il momento e potrà essere accolta come amica ... Io sto facendo così, seguo questa via e, alla morte ci penso spesso, ma sempre per cercare di capirla e non perché

la temo. Sia chiaro, cerco di evitarla, ma perché ho ancora tante cose da fare, da conoscere ... da amare e, la morte è la fine di questo, insomma, non sono ancora pronto per morire! ... eh eh eh".
"Mi stupisci sempre di più Tony ... Mi hai dato una lezione di biologia, di filosofia e di religione ... Non hai mai pensato di frequentare l'università? Saresti un ottimo insegnante"
"Naaa ... mai, non era nel mio destino la scuola ... ti ho già spiegato perché, ma sono un ottimo studente e ricercatore nella vita di tutti i giorni e, quando occorre, anche un ottimo insegnante di me stesso, e tanto mi basta!"
"Egoista ... sei un egoista, certe cose vanno condivise..." - rispose Marçela sdraiandosi e poggiando la testa sulla sua spalla, con uno sbadiglio rumoroso.
"Certe sì, senz'altro, ma queste non possono essere condivise Marçela.
La maggior parte degli esseri umani non le capisce e c'è una parte che ti seguirebbe senza capire e un'altra che, proprio perché non capisce, ti metterebbe al rogo, solo pochi ti capirebbero, ma quei pochi ci sono già arrivati da soli alla conoscenza e non hanno alcun bisogno di insegnamenti in materia ... siamo tutti soli sulla via del karma ... sai cos'è?"
"Sì ... il destino degli Indiani ... dei Buddisti" - rispose.
"Non proprio, è di più ... è il ciclo delle morti e delle rinascite, di chi crede che la spiegazione della morte sia nella reincarnazione: ciò che è vivo deve morire, per poi rivivere e poi morire ancora ... E' una spiegazione che considero logica e sto arrivando a credere che anche Gesù, quando parlava di resurrezione della carne intendeva questo, la reincarnazione e non l'assurdità che è stata trascritta da chi non era in grado di capirlo. Ma vedremo, non pongo paletti alla conoscenza. Ogni giorno si aprono nuove porte e s'imparano cose nuove per chi vuole conoscerle, e ... ma tu stai già dormendo ... non è così?" - un mugolio di risposta confermò che Orfeo l'aveva presa. Con la mano le carezzò la schiena dalla pelle vellutata e chiuse gli occhi anche lui, era stata una giornata piena di eventi ... ci voleva proprio un buon sonno ristoratore.
La flebile luce dell'alba lo aveva appena svegliato e si era voltato verso la finestra da cui filtrava, quando qualcuno bussò alla porta. La locanda non aveva telefono interno. Si sciolse dall'abbraccio di Marçela con cautela, per non svegliarla, ed andò ad aprire, nudo, riparandosi dietro la porta.
"Bonjour ... dormito bene?" - disse Piero, con un sorriso, sbirciando il corpo nudo di Marçela, prima che Tony potesse coprirla alla vista con il suo.

"Ma che fai? ... è la mia ragazza!" - sbottò Tony, disturbato dal solito atteggiamento di Piero, sempre lo stesso, e che non limitava, anche quando la situazione lo avrebbe richiesto. Eppure glielo aveva detto che non si trattava di una puttanella, ma per lui non faceva alcuna differenza. Che poteva fare? Niente! Piero era così, prendere o lasciare.
"Il capitano t'invita a colazione. Solo tu ... vestiti e scendi, ti aspetto giù" - e nel girarsi fece uno scatto, questa volta scherzoso, come a voler rivedere, attraverso uno spiraglio, il corpo di Marçela, che si era abbracciata al cuscino, poi, con una risata, scese le scale.
Tony si sedette sul letto, carezzandole le spalle e i capelli. Voleva avvertirla e appena socchiuse gli occhi le disse:
"Mi hanno invitato dal capitano Denard per parlare meglio di quella questione. Vado ... è ancora presto, continua a dormire, ci vediamo qui più tardi".
Giusto una sciacquata veloce e fu vestito. In pochi minuti era in strada, dove l'attendeva Piero con la pattuglia. Traversarono la città ancora addormentata, incontrando solo legionari armati.
"I cubani stanno sbarcando uomini e mezzi a Luanda ... quelli del deuxieme bureau ci hanno fatto sapere che si tratta della Divisione corazzata Guevara. Ad operazione di sbarco conclusa saranno almeno ventimila uomini. L'elite di Fidel Castro coadiuvati da qualche centinaio di consiglieri militari sovietici ... Cioè agenti del KGB. Si preparano beau jour per l'Angola ..."
"Ma ... il deuxieme bureau, ma esiste ancora?" - chiese Tony che credeva che quel servizio segreto francese, che si occupava di spionaggio e controspionaggio militare ai tempi di Mata Hary, appartenesse ormai alla storia.
"No ... è come dici ma, sai, il capitano Denard ha fatto la guerra d'Algeria chiamavano così ogni servizio d'informazioni che si rinnovava cambiando nome e sigla e ha continuato a farlo. Non importa come si chiamino adesso i servizi segreti militari francesi, per lui sono e saranno sempre il deuxieme bureau e, perciò ... anche per noi. Il capitano è un uomo d'altri tempi, ma tu sii te stesso e gli andrai a genio. Anche se con quei capelli, forse resterà sconcertato. Gli dirò io che hai fatto un voto, queste cose le capisce!" - con queste parole scese dalla jeep davanti ad un palazzetto con giardino e fontana davanti, sembrava una sede governativa, forse della provincia di Carvalho. Tony non chiese niente ma cercò di assumere l'espressione più accattivante, con quel vecchio soldato di professione.
La sua decisione favorevole avrebbe risolto tutti i suoi problemi e dato qualche chance a quei ragazzi e a Marçela.

Due legionari erano di piantone sulla porta, l'aprirono ed entrarono nel salone d'ingresso, poi in un ufficio in legno scuro con una grande scrivania. Niente carte, a parte una mappa della zona, ma armi poggiate come fermacarte o semplicemente messe lì, a disposizione ... occorrendo. Il capitano Denard, un uomo avanti con gli anni, ma dal fisico ancora possente, era adagiato sulla poltrona di pelle, mentre una donna ... una delle sue mogli, immaginò Tony, lo insaponava col pennello, pronta a raderlo col rasoio che teneva nell'altra. Una bella donna sulla quarantina, ma ben portati. Lunghi capelli nerissimi, forse una franco algerina. Un'altra lo guardava mentre le curava le mani. Molto bella, era una francese delle colonie indocinesi, gli occhi a mandorla stavano a dimostrarlo.
Ohhh Piero ... e quello è il tuo fratello d'armi ... ma ..." - s'interruppe notando che Tony non aveva i capelli corti, ma solo legati stretti dietro la nuca. Quella mattina più del solito e, per chi se li faceva tagliare ancora con la macchinetta dei barbieri militari, c'era da restare stupiti. Piero fece la sua parte, spiegandogli tra una battuta e una risata che si trattava di un voto.
"Tony è convinto che non tagliandosi i capelli per almeno due anni, un voto fatto sull'altare della madonna di Lourdes, Dio gli avrebbe perdonato i troppi morti che aveva sulla coscienza ... e manca ancora un bel po'!" - disse rivolto a Denard. Sapeva che avrebbe potuto accettare questo tipo di discorsi, infatti ne rise e gli indicò la carta.
"Dove siete voi ... e quanti siete in realtà!" - andò subito al sodo, dimostrando di essere stato già ben informato da Piero e Tony non fu da meno. Si avvicinò alla carta e puntò il dito sulla foresta di Cameia.
"Circa cinquanta chilometri a sud di questo parco nazionale. Non molto distanti dalle rive dello Zambesi, al confine con il Congo e con lo Zambia. Una fattoria attrezzata di tutto punto. Al momento in cui siamo partiti per una battuta di caccia poco meno di mille ... ma avevano appena ricevuto conferma che un altro migliaio di volontari stavano arrivando per addestrasi all'uso delle armi. Io da solo non potrei fare molto di più di questo, fargli vedere come si prende la mira e come si spara, ma ci vorrebbe una squadra d'istruttori per un bel paio di mesi e, a quel punto, anche la Francia avrebbe un cuscinetto di una certa solidità a impedire idee interventiste in Congo a quei furbacchioni. Mi è sembrata una buona idea e ne ho parlato a Piero ..." - concluse Tony, scrutando lo sguardo di Denard per capire cosa avrebbe risposto.

"Lo è ... c'est bon! ... E' una buona idea Tony. Avevo già discusso con Piero e ha garantito per te. Volevo solo vederti di persona e farmi un idea di chi ci proponeva la cosa ..."
"E ...?" - chiese con un sorriso amichevole Tony.
"E' buona ... Piero ti aveva tolto qualche punteggio per via del fatto che pare tu sia qui solo per stare dietro ad una ragazzina ... è bella?"
"A me piace e ... sì ... alla fine sono qui per lei. Ho cercato di dissuaderla, ma non ci sono riuscito. È del MPLA ... il movimento di Neto, sono marxisti, ma non vogliono accettare l'invasione spacciata per forza di pace. Vogliono ricacciare in mare i cubani ed i sovietici. Aiutateli ... ne avrete ogni vantaggio. Quanto a me ... continuo ogni giorno a cercare di convincerla a lasciare questo paese e venir via con me. In Portogallo per il momento, poi si vedrà ... ma, se dovessi riuscirci, resteranno sempre gli altri che, se ben addestrati, varranno ognuno per dieci. Gli idealisti si battono come tigri e questi sono davvero pervasi da furore patriottico. Non si arrenderebbero mai!"
"Bene Tony, ci hai convinti ... Piero verrà con te con venti dei nostri per il primo mese, dopo resteranno in dieci ... Siamo pochi e dobbiamo controllare un territorio troppo vasto, anche dieci uomini in più o in meno fanno la differenza.
I dieci che resteranno per altri due mesi, però, sono i migliori istruttori che potrei fornirti e tu sai bene che in tre mesi, se ben spesi, si può formare un buon combattente ed è quello che faremo. Abbiamo anche noi dei kalashnikov. Ce n'era un camion carico, comprese le munizioni, che abbiamo bloccato mentre tentava di raggiungere il Congo. Quei bastardi stanno cercando di armare la guerriglia comunista anche nello Zaire di Mobutu ... ma non ce la faranno. Miterrand ci ha chiesto di venire qua per questo e questo avrà! Andiamo ... quello che ci vuole al mattino è una buona colazione. Abbiamo anche burro e marmalade d'orange, una rarità da queste parti. Piero, fai preparare quel camion lo porterete con voi ..." - ordinò il capitano Denard, alzandosi e dirigendosi verso la porta.
"Aveva proprio ragione il capitano ... una fetta di pane ben imburrato e con un po' di marmellata sopra, è una sciccheria inaspettata. Ci vorrebbe solo un buon cappuccino per completare ..." - commentò Tony, rivolto a Piero, zittito da una caraffa piena di latte e caffè che circolava, portata da un legionario, mentre un altro distribuiva le tazze. Non poté evitare di sorridere di sorpresa, una piacevole sorpresa e ... fece il bis. Denard faceva colazione poco più in là, a tavola con le sue quattro mogli, con le quali riusciva ad essere molto affettuoso.

"Sono il suo tallone d'Achille le donne ... guardalo come scodinzola ..." commentò Piero.
"Ah ah ah ... sei assurdo Piero. Un uomo si comporta bene con una donna e per te ... scodinzola come un cane! ... Non farti sentire, non credo che gli piacerebbe!"
"Eh eh eh ... no, sicuramente no. Ma è quello che fa, senza il suo harem non andrebbe da nessuna parte. Ci manca solo che se le porti anche in battaglia ..."
"Beh ... che ci sarebbe di male? Marçela non si farebbe certo lasciare a casa a far la calza! E di ragazze al campo ne troverai parecchie. Ne ho visto che usavano l'RPG-7 meglio di tanti ragazzi ... le sottovaluti. Magari questa sarà la volta che cambi idea sulle donne ... Potresti persino riconoscere che hanno un'anima!"
Denard si alzò per avvicinarsi a Tony. La colazione era terminata e lo congedò con una stretta di mano e una precisazione.
"Piero comanderà questa spedizione. Dovrete sottoporre il campo alla nostra disciplina o non se ne farà niente. Abbiamo un patto: noi li addestriamo, loro combatteranno contro i cubani. Dovranno accettarlo prima di partire, perché se non lo rispetteranno la pagheranno. Noi resteremo qui, ai confini del Congo e, se dovremo ritirarci, ci ritireremo appena oltre la linea di confine, nella foresta. Ci sarà facile tornare e raggiungerli dovunque siano." - Tony aveva compreso che Denard voleva impressionare per monito, temeva un voltafaccia da parte della colonna una volta ben addestrata, ma seppe tranquillizzarlo.
"No ... no, Capitano ... sta parlando senza conoscerli. Questi sono idealisti, non tradirebbero mai la parola data e le dirò di più ... In gran parte potevano restarsene a Luanda, al sicuro, all'interno di famiglie benestanti,oppure partire per il Portogallo, invece sono rimasti qui, a difendere la libertà dell'Angola, senza aspettarsi alcuna mercede, solo rischi, fatiche e disagi e, forse ... la morte! ... si può essere più stupidi di così?" - Denard accolse queste parole con un cenno d'assenso e un sorriso.
"Bene, anche questa è fatta!" - pensò Tony uscendo dalla stanza. La squadra era già pronta fuori dal giardino, sulla strada. Tre jeep 'tecniche' armate di mitragliatrice pesante, fissate sul piantone centrale. Una era sicuramente una MG-42, tedesca, vecchia ma sempre valida e le altre due erano M-60, la sua versione americana. Un camion militare con cassone coperto e, a chiudere quel convoglio, una Land Rover, con i restanti istruttori tutt'intorno.

Tony salì sulla jeep di testa con Piero e due legionari seduti dietro, uno era Jean, conosciuto la sera prima al bar, che lo salutò con un cenno del capo. Subito dopo Piero alzò il braccio per impartire l'ordine di partenza e la colonna si mosse verso l'hotel, a prendere gli altri.
Solo Tony entrò. Piero li precedette al bar, dove l'avrebbero raggiunto per ritirare la carne prima di partire. Tony voleva spiegare bene i termini dell'accordo con i Legionari. Aveva dato la sua parola e non voleva mancarla e tantomeno rischiare di pagarne le conseguenze. Pagata la notte alla reception, raggiunse il gruppo nella saletta dove stavano terminando la colazione e gli illustrò i termini dell'accordo:
"Ho preso un impegno per voi ma, se non vi piace, siamo ancora in tempo a recedere. Il capitano Denard ci ha assegnato venti legionari, tra cui mio fratello d'armi, che avete già conosciuto, per fare di voi dei combattenti capaci. Vi avevo detto che da solo non avrei potuto far niente di più che insegnarvi a sparare ma, con loro, fra tre mesi circa, sarete dei combattenti temibili, esperti in sabotaggi e tattiche di guerriglia e, qualcuno, più dotato, sarà anche preparato a organizzare strategie vincenti. Questo vi darà molte chance di cavarvela al meglio anche contro truppe regolari, equipaggiate e addestrate come quelle in arrivo da Cuba. Però, c'è una clausola dell'accordo che è bene che sappiate: Denard ha aderito alla mia proposta avendone un solo vantaggio, che combatterete, come gli ho detto, i comunisti in arrivo. Se passerete dalla loro parte ... ve la farà pagare, anzi ... ce la farà pagare, anche a me, perché mi considererà un traditore e vi assicuro che è il tipo che viene a trovarci fino a Luanda se necessario ... meglio non scherzarci!"
"Ma ... ma Tony, noi non abbiamo intenzione di combattere contro il comunismo, ma solo contro cubani e sovietici, se davvero invaderanno il nostro paese ... Noi siamo comunisti, lo sai ... perché hai fatto un accordo simile?"
"Va bene, va bene ... scusate, mi sono espresso male ... Volevo dire contro i cubani. Per me e Denard non fa alcuna differenza ... solo voi fate questa distinzione. L'accordo prevede che userete le armi e le munizioni che ci ha fornito, viaggeranno sui mezzi in colonna con noi, e l'addestramento che ci regala solo contro i com... i cubani! ... A lui interessa avere una forza aggiuntiva che faccia da cuscinetto tra i cubani e il Congo di Mobutu, la Francia di Miterrand lo sostiene e non potendo intervenire direttamente lo fa attraverso Denard ed altri professionisti, ex legionari, come lui.
E' tutto chiaro? ... Vi sta bene?"
"Sì, è tutto chiaro Tony" - disse Marçela, in coro con Antonio e Roberto.

"Per me è importante, perché ho dato la mia parola a un fratello e al capitano Denard, di cui ho la massima stima e ci tengo che sia rispettata, perciò insisto ... Allora, è OK?"
Sentito l'assenso di tutti, Tony si avviò verso le Land Rover.
"Coraggio, caricate le chiappe in auto, si va a ritirare la carne e via verso la fazenda ... verso casa ... ah ah ah" - lo disse sorridendo verso Marçela, che si affrettava dietro di lui, sedendosi alla guida. Passando davanti al bar di Paulo videro i mezzi fermi e girarono verso la macelleria per farsi consegnare la carne.
L'operazione fu rapidissima, Tony pagò anche le cassette di polistirolo, dove avevano sistemato le carni sezionate in parti e coperte di ghiaccio, che gli inservienti caricarono sulle auto. Un bel lavoro che gli guadagnò una bella mancia, molto gradita. Poi si misero in coda alla colonna di mezzi e scesero a salutare Paulo e bersi un'ultima birra ghiacciata, prima del viaggio su quelle piste polverose. Piero aveva assegnato i posti a tutti i mezzi. Tony e Marçela erano subito dietro la sua jeep, seguivano gli altri mezzi dei legionari e, in coda, gli altri ragazzi.
"Tatticamente corretto ... sa che io so combattere e, in caso dovessimo imbatterci in forze nemiche, vuole tutta la forza di cui dispone a portata di ordini immediati ..." - rispose a Marçela che si stava chiedendo perché li avesse separati dagli altri.
Piero aveva una mappa stradale e vide che poteva scendere a sud, verso il Parco da Cameia, seguendo un'unica pista abbastanza buona fino all'incrocio di Luena con la pista diretta a est, verso Dilolo e il Congo, a ovest, verso la costa Atlantica e procedere verso sud, per poi deviare a est, verso Cazombo, lasciando la pista una volta giunti all'altezza della fazenda Cadìz. Un viaggio di circa trecento chilometri che, se non avessero trovato eccessivi dissesti stradali, in quattro o cinque ore li avrebbe portati a destinazione.
La pista si rivelò in buone condizioni, qualche buca, ma non pericolosa e, in certi punti, occorreva procedere a passo d'uomo perché l'esondazione del fiume aveva reso il fondo fangoso e, in altri, l'acqua torbida di alcune pozzanghere impediva di vedere se il fondo era piatto, o nascondesse buche che potessero rompere il semiasse dei mezzi. Cosa tutt'altro che improbabile da quelle parti.
Tony capì da questo che erano vicini alla fazenda, perché l'acquitrino che costeggiava la pista indicava che erano a circa un ora dalla fattoria. Grosse mandrie di Boi-Cavalho, che non aveva mai visto prima, richiamavano la sua attenzione, strani animali. In luoghi caldi come quelli, non ci si aspetta di vedere buoi dal lungo pelo nero ... semmai l'evoluzione avrebbe dovuto

fargliели perdere, per contrastare il calore del sole. Pensava queste cose per distrarsi ... non era ancora certo che quel che stava facendo fosse in linea con quanto il destino aveva deciso per lui ... gli mancava un segno, una visione ... qualche indicazione.
Cominciò a riconoscere il paesaggio delle terre di Marçela, i rilievi rocciosi e la foresta della Cameia e, finalmente, la fazenda Cadìz ...
All'arrivo furono circondati da una folla che Tony non si aspettava ... erano arrivati anche gli altri. Molti vecchi camion aggiuntisi agli altri lo evidenziavano.
Decise di lasciar fare ad Antonio e Roberto ... era stufo di ripetere sempre le stesse cose. Scese alla chetichella dalla Land Rover e chiese a Marçela di mostrare a Piero e ai suoi dove alloggiare. Li accompagnarono verso una delle costruzioni intorno al piazzale. Era la casa dei fazendeiros, molte camere e indipendente dal resto della fattoria. Piero ne fu soddisfatto.
"Sono tanti ... dovremo anche tenerli a bada?"
"No, perché? ... lascia che ci pensino Marçela e i suoi amici a farlo. Noi dobbiamo solo addestrarli ... nient'altro! ... sistematevi. Intanto noi mettiamo la carne nella cella frigo e ci vedremo a cena. Voglio levarmi tutta questa polvere di dosso. L'acqua corrente c'è e le docce funzionano, però, niente acqua calda ... a più tardi" - concluse Tony, tornando alla casa padronale con Marçela. Intanto vedeva che gli altri stavano riferendo la situazione e spiegando cosa ci facessero tutti quei soldati bianchi con loro.
Dopo una buona doccia tutto sembra migliore. La cena fu meglio delle precedenti, si erano attivati per richiamare alla fazenda alcuni lavoranti del vicino villaggio che, regolarmente pagati, avevano ripreso a curare l'orto e, rimettendo al loro posto alcune vacche che avevano portato via, c'era anche del buon latte fresco. Si accordarono per iniziare l'addestramento dall'indomani mattina e si presentarono come istruttori militari in prestito, che sarebbero andati via ad addestramento concluso, tra circa tre mesi. La spiegazione ebbe il consenso di tutti e la sera ci furono anche balli. Tony li guardava e rifletteva a quanto sia facile, per gli umani, adattarsi anche al peggio e trovare modo di organizzarsi la vita anche nelle peggiori situazioni. Mentre a Luanda sbarcavano uomini e mezzi per portare a termine una vera e propria invasione che prevedeva anche la loro morte ... questi ragazzi avevano lo spirito di ballare e innamorarsi, almeno a giudicare da quanto vedeva in giro...
I giorni successivi furono duri per tutti. Per i ragazzi, che non si aspettavano che un addestramento potesse essere così estenuante e per loro, gli istruttori, che dovevano cominciare dall'abc, dal sincronizzarli tra

loro, in modo che si muovessero e combattessero come soldati, facendo anche in modo che si capissero senza sprecare parole, specie in azione.
Tutto il territorio lì intorno diventò una piazza d'armi e un poligono di tiro. L'abilità e la competenza degli istruttori non poteva essere messa in discussione, era evidente, il resto lo faceva l'entusiasmo di quei ragazzi che, anche quando erano ormai sfiniti, non mollavano e se, nel percorso di guerra, cadevano a terra ansanti, si rialzavano per portarlo a termine e, questa determinazione, era molto importante. Era ciò che occorreva tirare fuori in azione. Avevano organizzato un percorso di guerra, come quello che si trova in tutti i centri d'addestramento, con filo spinato trovato nei magazzini della fazenda, travi di legno su cui correre in bilico, senza cadere e sparando ad un bersaglio. Corde per esercitarsi ad attraversare ponti appesi per le braccia e tunnel scavati nel terreno e da superare strisciando sul ventre, senza crisi di claustrofobia.
La determinazione e l'entusiasmo di quei ragazzi aveva conquistato anche i legionari che, spesso, ridevano di alcune ingenuità da studentelli, specie nelle tecniche di combattimento all'arma bianca ... con machete o baionetta innestata. Non mancava occasione per qualche bella risata e, così, passavano le settimane. Non senza, però, che Tony rilevasse lo sguardo micidiale, carico d'odio di Tomàs verso i suoi amici, quando li vide comparire con i legionari e che cresceva sempre più, dopo aver sentito la notizia che i cubani sbarcavano a Luanda, mettendo in campo carri armati T-52, elicotteri Mill-24 e Mig-21 e forti di ventimila uomini. A Tony vennero i brividi nel vedere quello sguardo dietro gli occhiali di Tomàs. Ne parlò con Marçela e Antonio, ma non diedero importanza alla cosa, anzi ne risero, rassicurando Tony, o almeno tentarono di farlo:
"Ma no Tony ... Tomàs lo conosciamo da bambini e quello è il suo sguardo abituale ... Antipatico, non è vero? ... è astioso per natura, sempre contrariato per qualcosa ... ma è un amico e ... poi gli passa. Del resto, non è qui con noi anche lui?" - rispose Antonio.
"Io non metto in dubbio che abbia quella natura, ma di personaggi che hanno quella luce nello sguardo non mi fiderei, ancora di più se è l'espressione della loro natura. Quanto poi ad essere anche lui qui con voi, come se questo rendesse la cosa meno insidiosa ... Anche Giuda era a tavola con gli altri in quell'ultima cena e credo che, se ci fossi stato, avrei riconosciuto in Giuda, lo stesso sguardo di Tomàs!"
"Ah ah ah ... Tomàs un Giuda ... ma no Tony. Non lo conosci, credi ... è innocuo, fin dai tempi della scuola primaria era un soggetto naturale per tutti gli scherzi. Lo prendevamo in giro per le sue fobie, temeva anche la

sua stessa ombra ... Sta facendo grandi progressi da quando ci ha seguito qui, riesce persino a sparare senza tremare come una foglia ... ah ah ah!"
"Non voglio insistere, visto che siete così certi di conoscerlo e sicuramente è vero come dite ... quella luce oscura che gli noto nello sguardo è la sua natura. Solo che è quel genere di natura, immersi in questa situazione particolare e a forte rischio, a preoccuparmi e ... dovrebbe preoccupare anche voi. Forse non avete messo ben a fuoco la situazione, vi aiuto io: Stiamo organizzando un gruppo paramilitare per opporci alla forza di pace incaricata dal consiglio delle Nazioni Unite e lo stiamo facendo senza autorizzazione governativa. In pratica, siamo potenzialmente identificabili come terroristi ... Che vi piaccia o no questa è la verità e in una zona di guerra com'è l'Angola, essere presi, significa la morte ... fucilazione sul posto! ... Vi sembra che ci sia da prendere così alla leggera i dubbi che mi suscitano quegli sguardi ostili?
Siete davvero così certi che non siano un segnale di odio e desiderio di vendetta, magari per tutti gli scherzi che ha dovuto subire fin da ragazzino? ... L'animo umano fa strani scherzi sapete?"
"Accidenti Tony ... No, non ci abbiamo pensato, ma anche se pensiamo che esageri, hai ragione, il rischio merita la dovuta prudenza ... lo terremo d'occhio. Per quanto devi tenere presente che, quaggiù, ci vorrebbero giorni di marcia per poter contattare qualcuno di governativo. Fin da quando c'era l'esercito portoghese, questa zona dell'altopiano sfuggiva al controllo governativo. Questi sono territori Ovim'Bunda, le terre controllate dall'UNITA, da qui fino al confine con lo Zambia e la Namibia il potere è di Jonas Savimbi. Nemmeno i cubani potrebbero giungere fin qui senza scontrarsi con i suoi guerriglieri e, dalle notizie che leggevamo sui giornali, ad avere la peggio non erano mai loro" - confermò Marçela.
"Mah ... sarà, ma io continuo ad avere i brividi quando gli vedo quello sguardo fosco ... e non certo perché ho timore di un tipo simile, ma perché temo quel che sta congiurando contro qualcuno di voi e non so di chi! Che non mi è mai piaciuto, questo è certo..."
"Ah ah ah ... sì, questo si è capito e nemmeno tu a lui ... Marçela non ti ha detto che è innamorato di lei?" - precisò Antonio.
"Ma che dici Antonio? ... anche questi sono scherzi che gli avete fatto e che non sono mai piaciuti nemmeno a me..."
"Quali scherzi?" - chiese Tony che, forse, cominciava a capire il perché di quegli sguardi ... c'è sempre un perché dietro ogni cosa.
"Ma niente ... gli dicevano che ero timida e che doveva prendere lui l'iniziativa, perché anche io avevo un debole per lui, ma non l'avrei mai dimostrato. Povero Tomàs, quando poi trovò il coraggio di dichiararsi io

cadevo dalle nuvole, ma certo non potevo incoraggiarlo ... non avevo mai provato nulla per lui, solo l'amicizia verso un compagno di scuola con cui condividiamo le stesse idee politiche."
"Beh ... ora mi è tutto chiaro! Complimenti Antonio, proprio begli scherzi, non c'è che dire. Fossi stato in lui, vi avrei fatto fuori e ... non per modo di dire!"
Tony lo disse prendendo per mano Marçela e allontanandosi verso la casa. Voleva stare un po' da solo con lei e, una volta in casa, chiuse quel discorso con una nota:
"Cioè, ma davvero non ti rendi conto, o fai finta? ... Quel tipo vi odia, ora so anche perché ... Vuole solo farla pagare a tutti e cerca un occasione per farlo, per questo gli colgo quella luce nello sguardo. Forse non odia te, anche se l'hai respinto ... ma certo non ama me, che mi frappongo tra te e lui. Quel tipo di personaggi rimugina cose di questo genere ... mi meraviglio dottoressa ... ma cosa v'insegnano all'Università?" - terminò Tony, tirandola a se per baciarla.
Una di quelle mattine fu tirata fuori dal camion una cassa, un regalo di Denard, un cannone senza rinculo. Una trovata made in USA. Si trattava di un tubo cal. 100 mm che poteva essere montato sul piantone della jeep e sparare proiettili calibro 100, in grado di far fuori un carro armato. Semplicemente non aveva una grande gittata, era un'arma tattica e fu insegnato ad alcuni di loro, già rivelatisi dotati nell'uso dell'RPG-7, ad utilizzarlo. Sarebbe rimasto lì, con loro. Se fosse servito a far fuori anche un solo carro sovietico lui, Denard, sarebbe stato felice di averglielo donato.
Il tempo scorreva veloce e il cambiamento in quei ragazzi diveniva sempre più evidente ... sapevano strisciare col passo del leopardo tra le erbe alte senza farsi scorgere e lo provavano a caccia di gazzelle riuscendo ad avvicinarsi, sottovento, senza essere visti, fin quasi a poterle prendere con le mani.
Ricevettero anche la visita di un gruppo di uomini armati, evidentemente guerriglieri dell'UNITA. Vennero in pace, per cercare di capire chi era che faceva tanto baccano con le armi da fuoco, in quella parte d'Angola che era il loro territorio tribale.
Cenarono assieme e, durante la cena gli fu chiaro, anche per la presenza dei francesi, che avevano un nemico comune, i cubani. Pare che loro avessero già avuto degli scontri con le avanguardie della divisione Guevara. Avevano inferto delle perdite e fatto saltare qualche mezzo blindato, ma le loro non furono da meno. Soprattutto a causa degli elicotteri armati Mill-24 che accompagnavano le truppe. Li descrivevano

come micidiali, arrivavano veloci, con volo raso terra e con le alette laterali al pilota che vomitavano fuoco ... raffiche di mitragliatrici che spazzavano il terreno tutt'intorno e potevano lanciare anche razzi, come quelli dei Mig-21, i cacciabombardieri che hanno attaccato alcuni loro villaggi sull'altopiano del Bihè.

In quell'occasione, Tony, aveva cercato di far riflettere Marçela, ancora una volta senza riuscirci. Avevano litigato, era la prima volta che accadeva, ma fu inevitabile. Tony non sopportava la cecità con la quale lei analizzava la situazione e ancor meno quando, rimasto solo nel piazzale, dopo che Marçela si era ritirata in camera, Piero l'aveva avvicinato per comunicargli la sua opinione:

"Continuo a non capire Tony ... hai voluto cambiare il tuo destino, almeno così dicesti e lasciare le armi per viaggiare in tutto il mondo, seguendolo dovunque ti portasse e ... ti ha portato qui? ... Ah ah ah ... Ti rendi conto almeno che, se fossi con noi, in una situazione del genere non ti ci saresti potuto trovare mai? Noi siamo professionisti ... non ci poniamo in situazioni impossibili, con una linea di rifornimenti che non solo non esiste ma, se ci fosse, sarebbe troppo lunga!

Con le forze regolari Angolane contro a Nord est e i guerriglieri dell'UNITA a Sud ovest. Perché lo sai che quelli sono venuti solo a valutare le forze e il bottino che potrebbero ricavare dal saccheggio del campo, vero? ... e le donne ne farebbero parte! Noi tra poco ce ne andiamo ... sei sempre in tempo a venire con noi, saresti il benvenuto, buona paga e vita comoda!"

"No ... Non ho cambiato idea, spero ancora di farla cambiare a lei ..."

"Quella donna? ... Dio, per quella donna ... Non posso crederci. Sei pronto a morire per lei ... perché morirai se resti qui ... morirete insieme!"

"Non è detto, vogliono compiere azioni di sabotaggio e guerriglia, il territorio è vasto e lo conoscono bene. Conto di stare con loro ancora pochi mesi poi, darò un ultimatum a Marçela: O con me o con la rivoluzione!"

"Ah ah ah ... un ultimatum a quella? Sceglierà te ... e la rivoluzione! Ti metterà le braccia al collo e ti trascinerà all'inferno con lei ..." - Piero concluse quelle parole ridendo dell'amico, ma scherzava, lo prendeva in giro come faceva sempre e fu interrotto da Jean che gli riferì qualcosa all'orecchio, facendosi seguire da Piero verso le stalle, dove altri erano in sua attesa.

Tony li seguì, la curiosità era troppa e, appena varcato il portone, vide Tomàs piagnucolante, davanti ad una vecchia radio ricetrasmittente ancora accesa e gracchiante. Il caporale riferì a Piero:

Stavamo facendo il nostro giro di pattuglia quando, passando davanti alla stalla, abbiamo sentito delle voci e i rumori di sottofondo della radio. Siamo entrati e l'abbiamo visto che parlava alla radio, non abbiamo capito cosa dicesse, era portoghese, ma l'abbiamo fermato ..."

"Cosa ci facevi nella stalla con la radio Tomàs?" - chiese Tony.

"Stavo ascoltando le notizie da Luanda e ho cercato di rispondere ad un radioamatore che voleva comunicare con me. Siamo qui da due mesi, senza notizie ... che male c'è?"

"Nessuno, ma dove hai preso la radio e perché non ci hai detto che ne avevi una?" - incalzò Tony.

"Perché non lo sapevo ... Sono stato in questa fattoria due volte con Marçela, durante le vacanze scolastiche e ricordavo che il padre ne aveva una, era un radioamatore. Aveva un antenna sul tetto della stalla, anziché in casa, perché si collegava la notte e non voleva disturbare. Ero venuto a vedere se c'era ancora e l'ho trovata, era sul tavolo, dove l'avevano lasciata, coperta da paglia e stracci. Ho dovuto solo attaccare la spina e accenderla per sentire i notiziari. Poi un radioamatore ha tentato di contattarmi. Forse ha riconosciuto la radio di Don Cadìz ... ma non sono riuscito a rispondere. Non so come si fa ..." - concluse Tomàs, si era calmato molto rispetto a quando era stato scoperto. Poteva dipendere dal fatto che aveva potuto spiegare, mentre i francesi non parlavano portoghese. Tony, però, continuava a diffidare di quel ragazzo. Mandò a chiamare Marçela:

"Ora vediamo se è vero ..." - attesero qualche minuto ispezionando la radio. Era un vecchio modello. Piero e Tony avevano fatto un corso di trasmissioni e conoscevano quel tipo di strumenti. Era vecchia, risaliva a prima della seconda guerra mondiale, ma era ancora funzionante. Poteva funzionare anche senza corrente, aveva una specie di dinamo a manovella. Rudimentale, ma lontani dalla civiltà, sono utilissime così!

"Cosa c'è? ... Che vuoi?" - disse stizzosa Marçela, ancora furiosa con lui.

"Hanno trovato Tomàs mentre parlava con qualcuno alla radio. Ha detto che voleva sentire il notiziario e che la radio era di tuo padre ... l'ha trovata qui. E' vero?" - chiese Tony, senza raccogliere le provocazioni di Marçela.

"Sì ... è vero! ... E' la radio di mio padre, credevo di avertelo detto che c'era. Era un radioamatore e si faceva comunicare le notizie da Luanda dai suoi amici, radioamatori come lui. C'è altro?" - chiese girandosi per tornarsene in camera.

Tony e Piero si guardarono ... sembrava tutto regolare. Lasciarono Tomàs e Piero ordinò che, l'indomani, portassero le tende del loro campo

tutt'intorno alla stalla. Per quella notte, però, chiese a Jean di mettere qualcuno a dormire lì, nella stalla, meglio averla sotto controllo.
"Brutta serata Tony?" - scherzò Piero, vedendolo dirigersi verso la casa.
"Già ... sembra davvero furiosa, non l'ho mai vista così!" - rispose, ritirandosi verso la casa. Non sapeva bene come fare, ma in qualche modo avrebbe fatto pace con lei ... non aveva che lei in mente, non aveva nemmeno notato il solito sguardo fosco di Tomàs, quando vide Marçela confermare quanto aveva detto per giustificarsi. Quel ragazzo aveva qualcosa di marcio nell'anima, ma nessuno sembrava accorgersene o meglio, crederci, perché era impossibile non notarlo e, Tony, ora voleva pensare a Marçela e a nient'altro. Ci avrebbe pensato domani.
"O que tens meu amor? ... eu nunca tinha visto assim ..." - gli chiese Tony, avvicinandosi a lei, che gli dava volutamente le spalle. Tentò di abbracciarla e di baciarla sul collo, ma lei si ritraeva infastidita. Non era mai successo e Tony davvero non capiva cos'avesse fatto per provocarle quella reazione. Poi, di fronte al silenzio di lui, fu lei a chiarire:
"Ti ho sentito col tuo amico ... Sei qui per me e vorresti andar via e ... mi darai un ultimatum ... Perché? ... Perché Tony? Non stai bene qui? Questa è casa mia, possiamo starci finché vogliamo ... Perché vuoi andar via con lui?"
"Ma cosa dici? ... Andar via con lui a far che? Quello che decisi di non fare a suo tempo, perché dovrei farlo adesso? ... Non m'interessa. Ho cercato di spiegartelo, siamo grandi amici con Piero, è più di un fratello per me, ma i nostri destini sono distanti, anche se a quanto vedo procedono in parallelo e si possono rincontrare, ma solo per attimi fugaci. Lui è qui per aiutare la tua causa ... non per me, non dimenticarlo. Dai, calmati ... hai frainteso ... Certo che cercherò di convincerti a lasciar stare tutto questo, non è quello che sto facendo fin da quando t'ho incontrata? ... Però siamo ancora qui no? ... Vieni, baciami, che dopo tutto sembra migliore!" - replicò Tony, facendola voltare, dopo aver visto che sorrideva. Tra amanti, questi scontri servono a rafforzare la passione e il desiderio e così fu anche per loro.
Tony la possedette selvaggiamente, proprio in quel punto, in piedi, senza nemmeno spogliarsi ... tanto era il desiderio di lei. Poi, sul letto ... a parlare per ore, senza mai stancarsi, fino a cercarsi di nuovo per amarsi ancora.
Marçela si stava addormentando, accoccolata al suo fianco, quando disse, sottovoce:
"Fortuna che non mi dai troppo retta Tony ... a volte mi sento così sciocca. Volevo punirti, allontanandomi da te e, subito dopo, soffrivo terribilmente cercando un pretesto per fare pace ... So che hai ragione, la nostra è

un'impresa folle, ma nessuno di noi riuscirebbe a rinunciarvi ... Non so nemmeno spiegarti perché, tu sei così saggio ...".
"Saggio? ... sapessi quante cazzate ho fatto finora e chissà quante altre ne farò prima che la mia vita si conluda. Vediamo se ricordi chi pronunciò queste parole a proposito della saggezza, ti aiuto, narratore e filosofo del mondo classico: Molti potrebbero arrivare alla saggezza, se non avessero la presunzione di esserci già arrivati!"
"Seneca ... sei terribile ... ah ah ah - ripose pronta e girandosi ad abbracciarlo meglio aggiungendo - il mio filosofo guerriero ..."
"Mi piace questa definizione di me, filosofo guerriero ... credo che mi calzi bene, anche se è riduttiva ... sono molto di più ..."
"Sì, sei anche un grande presuntuoso e vanitoso e ..." - aggiunse lei, con la lingua impastata dal sonno.
"E teniamoci la nostra ignoranza ... che fatti non fummo per viver come bruti, ma per seguire virtute e conoscenza e, aggiungo io, per seguire la virtù e la conoscenza, non bisogna avere la presunzione di averla già acquisita. Boa noite ... meu amor" - l'interruppe lui, ma Marçela si era già addormentata.
Erano notti davvero degne di quei giorni straordinari.
Notti che li vedevano addormentarsi sfiniti, appagati, che l'alba era vicina. Durassero per sempre tempi come quelli, la vita avrebbe tutto un altro significato, ma i bei giorni non durano mai abbastanza a lungo e la tragedia stava correndo loro incontro, con la velocità e il clangore dei cingoli dei carri T-54 della Divisione Guevara, comandata dal Colonnello Manuel Ochoa.
Piero aveva appena ricevuto l'ultimo rapporto dai suoi sottoposti, molto soddisfatti del livello raggiunto da quelle reclute. Tony concordava, il risultato raggiunto era davvero insperato e, all'inizio di quella avventura, non ci avrebbe certamente scommesso. Erano stati attenti, tenaci e capaci di grandi sacrifici e il premio era quello: Erano diventati una formazione combattente di tutto rispetto, sapevano muoversi e sparare con grande abilità e usare tutte le armi a loro disposizione e, soprattutto, avevano imparato ad agire come un sol uomo, cosa che fa la forza di ogni unità combattente, specie in caso di azioni di guerriglia. Perché questo doveva essere chiaro e Tony ci tenne a ricordarlo a tutti, una sera, intorno ai fuochi accesi sotto le carni che arrostivano, spargendo i loro profumi per tutto il campo:
"Dovete evitare sempre gli scontri in campo aperto ... Non perché non sapreste tenerne uno, ma perché se vi fate intrappolare in una battaglia, vedreste arrivarvi addosso il fuoco dell'inferno ... I cacciabombardieri Mig-

21 picchierebbero su di voi come falchi e non avreste alcuna possibilità di difesa dalle loro bombe, così come non ne avreste dal martellamento dei cannoni dei carri armati. Vi colpirebbero da troppa distanza ... stando fuori gittata dei vostri razzi anticarro e dei mortai leggeri. Sarebbe una tragedia, un massacro e la fine dei vostri sogni. Ricordatelo ... siete una formazione guerrigliera ... la tattica dovrà essere sempre quella che vi è stata insegnata. Attacchi veloci e altrettanto veloci ritirate, si chiama tattica del mordi e fuggi e, finché riuscirete a impegnare il nemico in una guerra di questo tipo, senza farvi coinvolgere in alcuna battaglia e, soprattutto, senza farvi mai sorprendere al campo base, allora sarete vincitori. Una regola strategica è quella che dice: nella Guerra contro l'elefante, al topo basta restare vivo per essere il vincitore!

Dovremo studiare una strategia e io suggerisco di dividervi in compagnie ed allontanarvi da questo campo per sferrare i vostri attacchi. Questo dovrà restare un rifugio sicuro, vicino al confine con lo Zambia e col Congo, ottimo per una ritirata veloce oltre confine in caso di necessità.

Un luogo dove riposare e curare le ferite che non mancheranno.

Gli attacchi dovranno sembrare provenire da tutt'altre direzioni. Il terreno dell'altopiano si presta a questo. Avete appreso come ci si muove nella savana tra le erbe alte e, nella foresta e boscaglia il problema non si pone, nemmeno con gli elicotteri potrebbero individuarvi. Insomma ... l'impresa secondo me resta folle! ... Ora, però, avete molte più chance di tre mesi fa e ... è giusto farvelo sapere, vi siete guadagnati la stima e il rispetto dei vecchi soldati di mestiere che vi hanno addestrato. Me l'hanno confidato stasera e siamo tutti fieri di voi! Avete fatto un ottimo lavoro su voi stessi, Bravi!" - concluse Tony, tra gli applausi di tutta la colonna, inorgoglita da quelle parole che avevano sentito sincere. Fu una bellissima cena d'addio, l'indomani i legionari sarebbero partiti per ricongiungersi al Capitano Denard e Tony stava bevendo con Piero del vino portoghese. Ne avevano rinvenute alcune casse in soffitta, sfuggite anche al repulisti dei servi al momento di abbandonare la fazenda. Vino rosso, leggermente moscato e molto forte, o forse era quel calore a farlo sembrare così, fatto sta che a Tony girava leggermente la testa e la lingua non era sciolta come al solito, ma che importava? Non capita tutti i giorni di salutare un fratello che parte e tutti sentivano il bisogno di una bella festa. Alcuni ragazzi organizzarono una piccola band e, tirati fuori i loro strumenti, chitarre, violini e un sax, uniti a quegli strani banjo-mandolini africani, riuscirono a coinvolgere tutti e a regalare momenti di gaia spensieratezza.

Presto riuscirono a coinvolgere anche i legionari nei canti e balli intorno al fuoco, i quali, soprattutto grazie al moscatino portoghese, diedero il

meglio di se esibendosi, con Tony, nella danza dell'orso con i calli, suscitando ilarità e simpatia verso quei veterani che, nelle lunghe serate intorno al fuoco, raccontarono di passate avventure di guerra e della dura sconfitta subita dalla Légion étrangère, nel '54, Dien Bien Pho, in Indocina, da parte dell'esercito Nord Vietnamita del Generale Giap.
Dopo quei mesi di duro addestramento il sangue ribolliva nelle vene e ricordava ai ragazzi e ragazze della Colonna di essere giovani, cosicché molti si appartavano con la loro bella. Infatti, al campo erano nate nuove coppie, come dovunque ci siano umani e Tony sorrideva al pensiero che presto ci sarebbero state anche nuove nascite, proprio lì, in quel campo e, chissà, forse anche Marçela. La quale, da qualche giorno non stava bene, vomitava spesso ... non diceva nulla, forse aspettava di saperne di più, ma quando una donna vomita, il più delle volte si tratta di un nuovo arrivo!
A Tony non sarebbe dispiaciuto, non fosse altro per avere una ragione in più per convincerla a desistere da quell'idea assurda: Un gruppetto di ragazzi contro un'intera divisione corazzata di professionisti ... Pura follia! Ma cos'è una vita senza un po' di follia?

Capitolo IV
Fim do sonho de liberdade

L'orrore si annunciò quella mattina, insieme alle prime luci dell'alba, con il rombo di tuoni lontani.

Tony, come sempre, si era svegliato con i primi chiarori, che il campo dormiva ancora.

"Strano ... - pensò - la stagione delle piogge è finita da un pezzo e si avvicina troppo rapidamente per essere un temporale ..." - con questa domanda in mente si avvicinò alla finestra, affacciandosi a scrutare il cielo. Tutto intorno era ancora immerso nell'oscurità, solo l'orizzonte era illuminato dai primi raggi del sole che si affacciava sulla savana. Aveva una buona vista Tony, ma non poteva distinguere a tanta distanza le sagome di ciò che arrivava ... Fu il sole ad avvisarlo, attraverso il bagliore dei suoi raggi sulle fusoliere e ... immediatamente urlò:

"Aerei! ... I Mig ... stanno arrivando, svegliatevi ... all'armi!" - correndo a impugnare la Luger, prima ancora d'infilarsi i pantaloni, scaricandola in aria per svegliare il campo, ma già le sentinelle, che avevano udito, stavano correndo a dare l'allarme, non ci volle molto perché tutti fossero fuori imbracciando i kalashnikov. Certo non potevano impensierire quei piloti con i fucili, ma meglio tirare comunque qualche colpo. Quando volano così bassi è dimostrato che, se il colpo colpisce le ali, che fungono anche da serbatoi di carburante, l'aereo esplode o perde carburante al punto da dover interrompere l'attacco e, se fora la carlinga e colpisce il pilota, viene abbattuto. Come fare un terno al lotto, ma è meglio di niente. Tony, infatti, si era predisposto alla finestra per fare fuoco non appena fossero arrivati a tiro. Erano una decina e, comunque, Piero e i suoi stavano correndo alle jeep, con quelle mitragliatrici potevano fornire un ottima contraerea e furono pronti all'arrivo della prima ondata. Lanciarono i razzi a bassa quota e uno colpì l'ingresso della casa, sbattendolo contro il muro alle sue spalle. Un attimo e fu di nuovo alla finestra dove iniziò a sparare sulla fusoliera del caccia più vicino. Non poteva sapere se l'aveva danneggiato, ma sapeva di essere un ottimo tiratore in ogni condizione e, certamente, la sua raffica era andata a bersaglio, così come quelle successive. Marçela era paralizzata dalla paura, com'è ovvio aspettarsi da chi stava ricevendo il suo battesimo del fuoco. Più che spaventata non sapeva cosa fare e, col suo fucile, imitava

Tony, cercando di sparare agli aerei che picchiavano sulla fazenda Cadiz. Sparava troppo tardi e senza calcolare l'avanzamento del bersaglio, velocissimo e che, certamente, non poteva colpire.
"Non stare qui Marçela ... non servi. Esci dalla casa e stai lontana dai bersagli grossi. I bombardieri mirano alle costruzioni e ai mezzi ... Porta i ragazzi tra le erbe ... allontanatevi!"
"E tu?" - urlò lei, pallida in volto, ma decisa a combattere, come tutti quei ragazzi che là sotto cercavano di sparare agli aerei in picchiata.
"Non pensare a me ... so quel che faccio. Resterò ancora qualche minuto qui, è un'ottima postazione di tiro, poi ti raggiungerò tra le erbe alte, portali li ... Subito!" - Rispose Tony, continuando a sparare. Marçela fece a tempo a gioire del fumo nero che si sprigionò dall'ultimo caccia che, allontanandosi, prese fuoco, poi si precipitò giù per le scale a fare quel che Tony le aveva chiesto.
Di sotto, Piero stava segnalandogli qualcosa che sperava di non aver capito, aveva il binocolo in mano e indicava la savana, verso Ovest, passandosi una mano aperta a taglio sotto la gola. Delle costruzioni della fazenda non c'era rimasto altro che macerie fumanti e lo stesso poteva dirsi dei mezzi che bruciavano, o perché colpiti dai razzi, o dalle mitragliatrici dei caccia, o perché incendiati da quelli vicini. Lui stesso stava in piedi sul pavimento della stanza da letto, miracolosamente rimasta in piedi, mentre il resto della casa era crollato sotto le bombe.
Si precipitò sulle scale, sperando che fossero rimaste agibili, almeno da permettergli di scendere e fu fortunato, furono gravemente danneggiate dal crollo della parete su cui poggiavano ma, grazie a Dio erano di legno e stavano su da sole. Presto fu al fianco di Piero che gli diede il binocolo così che potesse rispondere da solo alla sua domanda. La divisione corazzata Guevara era in arrivo attraverso l'altopiano. Un fronte di cinque carri avanzava e non si poteva sapere quanti ce ne fossero dietro, ma già quelli sarebbero stati più che sufficienti a spazzare via l'intera colonna. Dietro ad ogni carro c'era sicuramente la fanteria che marciava al riparo. Occorreva ripiegare subito verso l'acquitrino che, a poche miglia dalla fazenda, a Ovest, verso lo Zambesi, avrebbe reso impossibile ai carri di manovrare e di inseguirli.
Piero aveva dato ordine di montare il cannone senza rinculo sul piantone della jeep, che aveva riparato dietro le macerie del muro della costruzione principale e stavano preparandosi ad usarlo contro quei carri. Un cannone da 100 mm, se ben diretto, poteva farli saltare o danneggiarli al punto da renderli inservibili. Occorreva colpirli nel punto debole, il solito, nella congiunzione tra lo scafo e la torretta e non era certo facile. Ma Tony

ricordava che nei giorni del suo addestramento non sbagliava un colpo e questi RPG-7 erano sicuramente più precisi e potenti dei razzi lanciati dal tromboncino lanciabombe del Fucile Automatico Beretta che aveva in dotazione. C'era una cassetta di razzi e due lanciarazzi a terra, a fianco della jeep. Tony lo prese e iniziò a scegliere il suo obiettivo. Dalle erbe alte, poco distanti da ciò che restava della fazenda, anche Antonia si stava impegnando con l'RPG-7 ed era brava, colpiva sempre il bersaglio, ma nei punti sbagliati e quei bestioni necessitavano di precisione per essere fermati. Stava puntando il mirino telescopico sul primo carro alla sua sinistra, che gli appariva più avanzato e lodando col pensiero il progettista che aveva dotato quell'arma di un mirino come quello. Gli sembrava di toccarlo quel mostro ... aveva preso a sputare piombo anche dalla mitragliera e, proprio poco prima di dare la scossa al razzo, eccolo colpito da un razzo di Antonia sul cingolo destro. Il carro si girò immediatamente, mostrando il fianco sinistro e costringendo il pilota a fermare i motori perché non girasse su se stesso. L'occasione era quanto di meglio potesse sperare, non poteva sbagliare e non sbagliò! Il razzo centrò la torretta nel punto dovuto e dallo sportello superiore uscì una fiammata, quella stessa provocata dai gas combusti del razzo che avevano invaso l'interno del mezzo a oltre mille gradi di temperatura, mandando arrosto i suoi occupanti.
Fece a tempo a sentire il colpo sordo di quel 'regalino' di Denard, sputare il suo confetto da cento, prima di ricaricare il lanciarazzi e vide che anche quel tiro fu da professionisti. Anche il carro vicino saltava per aria perdendo la torretta.
Piero si voltò a cercare il consenso dell'amico ... I due si sorrisero e Tony riprese a puntare verso l'altro carro ... subito colpito da diversi razzi, almeno due lanciati dai ragazzi tra le erbe che come hanno appreso, puntavano con la gamba ad angolo retto ed il ginocchio a terra con molta precisione. Quel carro non saltò, ma si fermò, mentre il suo vicino veniva colpito dalla stessa cannonata che aveva distrutto l'altro. Due colpi quasi simultanei che se non riuscirono a forare la corazza anteriore, sballottarono parecchio l'equipaggio, convincendo il comandante a dare l'ordine di ritirarsi. Ne stavano perdendo troppi e non se lo potevano permettere.
Vedere i carri indietreggiare entusiasmò i ragazzi che si sentirono vincitori di quella prima battaglia, il loro battesimo del fuoco. Tony e i Legionari, però, sapevano che quella era solo una manovra tattica. Si stavano mettendo fuori tiro per cannoneggiare a tappeto tutta l'area che, presto, sarebbe diventata un inferno di fuoco.

Tony aveva montato un mortaio leggero e lo stesso fece Jean, mentre gli altri si affannavano a raggiungerli con casse di bombe da mortaio, era l'azione giusta da fare. Certo, occorreva l'esperienza necessaria a regolare l'alzo del mortaio, ma una volta trovata, con qualche colpo d'assaggio, la graduazione dell'alzo giusta avrebbe fatto piovere bombe sulla testa dei soldati riparati dietro i carri.
Era questo il vantaggio dato dai mortai leggeri, grande mobilità e la possibilità di superare ostacoli e ripari per far cadere le bombe dall'alto, dritte sull'obiettivo. Dopo alcuni colpi di prova che, comunque, caddero a breve distanza dai punti cercati, iniziarono la gara a chi faceva scendere più bombe nel tubo di lancio e fu difficile comprendere chi vinceva. Decine di bombe partivano una dietro l'altra col tipico sibilo dei mortai facendo presumibilmente strage dei soldati dietro i carri. Tutti loro sapevano che in quello stesso momento stavano indietreggiando a rotta di collo per portarsi immediatamente fuori tiro, prima di essere decimati. Mentre i ragazzi esultavano per la vittoria di quella loro prima battaglia e si avvicinavano alla fazenda per ricevere ordini, Piero e i suoi parlavano fitto tra loro e, quando Tony si avvicinò, lo coinvolsero nella loro discussione.
"Tony, noi stavamo decidendo se approfittare di questa ritirata per allontanarci immediatamente e passare il confine col Congo, non possiamo farci trovare qui, ne vivi ne morti. Verrebbe coinvolta la Francia e il capitano Denard non ce la perdonerebbe mai. Però lasciare questi ragazzi adesso ... ci sembra una vera viltà. Abbiamo deciso di aiutarli a indietreggiare e mettersi in salvo, magari anche loro oltre confine, quello con lo Zambia è vicino e potranno sempre rientrare passato qualche tempo e fargliela vedere. Hanno dimostrato di essere capaci di tenere testa a chiunque ..." - concluse Piero, mentre la colonna era ormai tutt'intorno, orgogliosa di sentire queste parole, anche se in francese non gli erano troppo chiare e ci pensò Tony a tradurgliele:
"Noi, vostri istruttori, siamo fieri di quel che avete fatto oggi. Questo è un giorno che ricorderete per sempre, il vostro battesimo del fuoco, che vi ha visto battervi con valore. Oggi avete capito che non perdere la testa vi mette in condizioni di non dare mai per scontata una sconfitta. Abbiamo subito danni enormi dal bombardamento aereo, la Fazenda Cadìz non esiste più. Doveva essere il vostro rifugio ma, ormai, incomprensibilmente il nemico la conosce ed anche questo territorio è inutilizzabile, off limits per voi. L'aviazione cubana avrà spesso ordine di sorvolare la zona e bombardare se vedrà insediamenti.

Li abbiamo costretti a ritirarsi, ma presto torneranno alla carica. Ricordate cosa vi fu detto nelle lezioni di tattica? ... Attacchi mordi e fuggi, da guerriglieri, mai farsi attirare in uno scontro campale e, loro, al contrario, è quello che cercano. Ora sanno che non siete gli sprovveduti che credevano e faranno qualsiasi cosa per distruggervi, per evitare di trovarsi contro gruppi di guerriglieri che, in un territorio come questo, non riuscirebbero a vincere, come non vi riuscì l'esercito coloniale che, pure, conosceva l'Angola molto meglio di loro. Oltretutto non abbiamo visto elicotteri, ma solo caccia bombardieri. I caccia non sono adatti a colpire guerriglieri sparsi tra savana e boscaglia e i Thanks sono troppo vulnerabili ai razzi e, negli acquitrini tutt'intorno, sono del tutto inutilizzabili, rischierebbero di perderli ma, quegli elicotteri sono Mill 24, noi li conosciamo, sarebbe micidiale subire un loro attacco qui. Volano raso terra e possono mitragliare e lanciare gli stessi missili degli aerei, certo, possono essere colpiti con i razzi anticarro, esattamente come avete fatto, ma sono bersagli molto più mobili e difficili da colpire, avrebbero tutto il tempo di decimarci. Ora ci ritireremo verso l'acquitrino e oltre, verso il fiume e il confine con lo Zambia. Loro rappresentano la Francia, dovranno lasciarci ... non possono essere catturati, ne vivi ne morti, perché non potrebbero essere qui, ma suggeriscono, e io sono d'accordo, di passare il confine anche voi, con loro. Qualche settimana nello Zambia e poi potrete rientrare in Angola, magari da sud, attraverso il confine della Namibia, risalendo l'Okavambo e riprendere, se vorrete, la vostra lotta o rientrare nelle vostre case. Questa è la cosa più sensata da fare. Avrete tutta la notte per decidere, intanto, però, raccogliamo i feriti e via, in marcia, più veloci che sia possibile, verso i canneti della palude. Lì avremo il vantaggio dell'invisibilità dalla nostra parte. Gli elicotteri non potranno individuarci e avremo modo di marciare abbastanza rapidamente tra le canne, verso il fiume e il confine. Se riusciremo ad evitare lo scontro fino a questa notte, con l'oscurità potremo entrare nel fiume e attraversarlo indisturbati. Coraggio adesso, pensiamo ai feriti, quelli meno gravi potremo portarli con noi, gli altri dovremo lasciarli ai cubani, sperando che abbiano l'umanità di curarli".

I ragazzi si divisero in gruppi e si misero alla ricerca dei feriti, tra le macerie e tra le erbe alte. Li portavano nel piazzale, tra le macerie e i Legionari controllavano quelli che potevano essere salvati e quelli che stavano morendo. Non c'era molto che si potesse fare per i feriti più gravi. Anche se alcuni ragazzi erano laureandi in medicina, non c'erano medicinali, né attrezzatura medica di alcun tipo che potesse aiutarli.

In breve, decine di feriti furono adagiati uno di fianco all'altro. All'apparenza solo una decina di loro se la sarebbe cavata. Avevano ferite di striscio agli arti, sarebbe bastato disinfettarle con cachassa, il distillato di canna da zucchero, e fasciarle bene, per impedire alle mosche dei cadaveri di depositare le loro larve che avrebbero provocato infezioni mortali, vista la mancanza di antibiotici.
Tony si girò di scatto, si guardò intorno. Improvvisamente si rese conto che non vedeva Marçela da quando era scesa nel piazzale, all'inizio dell'attacco e la cercò con lo sguardo tutt'intorno, ma non la vedeva.
Iniziò a chiamarla a voce sempre più alta, tra i lamenti dei feriti e i fumi dei fuochi accesi dalle esplosioni, sembrava una scena da inferno Dantesco e la sua pena aumentava man mano che le sue ricerche non davano frutto. Si fermò per cercare di calmare l'ansia che gli stringeva lo stomaco e suscitava nella sua mente pensieri esorcizzanti:
"Ma no, ora vedrò apparire la sua testa riccia che trasporta qualche ferito, figurati se non approfittava di questa occasione per fare l'eroina".
La vedeva dappertutto, con le sue labbra sorridenti e gli occhi del colore del cielo che lo guardavano dolcissimi e, appena faceva un passo in una direzione o l'altra desiderando raggiungerla per baciarla e stringerla a se, la vedeva sparire come un miraggio, lasciandolo ancora più angosciato finchè Antonio lo chiamo, con un cenno mesto del capo. Ebbe paura a raggiungerlo, ma lo fece in un lampo.
"L'hanno trovata tra le macerie ... è ferita seriamente ... chiede di te"-
Tony si gettò tra le macerie della casa, la parte che crollò per prima ... e la vide. Aveva una chiazza di sangue sul ventre che inzuppava la camicia e si allargava sotto di lei. Era pallida, sudata, ma ebbe la forza di sorriderle ancora e di pronunciare il suo nome. Si sedette sul pavimento, accanto a lei, per prenderle la testa tra le braccia e carezzarla, come faceva ogni notte da quando la incontrò. Lei lo guardò negli occhi prima di parlare.
"Tony ... Meu amor, estou a morrer, lo sento ... ho paura e già soffro all'idea di non vederti più ..."
"Sì ... anche io" - rispose lui, carezzandole i capelli. Poi chiese ad Antonio di portargli una bottiglia d'acqua. Tony sapeva che la morte dava arsura e un gran desiderio di bere e non voleva che la sua Marçela soffrisse anche per questo.
Prese un pezzo di tovaglia che l'esplosione aveva scaraventato lì vicino e la bagnò d'acqua, con la quale le rinfrescò la fronte, il viso, le labbra tanto amate.
Piero li raggiunse ... Aveva la cassetta medica e un ragazzo, quasi dottore, volle vedere la ferita. Così Tony vide lo squarcio irreparabile nel ventre di

lei e ne restò distrutto. Aveva voglia d'urlare, ma doveva stare in silenzio, farle coraggio, accompagnarla nell'ultimo viaggio del suo destino facendo in modo che possa essere sereno. Piero disse sottovoce, approfittando di un attimo di abbandono di lei, durante il quale chiuse gli occhi, per dirle:
"Tu sai fare le iniezioni Tony. Ti lascio due siringhe di morfina, sono già pronte, basta scartarle e gliela inietti dove vuoi, non sentirà più dolore, é tutto quello che si può fare" - disse l'amico, lasciando le due siringhe sull'angolo del tavolo fracassato, vicino alla sua spalla, aggiungendo - Mi dispiace Tony, davvero non credevo che fosse così importante per te. Avevi ragione tu, era in gamba".
Il dottore confermò, la ferita è troppo grave, ci fosse una sala operatoria si salverebbe facilmente, ma il sangue si sta avvelenando a causa della ferita che coinvolge lo stomaco e l'intestino. Senza la morfina avrebbe sofferto terribilmente. Purtroppo sono ferite che danno lunghe agonie. Ora le faccio io un'iniezione, l'altra la dovrai fare tu, se è ancora viva, tra due ore circa, appena comincerà a lamentare dolori" - Tony era rabbioso, ma di una rabbia fredda, che voleva trovare sollievo in un pensiero di vendetta. Vendicarsi aiuta, è vero, ma non sapeva di chi e per cosa ... era la guerra. Lui era stato addestrato fin da giovanissimo, dunque sapeva che la morte era da mettere in conto, ma così no, così no!!! ... e, all'improvviso, resto di gelo ... un idea aveva preso corpo nella sua mente ... Urlò con quanto fiato aveva in gola:
"... Antonio .... Antonio ... Antonio! - qualche minuto dopo Antonio fu davanti a lui - Una domanda e un ordine per te e una per Piero, digli che voglio parlare con lui. La domanda è ... dov'è Tòmas ... quando l'hai visto l'ultima volta ... è tra i feriti ... o tra i morti?"
"No, non è tra i morti e non lo vedo da quando ha avuto quel problema con i legionari e la radio rice-trasmittente ... Perché?" - rispose attonito Antonio ... era impallidito, forse anche nella sua mente stava prendendo forma lo stesso pensiero, orribile ma ... credibile.
"Non lo immagini? ... L'ordine è ... cercatelo e trovatelo, vivo o morto, ma prima chiamami Piero, non voglio allontanarmi da Marçela, potrebbe riaprire gli occhi e voglio che mi veda qui, accanto a lei".
"Certo Tony ..."
"Bastardo ... maledetto! ... La pagherai cara, fosse l'ultima cosa che farò in questa vita ... tu la pagherai. Ora però, non voglio sporcare questo momento pensando a te porco schifoso ... vile traditore" - pensò Tony, una volta che nella sua mente ogni tassello era andato al suo posto.
In quella arrivò Piero e guardò con compassione la povera Marçela stesa al suolo, con il busto e la testa sulle gambe di Tony. Tony non l'aveva mai

visto guardare con rispetto una donna, ma quello sembrava proprio uno sguardo di rispetto.

"E' stato Tòmas, quella vipera velenosa. Glielo lessi nello sguardo fin dal primo momento che lo vidi, cosa covava dentro. Quando l'avete trovato nella stalla, con la radio accesa, stava comunicando la nostra posizione. Uno stormo di caccia bombardieri non si sposta, precedendo una formazione di carri armati, senza obiettivi precisi. Non stavano cercandone uno, ce l'avevano ben segnalato e stavano arrivando a distruggerlo. Solo attraverso un tradimento avrebbero potuto conoscere questa posizione."

"Tòmas ... Lo devono sapere tutti, il primo che ne ha la possibilità, lo giustizierà! ... I traditori devono morire".

"Sì ... morire ... e spero di riuscire ad essere io il primo".

"Tony, sai chi sta per arrivare, non potremo reggere all'assalto dei Mill-24 e dei carri insieme. Dobbiamo rifugiarci nelle paludi e subito ..."

"Sì, certo, andate ... fate presto!"

"E tu? ... non vieni? sta morendo ormai, ha già perso conoscenza".

"E lasciare che se riapre gli occhi si veda sola, abbandonata? No, starò con lei finché sarà dentro questo corpo tanto amato. Non c'è alcun altro luogo dove potrei andare ... Ma vi raggiungerò appena sarà andata. Verso dove li porterai?"

"Entreremo negli acquitrini, al riparo dei canneti raggiungeremo il lato est delle paludi e li ci muoveremo al riparo della boscaglia fino al confine con lo Zambia. Procederemo verso est fino allo Zambesi, poi dovremo decidere se traversarlo e procedere ancora a est o scendere con lui a Sud verso lo Zambia, dipenderà da quanto sarà gonfio, ma tu ci raggiungerai senz'altro prima ... non credo che ne avrà per molto con quella ferita".

"Vi raggiungerò ... andate ora. Antonio devi fare un passaparola ... Fa che siano tutti informati a chi devono tutto questo e la morte di tanti fratelli e sorelle d'armi".

"Sì, contaci..." - rispose Antonio, arrampicandosi sulle rovine per raggiungere gli altri.

"Resterei ad attenderti, ma lo sai ... sono il comandante e devo portare in salvo i miei uomini" - disse Piero.

"Certo ... ma come mai non torni in Congo, perché vai anche tu nello Zambia?"

"La via per il Congo ci è preclusa, a ovest e NNW ci sono i cubani, non possiamo tornare da dove siamo venuti e tagliare per il Parco della Cameia allungherebbe troppo il viaggio. Meglio uscire subito nello Zambia, una volta li noi andremo a Nord verso il Congo e loro a Sud, verso

la Namibia e da lì potranno rientrare in Angola come meglio credono, anche dalla costa. E' stato già deciso ... ed è meglio che partiamo adesso. So che ti rivedrò frà ..." - concluse Tony, inchinandosi a stringere la mano di Tony.
"Finalmente soli Marçela ..." - le disse, continuando a carezzarle i capelli. Poi, notando le sue labbra aride, inumidì il fazzoletto e glielo passò delicatamente, facendo scorrere qualche goccia nella bocca. Questo la risvegliò e, nonostante la situazione, quello che Tony vide era un sorriso e quegli occhi di cielo che cercavano i suoi.
"Tony ... sto morendo?" - disse senza paura, e lui rispose:
"Sì ... meu amor, stai morendo ..."
"E ... cosa accadrà, dove andrò?" - presto lo saprai, ogni mistero ti sarà chiaro. L'unica cosa che posso dirti e che non sarai nel corpo che resterà qui con me".
"E ... dove sarò?".
"Non lo so Marçela, nessuno è mai tornato a dirlo ai vivi. Io, però, so che non sarai più qua. Vedrò la tua anima lasciare il corpo attraverso le tue labbra, con un ultimo piccolo soffio e allora ne avrò cura ... non permetterò a nessuno di toccarlo. Lo coprirò con queste pietre, quelle che ti hanno visto bambina e che ci hanno visto felici, in questi pochi giorni che valgono una vita. Ma non temere, la morte non è una nemica, non è ostile a chi soffre, ma semmai pietosa compagna del momento del trapasso. L'attenderemo assieme, non ti lascerò sola ..."
"Devi metterti in salvo ... Non farti uccidere ..."
"Non mi uccideranno, non temere, tra queste macerie non ci vedranno, anche se saremo ancora qui quando arriveranno e ... dopo, quando tu sarai andata via, saprò strisciare in mezzo a loro fino alle erbe e ai canneti della palude. Quello è il mio elemento ... Nessuno potrebbe prendermi là in mezzo."
"Non ti lascerò Tony, verrò con te, dovunque andrai ... pensi che non sia possibile?"
"Non lo so, ma credo che passare la porta dell'altra dimensione, ti separerà da chi è rimasto in questa. Ciò, però, non significa che ci si perda. Noi rivediamo tutti coloro che abbiamo incontrato nelle vite precedenti, amici e, purtroppo, nemici. Per questo certe persone ci ispirano simpatia o amore e altre antipatia e repulsione ... li riconosciamo per ciò che furono, anche se inconsciamente. Ricordi cosa ti dissi di Tomàs? ... non voglio che vai senza sapere a chi devi la fine di questa vita. E' stato Tomàs a denunciarci. Quella sera, con la radio, non cercava notizie, le stava

dando e, la notte stessa, è sparito. Non avrebbero mai potuto sorprenderci con gli aerei, senza che qualcuno gli indicasse la posizione".
"Tomàs ... ma perché? ... Tomàs ... perché ci ha voluto così male? ... Non capisco!"
"Diificile capire le storture dell'animo umano, l'unica risposta possibile è la stessa di sempre: perché è cattivo! ... un vile traditore e, alla prima occasione viene fuori la sua natura. Tenerlo tra voi è stato come allevare in casa una vipera velenosa, non puoi mai sapere quando ti morderà, ma morderà!
Questa la pagherà con la vita ... Te lo giuro meu amor, lo ucciderò con le mie mani, fosse l'ultima cosa che faccio ... gliela farò pagare ..."
Tony smise di parlare, Marçela, dopo un momento in cui lo sguardo si era appannato, per poi sforzarsi di metterlo a fuoco ... per poi spegnersi nuovamente ... era entrata in coma. Sta iniziando il suo viaggio e in quei momenti si è soli ... la mente si isola dal resto del mondo ... tutta la vita scorre come in un film. E' l'anima che la scarica per portarsela via. Tutto il resto, beni, averi, ricchezze e onori restano, ma l'essere non lascia niente di se nel corpo terreno. Tony era giunto a questa consapevolezza guardando e sentendo in altri la morte che voleva conoscere, ma non c'era che un modo per farlo davvero: ... andare con lei! e questa era una cosa che doveva venire a suo tempo, quando anche il suo viaggio fosse terminato. Continuava a bagnarle le labbra e lei succhiava il fazzoletto ... segno che c'era ancora e sentiva. Così lui prese a parlarle, a tranquillizzarla:
"Non temere, tu meriti il meglio e lo avrai. Sei morta inseguendo i tuoi ideali e porti con te un bagaglio fatto di generosità e nobiltà d'animo. Sarai ben accolta da tuoi simili e così come non sei sola adesso che parti, non lo sarai nemmeno quando nascerai alla nuova vita e noi ci rivedremo, ne sono certo!" - Tony smise di parlare, fissava le sue labbra, non succhiavano più e il suo respiro si era fatto più debole. Ecco, riconosceva il momento, stava per lasciare il corpo e lui voleva che lei vedesse il bacio con cui la salutava e, poi, le avrebbe parlato ancora. In quel momento vide il soffio, leggero, impercettibile, uscire da dentro di se ... non poteva sfuggire a Tony, si inchinò a baciarle le labbra e poi rialzò la testa guardando sopra il suo corpo:
"Vai ora Marçela ... Non ti dimenticherò mai! ... Adeu meu amor. Ricordami!"
Tony non pianse, anche se ne aveva voglia ... non ne aveva il tempo, doveva coprire il corpo di Marçela, per evitare che le iene ne facessero scempio. Ancora un attimo di carezze su quel viso che voleva imprimersi

nella memoria, poi si alzò e cominciò la sepoltura. Le mise una tovaglia sopra, poi l'anta di una porta e continuò circondandola di mattoni. Un doppio giro e poi sopra, sulla porta, tanti da rendere impossibile a iene e avvoltoi di profanarla. Del resto c'era già abbondanza di cibo nella savana lì intorno e nella stessa fazenda. Dubitava che i cubani si soffermassero a seppellire i cadaveri, con la rabbia e la premura di inseguire i superstiti che, se fossero fuggiti nella selva, avrebbero reso vana la sorpresa e quell'effimera vittoria.

Una Vittoria simile a quella di Pirro, il famoso Re dell'Epiro, che vinse contro i Romani, ma con tante perdite da renderla simile a una sconfitta.

Il rumore dei carri armati si udiva sempre più forte, ma Tony non ebbe fretta. Sapeva che, di prassi, la fanteria era già tutt'intorno alla fazenda, i carri avanzavano con le stesse mansioni dei battitori a caccia, spaventare la selvaggina e farla uscire allo scoperto, stanarla. Ma Tony non era selvaggina, semmai cacciatore e restò immobile, tra le rovine, vicino alla sua Marçela. Aspettava che si rendessero conto che la fazenda era stata abbandonata. Si sarebbero rilassati e allora avrebbe trovato il modo di abbandonarla a sua volta, raggiungendo le paludi a est. Di lì a poco la luce di alcuni fari illuminò la notte e i soldati fecero risuonare i loro passi nel silenzio, tra le rovine, per poi ricevere una serie di ordini in Spagnolo.

Il loro comandante gli chiedeva di frugare tra le rovine ... cercare feriti da far parlare. Voleva sapere dove fossero andati i ribelli ... che direzione avessero preso. Un comportamento scontato, da manuale strategico. Tony se ne rallegrò ... potrà, quindi, prevedere tutte le loro mosse.

Ora i soldati si sarebbero divisi in cerca di ribelli feriti e abbandonati e doveva nascondersi ... non voleva essere lui quello!

Avanzò verso alcuni mobili caduti giù dal piano superiore, avrebbe potuto nascondersi efficacemente sotto quel legname. Proprio in quel momento, girandosi, vide un soldato cubano affondare di baionetta contro di lui. Lanciò in avanti la gamba destra, spingendosi con quella sinistra e, nello stesso momento. allungava le braccia spingendo avanti il mitragliatore con la baionetta innestata ... Tony aveva simulato tante di quelle volte le difese possibili in quelle occasioni che fu per puro istinto, ormai acquisito come tecnica innata, che fece un balzo indietro. Troppo tardi e troppo corto per evitare di ricevere quella baionetta nelle carni, ma lui fece l'errore di non desistere e ritentare con un nuovo affondo dopo aver fatto un rapido passo in avanti ... un errore che Tony non si fece sfuggire e che fu fatale a quel soldato troppo sicuro di se. La baionetta mancò l'addome. In quell'attimo Tony ebbe il tempo di pensare con un lampo, che sarebbe morto con il ventre squarciato, come Marçela e a un passo da lei ... ma non fu così. Il dolore era stato atroce, la baionetta si era piantata nel muscolo e la punta aveva scalfito l'osso. Gli era sembrato persino di sentirla sfregare sull'osso con un brivido nella schiena. Il dolore l'aveva portato a piegarsi in avanti e, così facendo, si trovò sotto di se la testa del cubano che aveva effettuato un affondo troppo lungo ... errore da evitare sempre!

Le mani di Tony si mossero da sole, la destra impugnò saldamente il mento del soldato, mentre la sinistra si posava sulla sua nuca, un colpo secco e si udì lo scrocchio delle vertebre che si spezzavano. Cadde come un burattino cui si erano spezzati i fili. Era già morto prima di toccare il suolo. Aldilà delle macerie risuonavano i richiami. Ebbe l'idea di indossare la mimetica di quel soldato e il suo elmetto. Ma la taglia era inferiore, difficile entrare in quella tuta ed anche l'emetto era di almeno due misure più piccole. Decise di farlo lo stesso, avrebbe tagliato con la baionetta le cuciture nei punti troppo stretti. Al buio, evitando i fari, nessuno l'avrebbe notato. Lo stesso poteva fare con l'elmetto. Il reggi capo interno, in cuoio, poteva essere rimosso e lo fece. In questo modo la sola parte metallica riusciva a coprirle il capo. Impugnò l'AKM e prese anche la giberna con le cartucce e due caricatori che, come suo solito, legò strettamente rovesciati tra loro, per raddoppiare la sua autonomia di fuoco portandola a 60 colpi. Ora doveva passare attraverso le loro fila, per allontanarsi dalla fazenda verso est. Nell'oscurità di quella notte senza luna non sarebbe stato difficile, a patto di non farsi inquadrare dai riflettori. Come mosse il primo passo per arrampicarsi sulle macerie, però, il dolore alla gamba risultò lancinante e insopportabile. Vide che perdeva molto sangue. Troppo e si predispose a stringere la ferita o non sarebbe andato da nessuna parte. Poi ricordò la fiala di morfina che aveva poggiato vicino al corpo di Marçela. Gli avrebbe tolto il dolore, permettendogli di spostarsi abbastanza rapidamente da lasciare quella trappola. Prese l'astuccio e non ruppe la custodia di plastica, intendeva farne solo mezza dose. La morfina porta anche sonnolenza e lui doveva essere sveglio e con tutti i sensi all'erta, come un lupo in caccia, sia pure ferito. Avrebbe fatto l'altra mezza più avanti, se fosse stato necessario.

Senza più le fitte lancinanti che pulsavano ad ogni movimento, poté superare le macerie e vide una scena che non avrebbe mai più scordato. Centinaia di corpi giacevano composti, uno di fianco all'altro, in quello che era il piazzale della fazenda. Illuminati dalla luce dei fari, che ne davano un'immagine ancora più spettrale di quanto non fosse possibile alla semplice idea che si trattava di ragazzi ... solo dei ragazzi che volevano difendere la libertà della loro patria. Tony non poté fare a meno di sostare

sulla cima di quelle rovine e restare impietrito davanti a quella visione. Per un lungo attimo li rivedeva festanti, appena poche notti prima, intorno ai fuochi, quando lui era là con Marçela.
Si scosse, l'idea di essere catturato gli era intollerabile ... doveva vendicare anche tutti loro, non solo Marçela e, per Dio, ci sarebbe riuscito!
Scese dal cumulo di macerie, cercando di poggiare il peso sulla gamba sinistra. I soldati avevano smesso di cercare tra le rovine. Gli era ormai chiaro che non avrebbero trovato altro che morti e si stavano radunando al centro del piazzale per ricevere ordini. Questo fece buon gioco a Tony che, evitando di essere inquadrato dai fari che i carri armati sistemati tutt'intorno alla fazenda dirigevano sulle rovine, poté allontanarsi verso il lato est senza essere notato. Altrimenti era pronto a far fuoco e vender cara la pelle, ma non si sarebbe fatto prendere vivo.
In quel momento, poi, la morte non gli sembrava un idea così terribile ... avrebbe raggiunto la sua compagna e avrebbe finalmente trovato risposta a tutti i suoi perché!
Il desiderio di vendetta ... fu quello che lo portò a mettere in pratica tutto ciò che di meglio sapeva fare per passare indenne attraverso le linee nemiche. Appena superate le ultime macerie, vide carri e soldati a dividerlo dalla savana e, poco oltre, dalle paludi. I soldati, però, si stavano accampando intorno ai fuochi e i carri avevano spento i motori, presto avrebbero spento anche i fari. Decise di attendere il momento in cui lo avrebbero fatto per passare in mezzo a loro col passo del leopardo, strisciando sul ventre, appiattito al suolo e spingendo davanti a se il mitra. Lo aveva fatto tante volte in esercitazione, ma quella era la prima volta che poteva mettere alla prova la sua abilità ... ne avrebbe fatto il suo capolavoro, doveva passare!
Si rannicchiò tra le macerie ancora fumanti della stalla. Il legno aveva preso fuoco e questo gli diede modo di prendere dei pezzi di carbone ancora tiepido e strofinarseli tra le mani per poi passarsele sul viso e sulle braccia, annerendo tutto ciò che di chiaro potesse avere ... questo lo avrebbe aiutato a rendersi invisibile, in quella notte che non era completamente senza luna, stava nascendo. Le erbe intorno alla fazenda non erano molto alte, ma lui stava studiando il percorso più adatto. Proprio tra due carri e tra i due falò accesi, c'era un varco di una decina di metri. Poco, è vero, ma molto meglio di quanto sperasse di poter avere. Ora doveva solo attendere che spegnessero i fari. Aveva sentito l'ordine di sistemarsi per la notte e predisporre le sentinelle ... all'alba avrebbero proseguito l'inseguimento.

Tony avrebbe avuto tutta la notte per raggiungere il resto della colonna, ce la poteva fare e ... ce l'avrebbe fatta!
Anche i cubani, come tutti i soldati del mondo in zona operazioni, amavano le chiacchiere intorno ai fuochi e il tempo passava, mentre i fuochi iniziavano a diventare braci accese, limitando anche l'illuminazione. Aveva notato che le sentinelle erano state predisposte sui carri, sedute sulle torrette. Una buona idea, avevano una maggior visuale, erano protette e proteggevano meglio i carri da eventuali sabotaggi. Questo fu un bene anche per lui, aveva un bel varco, quasi oscuro, in cui infilarsi e con erbe e cespugli tutt'intorno che gli avrebbero permesso di nascondersi meglio alla vista delle sentinelle. Decise di muoversi e lo fece lentamente. Sapeva bene che l'occhio umano nota il movimento rapido e indovina le sagome umane, anche se non le vede ... ma non avrebbe potuto farlo se avesse strisciato appiattito sul ventre, il profilo d'ambiente sarebbe stato quello delle erbe e dei cespugli ... niente di umano sarebbe passato di lì quella notte.
Una volta lasciate le rovine si sentì più sicuro di farcela. In fondo non doveva far altro che mettere in pratica tutto quello che sapeva fare con maestria e, nel passo del leopardo, era bravissimo. Aveva dato prova più volte della sua capacità di arrivare addosso ad una sentinella senza essere ne visto ne sentito e, ora, tutto era molto più semplice: non doveva eliminare una sentinella, ma solo by-passarla ... uno scherzo.
Passò lentamente tra i due carri, due mostri d'acciaio che sembravano dormire a breve distanza da lui. Vedeva le sue mani che stringevano il fucile. Mani che, nonostante il carbone, venivano ben illuminate dai fari sistemati sulle rovine. Indovinava che se qualcuno avesse guardato nella sua direzione, stando in cima ai detriti, avrebbe visto bene la sua sagoma strisciare tra le erbe. Era, perciò, pronto a far fuoco su quel faro e su chi avesse dato l'allarme, alzandosi di corsa e, contando sulla sorpresa, avrebbe tentato di raggiungere la selva, ma non accadde niente del genere. Erano certi che i ribelli avessero avuto una dura lezione e fossero ormai ben lontani da lì. Era stata certamente una giornata durissima per tutti loro, costretti a correre dietro ai carri per chilometri e, probabilmente, anche le sentinelle di guardia si erano accucciate a sonnecchiare. Sarebbe stato sufficiente scivolare via senza far rumore e così fu. Quando gli sembrò di essersi allontanato abbastanza, si girò su se stesso senza alzarsi, per scrutare la notte e quei fari, ancora puntati, erano ormai talmente distanti che il fascio di luce si fermava sull'erba a parecchie decine di metri da lui. Poteva alzarsi in piedi ora e la fitta alla coscia gli ricordò che era ferito e che l'effetto della morfina scemava.

Si limitò a controllare la fasciatura e la rifece, con strisce della tuta mimetica, stringendola meglio. Il sangue non scorreva più e questo era bene. Non sarebbe morto dissanguato, ma non aveva antibiotici né disinfettanti e questo, in Africa, era male, malissimo ... perché si può morire per una ferita infetta che va in cancrena. Scacciò il pensiero ... ne aveva altri di ben più urgenti. Decise di procedere verso le paludi, l'acquitrino dell'esondazione di uno dei tanti affluenti dello Zambesi non era molto distante e lì sarebbe stato al sicuro e avrebbe potuto muoversi agevolmente verso est, verso il confine.
Con un po' di fortuna, l'indomani mattina, avrebbe potuto raggiungere gli altri.
Camminò speditamente, anche se leggermente claudicante, nella boscaglia. Si trovava ai confini sud della foresta di Cameia, aveva ben in mente la mappa della zona, l'aveva esaminata più volte con Marçela che adorava quei posti e, a quel pensiero, stava per piangere, ma ricacciò le lacrime ... Non era tempo di piangersi addosso, ma quello di battersi e gli occorreva tutta la concentrazione di cui era capace per uscire da quella situazione. Un quarto di luna, ora che gli occhi erano abituati all'oscurità, gli permise di vedere le sagome degli alberi e procedere più speditamente. Per quanto cercasse di non far rumore i suoi passi svegliavano scimmie e uccelli e questi suoni, alla fine, accompagnarono la sua marcia, impedendogli pensieri dolorosi. Il suo orologio segnava le tre del mattino quando la selva s'interruppe davanti ad una vasta radura, marciava da cinque ore e questo, per lui che conosceva la sua andatura, significava che aveva percorso circa 20 chilometri ... ancora cinque e sarebbe giunto alla palude. Lì sarebbe stato al sicuro dall'inseguimento dei tank. Essi, di certo, non avrebbero impiegato cinque ore a raggiungerlo, forse mezz'ora, forse meno e gli sarebbero arrivati alle spalle, con i fanti sistemati sullo scafo.
Non lì però, non nella palude. I tank e i camion sarebbero sprofondati nel fango, avrebbero dovuto aggirarla verso sud, facendo un giro di un centinaio di chilometri e cercare poi un guado dove attraversare ... non li avrebbe avuti più alle spalle. Inoltre, era un brutto momento per guadare quei fiumi con mezzi pesanti ... erano tutti gonfi d'acqua per la stagione delle piogge appena conclusa e le pianure intorno erano alluvionali, con numerosi acquitrini, come questo dove si stava infilando. Poteva rilassarsi e riposare un po', ne aveva proprio bisogno ma l'avrebbe fatto là, nell'acqua, tra i canneti, magari all'asciutto di qualche isolotto.
Nel suo ambiente, finalmente al sicuro.

Con questi pensieri rassicuranti Tony stava entrando nell'acqua bassa, giusto al ginocchio e, subito, si diresse verso i canneti. Erano fatti di canne sottili e basse, non come quelle che aveva conosciuto da bambino, ma di quelle che crescono ai tropici, in Africa, poco più che giunchi ma superavano il suo capo e lo coprivano alla vista e tanto bastava. Sapeva come muoversi in quell'ambiente lacustre e avanzava speditamente, sempre verso est. Una decina di minuti dopo si trovò davanti ad un punto asciutto. Una striscia di terra più alta sul livello dell'acqua e circondata da canneti ... il luogo ideale per sistemarsi un po' e controllare di nuovo la ferita che stava facendosi sentire in modo insopportabile. Aveva ancora indosso la mimetica cubana che, bagnata, era ancora più fastidiosa.

La tagliò con la baionetta per levarsela del tutto, aveva assolto lo scopo. In una tasca dei pantaloni c'erano delle cartucce.

"Giusto! - pensò - meglio dare una controllata, potrei trovare qualcosa di utile in tutte queste tasche".

Trovò un coltello a serramanico molto affilato e sarebbe stato sicuramente utile tenerlo. Poi, in una tasca della giacca, trovò un involto di plastica ... capì subito cos'era, Gandja ... foglie di Marijuana e alcuni spinelli già pronti, con un accendino a benzina e un pacchetto di cartine.

"Poveretto - pensò - ha avuto un brutto flash ... ma, del resto, mors tua vita mea! ... A tu muerte, enemigo!" - disse a voce alta, come per un brindisi alla sua morte, usando il suo accendino per accendersi subito uno spinello. Non era certo quello il momento di andare fuori di testa con la Marijuana ma, l'erba, aveva un effetto analgesico ed era quello di cui aveva bisogno in quel momento. La mezza fiala rimasta era meglio risparmiarla, poteva tornare utile averla ancora se la ferita si fosse infettata, perché le ferite infette si arrossano, si gonfiano e spurgano anche pus, il dolore aumenta a dismisura e, in quel caso, avrebbe dovuto cauterizzarla per evitare la cancrena.

Meglio avere quella mezza dose di morfina a disposizione, quindi, se avesse dovuto farlo.

Si sdraiò, lasciandosi andare dolcemente all'indietro, poggiando la schiena su quel morbido letto d'erbe e trovandosi davanti ad un tetto di stelle per nulla messo in ombra dai raggi di luna. Era un firmamento come solo in Africa era riuscito a vedere, o nel bel mezzo dell'oceano. Le volute di fumo e l'odore acre della Marijuana si spandevano nell'aria tutt'intorno e i suoi pensieri li inseguivano, altrettanto leggeri. Poche boccate e lo scoppiettio dei semi che bruciavano cominciarono a sembrargli cannonate e, in quella brillante oscurità, la brace accesa dalle sue tirate sembrava il lampeggio di un temporale. Non sentiva più il dolore alla gamba, sentiva delle risate in

lontananza ... il brusio di voci, troppo lontane per essere comprese, ma non per essere udite. Si riprese subito, all'armato.
"Arrivano!" - pensò, mettendosi subito seduto con tutti i sensi all'erta.
Solo il gracchiare delle rane e di qualche uccello notturno disturbava quel silenzio. Questo significava che nessuno oltre a lui era in palude, altrimenti le rane si sarebbero zittite.
"Ah ah ah ... accidenti che roba ... hai capito i cubani?" - esclamò, ridendo sottovoce. Si rese conto, infatti, che era tutto effetto di quello spinello e gli fece piacere ... aveva di che lenire il dolore, anche se perdendo un po' di lucidità che nella situazione in cui si trovava era certamente da evitare ma, dice quell'antico saggio: non si può avere la botte piena e la moglie ubriaca. L'effetto collaterale della Marijuana lo rilassò al punto da farlo addormentare. Era stata una giornata durissima, si abbandonò alle braccia di Marçela che lo venne a prendere per portarlo, mano nella mano, in un prato verde e fiorito ... stava bene, era felice e gli mostrava quel paesaggio, dicendogli:
"Vedi Tony? ... io sono qui e potresti venirci anche tu, anche subito ..." - presero a baciarsi e sembrò tutto vero, il suo sapore, il suo odore, la sua morbidezza.
La mente sempre vigile lo riportò, però, subito alla realtà.
Si mise di nuovo a sedere ... si guardò intorno e si forzò a lasciare quel giaciglio. Aveva una lunga marcia davanti ... non c'era tempo per i sogni.
Si alzò in piedi sull'isolotto, voleva scrutare tutt'intorno da una posizione più elevata. Vide l'ombra di erbe palustri a perdita d'occhio e, nella direzione che doveva prendere, verso est, alcuni piccoli canali che era possibile seguire per dover fare meno sforzo nel procedere. Traversò l'isolotto e, imbracciato l'AKM cubano, tenendolo sollevato, discese di nuovo in acqua, impegnandosi a grandi e lente falcate, per non provocare sciabordio che sulla superficie dell'acqua si diffonde a lunga distanza e, procedendo velocemente, si forzò a non pensare al dolore, ma solo alla meta da raggiungere. Avanzò così per ore ... fino a che, di fronte a lui, la lunga linea scura dell'orizzonte non iniziò a tingersi di rosa, poi divenendo arancio e riflettendo timidi bagliori sull'erba e sull'acqua. La natura si stava svegliando e, secondo i suoi calcoli, la terra ferma non doveva essere distante e con essa il campo di Piero e della colonna. Avevano appena quattro o cinque ore di vantaggio su di lui, ma trasportavano anche molti feriti e, comunque, con l'oscurità avrebbero dovuto fermarsi. Conoscendo Piero era certo che avesse agito come lui, a tappe forzate attraverso l'acquitrino, poi fare campo per passare la notte e riposare abbastanza da essere pronti a riprendere la marcia alle prime luci

dell'alba. Se accelerava il passo, forse, li avrebbe raggiunti prima che riprendessero la marcia verso il confine. Riuscì a forzare ancora l'andatura e, in breve, il livello dell'acqua arrivò a lambirgli non oltre le caviglie. Segno che stava per uscire dall'acquitrino ... presto avrebbe sentito la terra asciutta sotto i piedi e già gli sembrava di vederla davanti a se, con il primo chiarore del sole.
La raggiunse presto e si trovò davanti ad un altro problema, le basse erbe palustri avevano lasciato il passo alla boscaglia. Alberi radi, non troppo alti e non troppo fitti ma che limitavano la visione ... Come poteva fare a trovarli, dal momento che anch'essi avrebbero badato a non far rumori? Una cosa era certa, non poteva star fermo ad aspettare e così continuò nella stessa direzione. Male che andava avrebbe raggiunto il confine da solo, contava di farcela lo stesso. Avrebbe preferito, però, raggiungere la colonna, Piero e i Legionari li avrebbero lasciati al loro destino. Il loro impegno era per un addestramento e la battaglia appena vinta dimostrava che avevano assolto al meglio quell'incarico. Dovevano tornare col loro Capitano adesso e non si sarebbero fatti sviare da niente e da nessuno.
Anche Tony voleva lasciare la colonna. L'unica ragione per essere lì, con loro, era sepolta sotto un cumulo di mattoni, non ne vedeva altre, mentre ne sentiva una impellente e irrinunciabile, vendicare Marçela, tutti quei caduti e feriti e ... se stesso!
Quel traditore, quella serpe velenosa non sapeva cosa aveva scatenato, ma l'avrebbe saputo presto!
Più che vederli li sentì ... era un brusio sommesso con un sottofondo di lamenti che sembrava provenire da dietro alcuni alberi, subito oltre una piccola radura.
Sì, non potevano essere altri che loro, man mano che si avvicinava distingueva meglio le voci. Li aveva raggiunti e, oltrepassando gli ultimi cespugli, si trovò in coda alla colonna. Gli ultimi trasportavano i feriti, sistemati su barelle improvvisate con rami della foresta e giuncaglia per tenerle assieme. Alcuni lo salutarono, altri erano troppo stanchi per riuscire a farlo. Procedette verso la testa della colonna e non poté fare a meno di notare quanti, dei feriti trasportati, fossero davvero gravi e ormai irrecuperabili.
Raggiunse Antonio, accanto a Roberto e Antonia, subito dietro i legionari e Piero che chiamò.
"Ehi ... fratello, lo sapevo che non saresti rimasto a cena dai cubani ... sei ferito?" - commentò Piero, notando che zoppicava.
"Sì, ferita da taglio, una baionetta cubana, non è grave, ma ho paura che faccia infezione ..."

"Dallo pure per scontato, senza antibiotici è difficile evitare che le ferite s'infettino. Stiamo perdendo tutti i feriti per questo. Hanno la febbre alta, dovremmo abbandonarli per evitargli inutili sofferenze e, nello stesso tempo, non rallentare la marcia, ma niente da fare ... sono amici e nessuno se la sente di farlo. Ma dimmi di te ... come hai fatto, dopo l'affondo del cubano, a uscirne vivo? ... e dove sono ora?"
"Diciamo che è stata una questione a due e che ho ereditato una possibilità di fuga e questo mitra cecoslovacco ... con qualche spinello che mi ha permesso di non sentire troppo dolore. I cubani non sono alle mie spalle ... sono certo che abbiano capito dove stiamo andando e che stiano aggirando le paludi per prenderci di fianco, da Sud."
"Sì, dev'essere così, o sarebbero già arrivati".
"Manderanno sicuramente qualche elicottero a segnalare la nostra posizione. Hai visto una carta? ... quanto manca al confine?" - chiese Tony, che aveva perso l'orientamento.
"Non molto, ma abbiamo deciso di non passarlo a est, troppo distante, in queste condizioni non ci arriveremmo in tempo. Meglio puntare all'ansa più vicina dello Zambesi, ci sono segnate delle rapide, i carri non potranno passarlo ma noi, con un po' di fortuna, sì e, una volta sull'altra sponda, seguiremo la corrente verso lo Zambia. A quel punto ci separeremo, noi torniamo nel Congo e loro potranno rifugiarsi in Namibia e poi rientrare in Angola, in armi, o come studenti che rientrano dalle vacanze, decideranno loro".
"Piano perfetto no?" - disse Tony, rivolto ad Antonio e ai capi squadra.
"Sì, lo seguiremo, anche se è difficile rientrare a Luanda, o altrove in Angola, come studenti ... se è vero che Tomàs ci ha traditi, allora gli invasori sanno chi siamo e ci arresterebbero."
"Vero! E su Tomàs non dubitarne ... altrimenti dimmi dov'è. Tra i morti non c'era, tra i feriti nemmeno e non è tra voi. Dopo averlo colto con le mani sulla radio avremmo dovuto capire tutto. Vi ha denunciati in cambio dell'impunità.
Ora pensiamo a uscire da questa trappola, per il resto vedremo. Anche io lascerò la colonna con loro. Una volta in Zambia li seguirò in Congo ..."
"Ti sei deciso allora, ti unisci a noi?" - chiese Piero con piacevole sorpresa.
"No ... no. Non ho cambiato idea, ma non voglio correre rischi di essere catturato rientrando in Angola dal confine del Sud-Ovest. Voglio arrivare direttamente a Luanda ... studierò un modo ... voglio trovare Tomàs e pareggiare i conti." - nessuno commentò, nemmeno Piero, che aveva capito che importanza avesse per Tony quella ragazza. Con un gesto della mano ordinò la ripresa della marcia.

Si procedeva stando quanto più era possibile al riparo degli alberi, non volevano essere visti dagli elicotteri che avrebbero richiamato i caccia o, segnalando le coordinate della loro posizione, esporli al tiro dei cannoni dei T-54 a pochi chilometri da loro. Dovevano esserne rimasti appena tre, ma erano più che sufficienti ad annientarli.
Arrivarono, sotto il sole cocente a picco su di loro, ad un ampia radura, solo alcuni baobab millenari tutt'intorno e qualche piccolo picco roccioso che spuntava dall'erba. Erano rocce vulcaniche della Cameia, la zona in cui si trovavano. Il fiume non era distante e saltava e schiumava su quelle rocce che lo portavano a scendere dai circa mille metri di quell'altopiano, verso le grandi pianure dello Zambia ... nel bacino dello Zambesi. Decisero di fare una tappa, erano esausti e c'erano alcuni dei feriti che erano deceduti, i loro amici volevano dargli sepoltura. Un errore, ma non era possibile evitarlo, marciavano da ore e quel sole era insopportabile e anche a Tony non dispiacque, la gamba aveva ripreso a pulsare e lui si sarebbe acceso un altro spinello per metterla a tacere ancora per un po'.
"Ah ah ah ...Tony, addirittura gli spinelli ... non me lo dire, sei davvero cambiato. Non eri tu quello della lucidità ad ogni costo?" - lo redarguì Piero, osservandolo accendersi lo spinello.
"Forza di causa maggiore Piero ... la ferità fa sempre più male e non c'è che lo spinello per calmare i dolori ... o hai ancora della morfina?"
"Niente da fare Tony ... non c'è più nulla."
"Allora questa andrà benissimo ..." - rispose Tony aspirando il fumo.
"Fammi vedere la ferita ... te la sbendo" - rispose l'amico, prendendogli lo spinello per farci due tirate anche lui.
Accidenti Tony, si è infettata ... lo credo che ti fa male. Ci vorrebbe dell'antibiotico e tanto, altrimenti rischi di perderla o ti avvelenerà il sangue."
"Non lo farà ... il mio sistema immunitario è forte, potrebbe farcela a vincere l'infezione. Altrimenti la cauterizzerò col fuoco questa notte stessa!"
"Possiamo metterci della cachaça, è alcool di canna, aiuterà a disinfettare, ne abbiamo parecchie bottiglie" - e andò a procurarsene una per bagnargli le bende. Avrebbero evitato che le mosche depositassero le loro larve sulla ferita.
Tony cercò di sistemarsi all'ombra di quel monumento della natura, poggiandosi su una radice sporgente. Aveva proprio bisogno di riposo, ma non ne ebbe. Arrivarono gli elicotteri, fu dato l'ordine di nascondersi alla vista e non sarebbe stato difficile con quegli alberi tutt'intorno, ma qualcuno ebbe l'idea di tentare di abbatterne uno col lanciarazzi ed ebbe

fortuna. Lo prese e lo videro esplodere, ma questo permise agli altri due di mitragliare tra gli alberi, uccidendo e ferendo molti di loro e, cosa ancora peggiore, avevano le coordinate della loro posizione e, poco dopo, arrivarono le cannonate.
Durò per tutto il pomeriggio, fino a sera. Non attaccarono, rimasero a distanza, fuori portata dei lanciarazzi che avevano visto essere maneggiati così bene. Ma la colonna era, invece, a tiro dei loro cannoni e martellarono quella radura a intervalli regolari. Il posto era divenuto un antro dell'inferno, cespugli e alberi colpiti bruciavano e, il puzzo di bruciato si univa a quello delle carni dilaniate dalle esplosioni e dal fuoco. Era orribile e non c'era niente che potessero fare, solo stare al riparo e aspettare l'oscurità.
Un senso d'impotenza che rendeva rabbiosi anche quei ragazzi che avrebbero voluto avere un nemico contro cui battersi, ma l'abilità del comandante cubano gliel'aveva tolto. In quell'ambiente sapeva che avrebbe avuto contro i suoi stessi mezzi corazzati ed espugnare quella sorta di fortino, che lui stesso aveva disseminato, con le cannonate, di tronchi abbattuti, gli sarebbe costato caro. Rischiava di farsi decimare le truppe.
Preferiva attuare una tattica antica e sempre vincente: l'assedio!
Non attaccava e non attaccherà, se non quando la fame e la sete non avranno ridotto la resistenza della colonna a meno di niente.
Questo fu presto chiaro a Tony e ai Legionari. Dei professionisti indovinano dalle poche mosse del nemico quali sono le tattiche e le strategie messe in campo e stavano pensando a come evitare quella trappola.
L'unica soluzione era portare avanti il piano che avevano già studiato. Dovevano raggiungere il fiume nottetempo, passarlo e, una volta sulla riva opposta, scendere a sud, verso il vicino confine con lo Zambia.
Il problema era che, in quel punto, avrebbero trovato davanti a se le rapide e si rischiava di sfracellarsi tutti, sbattuti dalla corrente vorticosa sulle rocce affioranti. Tony capì a quelle parole cos'era quella specie di ronzio sordo che aveva nelle orecchie. Il rombo e le esplosioni dei cannoni lo copriva, ma appena facevano silenzio, quel sottofondo non cessava. Era il rombo delle rapide.
Di nuovo quella sensazione ... come se segnassero un appuntamento col destino. Tappe da raggiungere nel corso della vita ... e le avrebbe raggiunte tutte, anche questa. Si lasciò andare con la schiena all'indietro, a trovare il sostegno del tronco del baobab sotto il quale aveva cercato

riparo. La gamba faceva dannatamente male ... riprese a fumare, era stordito, ma meglio così.
Aveva già deciso che quella notte avrebbe cauterizzato la ferita, non voleva perdere la gamba, ma nemmeno farsi avvelenare il sangue dalla cancrena. Sentiva freddo nonostante quel sole, capiva bene che questo significava una cosa sola, che aveva la febbre. L'infezione avanzava e l'organismo cercava di uccidere i batteri alzando la temperatura corporea. Doveva aiutarlo cauterizzando e cicatrizzando la ferita.
Guardava le volute di fumo e l'effetto della Gandja lo faceva sorridere.
Sentiva l'ironia di tutta quella situazione ... si chiedeva a voce alta:
"Ma che cazzo ci faccio qui?" - per poi ridere a crepapelle, rideva di se stesso, rideva di tutti gli altri. Vedeva tutti come attori impazziti che vagavano nel palcoscenico di una tragedia dai tratti comici ... poi si assopì.
Si risvegliò che il sole era tramontato, la notte buia, con la falce di luna che veniva oscurata da nuvole che correvano spinte dal vento d'alta quota ma nemmeno un soffio d'aria per loro laggiù.
Guardava nel buio, nello sforzo di vedere qualcosa, ma riusciva solo a distinguere i fantasmi della sua vita. Rivedeva come su uno schermo del cinema tutti coloro che avevano incrociato il suo destino, la sua vita ... la madre, il padre, lui stesso bambino, gli amici, le amiche e le donne ... tutte bellissime, sorridenti, felici, anche le ultime ... Inge, elegantissima nel suo frak e Marçela, che non aveva più una vita da viver ... o si? Secondo le sue convinzioni la risposta era sì, ma i dubbi, quelli non si lasciavano allontanare. Ritornavano sempre, più forti che mai.
Nel delirio ebbe l'idea di chiederlo alla morte.
"Sì, proprio così, lo chiederò alla morte ... è qui intorno. Come potrebbe non esserci, con tutti questi feriti in attesa di lei e quelli che se ne sono appena andati. Devo solo cercarla ... è qui, la troverò ..." - fece per alzarsi, ma non ce la fece. Il dolore era troppo, eppure doveva farlo ma non per cercare la morte, ma legna, legna per il fuoco con il quale arroventare la baionetta e cauterizzare la ferita. Doveva essere rovente o non sarebbe servito a niente.
Appena acceso il fuoco, si sarebbe fatta la restante dose di morfina, l'avrebbe aiutato. Non fu difficile in quello sfacelo trovare un fuoco acceso, c'erano addirittura carboni ancora fumanti tutt'intorno e alcuni l'avevano già acceso per la notte. Prima di alzarsi e dirigersi verso uno dei bivacchi, si preparò la fiala, dopo avere scoperto la coscia, rossa, gonfia, con delle larve che si muovevano nel pus.
Uno spettacolo che lo spaventò ... e lo incoraggiò ad andare avanti, non aveva scelta ... Poi ricordò. La memoria lo riportò indietro nel tempo,

bambino, con suo padre e a quella ferita su una coscia, cauterizzata non con la baionetta, ma con la cordite.
"Giusto, la cordite ... cosa stavo facendo? La baionetta brucerebbe in superficie, magari lasciando larve e pus sotto la crosta, devo aprire una cartuccia e tirare fuori la cordite. Quella, sistemata per bene sulla ferita e poi avvicinata dal fuoco, avrebbe fatto una fiammata di pochi secondi bruciando e seccando tutto" - pensò.
Si fece subito l'iniezione sulla coscia e, appena sentì il dolore calare, si alzò per raggiungere il fuoco più vicino.
Uno stordimento improvviso, una vertigine, un gran senso di confusione. Aprì gli occhi, vedendo tutti quei morti intorno al fuoco o, forse, dormivano.
No, erano morti, nessuno dorme con gli occhi aperti e spenti in quel modo.
Guardò la sua coscia, era ben bendata, zuppa di cachaça e ... aveva già fatto tutto! Aveva già cauterizzato la ferita ... non se n'era accorto?
No, riprese coscienza e ricordò, se n'era accorto eccome, ma aveva perso i sensi dopo essersi bendato stretto la coscia e bagnandola di acqua vite.
Ora doveva solo aspettare che la febbre calasse.
Tremava violentemente, sentiva freddo e si avvicinò al fuoco ... chiuse gli occhi ... se fosse riuscito a dormire un altro po', tanto meglio.
Li aprì subito dopo, svegliato da un fruscio, un movimento leggero intorno a se ... qualcuno si spostava tra i morti. Vide una sagoma scura, alta ... la chiamò:
"Chi sei?" - non ottenendo nessuna risposta. La vedeva camminare tra i corpi, a volte s'inchinava, sembrava guardarli negli occhi, poi si rialzava e procedeva oltre, incurante dei suoi richiami.
"Fermati, chi sei?" - insistette Tony.
E quella figura, allora ... si girò e Tony la vide in volto, anzi, non vide nessun volto. Dove doveva esserci un volto c'era solo la sagoma scura degli occhi e, per il resto, la pallida luce della luna, nient'altro. Allora capì, o gli sembrò di capire e chiese sottovoce:
"Sei tu la morte?"
"Sì ... sono io ... mi cercavi? ... eccomi!" - rispose, restando in piedi, immobile, tra tutti quei morti finalmente in pace. Tony restò interdetto, voleva incontrarla per farle delle domande, ma ora che ce l'aveva davanti era come impietrito. Stranamente non per la paura di trovarsi davanti alla morte, ma delle risposte che avrebbe potuto dargli. Tuttavia non voleva e non poteva sprecare un occasione così e prese a commentare:
"Sono così giovani ... non hanno vissuto, perché li hai presi?"

Lei si girò verso di lui e da quella luce sembrò uscire un'espressione di sorpresa.
"Per pietà ... soffrivano troppo e il loro corpo era stato danneggiato oltre misura, per poter funzionare ancora!"
"Per pietà? ... tu, la morte ... che provi pietà per le tue vittime?"
"Io non faccio vittime, ... Voi fate vittime, tu fai vittime ... Non io ... io non servo il male, io arrivo a liberare le anime che soffrono."
Tony restò senza parole. Poi le tornò alle labbra la domanda che voleva farle:
"Dov'è Marçela?" - chiese a bruciapelo, ma lei fu più furba.
"Non qui!"
"Però è altrove!"
"Però non è qui!" - insistette lei.
"Ma perché dev'essere segreto dove vanno i nostri cari defunti?"
"Per poter vivere questa vita!" - rispose lei.
Allora ... non sei qui per me ..."
"No, non sono qui per te ..."
"Puoi darmi un indizio su quando verrà il mio giorno? Potrebbe essermi utile saperlo."
"Tu lo sai già, l'hai chiesto e qualcuno ti ha risposto ... ma quasi nessuno capisce le risposte!"
A quelle parole Tony ebbe un sobbalzo ... il sogno. Sì, ti ho sognato, è vero, allora eri davvero tu e quell'uomo dai capelli bianchi immerso in quell'acqua colore del cielo notturno ero io ... allora, significa che arriverò ad avere i capelli bianchi?" - chiese ancora, rivolto alla morte, ma lei non disse una parola, né fece un gesto ma, guardandola in volto, in quel volto invisibile, a Tony sembrò che sorridesse o, forse, faceva da specchio a lui, felice di quell'incontro.
"Dunque ... non devo temere la morte, è questo che vuoi dirmi?" - chiese.
"Non temermi ... Non temere la morte, senza di essa non saresti mai nato. Non avresti potuto essere ciò che sei, né potresti essere ciò che sarai!" - rispose lei, senza emettere alcun suono. Si rese conto che quella voce, in realtà, proveniva da dentro di lui, come quelle che sentiva, a volte, rispondere alle sue domande.
Tony avrebbe voluto parlare ancora con quello strano essere, ma pronunciò quelle parole mentre svaniva nel nulla, essenza di puro spirito, sazio delle anime che aveva liberato. Aveva detto il vero però, da tempo aveva avuto la sensazione che qualcuno lo aiutasse, mandandogli anche dei segni e dei sogni, che non sempre riusciva a interpretare, non subito almeno, ma poi ne scopriva il significato e risultavano essere tutti segnali

da ... dall'aldilà! ed anche questo, con il quale le diceva che avrebbe raggiunto l'età dei capelli bianchi ... senza l'aiuto della ... signora morte, non l'avrebbe capito.
Anche questo messaggio era un segno da interpretare. Ne registrò ogni parola nella memoria, ci sarebbe tornato su a meditarci ... magari in alto mare, dove aveva tempo per questo genere di attività.
Era nella merda fino al collo, eppure ... si sentiva felice ed il perché era ovvio. Ora sapeva che avrebbe rivisto il mare oceano, respirato quell'aria salmastra, guardato l'orizzonte, l'alba sull'immensità e i tramonti nella stagione dei monsoni, sul canale di Singapore che coloravano le nuvole di tutti i colori dell'arcobaleno per mutarli completamente ad ogni battito di ciglia ... Cosa restava da fare, dunque? ... Uscire da quella trappola e passare le rapide dello Zambesi in piena? A Tony scappò da ridere e disse tra le risate:
"Sei proprio pazzo, dai retta a me ... pazzo da legare!" - poi si sedette a riflettere. La situazione peggio di così non poteva essere, ma l'unica via di fuga, attraversare lo Zambesi, non era un impresa impossibile. A patto di non farlo di giorno, sotto il tiro delle mitragliatrici cubane. Bisognava partire subito, non se lo aspettano e, alle prime luci dell'alba, sarebbero stati sulla riva del fiume, pronti a passare sull'altra sponda, in salvo.
Cercò Piero e gli altri capisquadra della colonna. Era ancora febbricitante ma stava molto meglio, segno che l'infezione era debellata, anche se la gamba faceva ancora male.
Li trovò intorno allo stesso falò che discutevano e spiegò la sua idea aggiungendo:
"Da bambino il mio gioco preferito era attraversare a nuoto il fiume in piena. Sapevo farlo e posso rifarlo portandomi dietro una corda. Dev'essere abbastanza lunga da permettere di fissarne un capo sull'altra sponda, in modo che ognuno, dopo, tenendosi aggrappato ad essa possa traversare le rapide senza il pericolo di esserne travolto e schiantato sulle rocce. Cosa ve ne sembra?"
"Sembra una buona idea ... c'è gente che non sa nemmeno nuotare qui, ma saprà tenersi aggrappato ad una corda" - rispose Antonio.
"Forse si potrà costruire anche delle barelle da far scorrere sulle corde per far traversare anche ai feriti, abbiamo un bel po' di corde sui nostri mezzi, giungendole assieme potremo arrivare a coprire la larghezza del fiume, non è molto largo in questo punto e ne avanzerà abbastanza per le barelle di fortuna" - disse Piero che aveva afferrato l'idea, anche se espressa in portoghese.
"Quali mezzi Piero? ... non avete lasciato tutto alla fazenda?"

"I mezzi della legione? ... jamais! Abbiamo portato con noi le jeep, il camion, purtroppo, è stato colpito, ma sulle jeep abbiamo corde e cavi per ogni evenienza e caviglie per fare giunzioni a prova di tutto".
"Vive la Legion! "- rispose Tony, sorpreso ma felice di quella notizia.
Sì, ce l'avrebbero fatta - Un'ultima cosa ... occorre farlo subito, partire adesso, di notte. Dobbiamo muoverci per essere sul fiume prima che sia completamente giorno altrimenti ci vedrebbero e bombarderebbero. Quando scopriranno che siamo corsi verso il fiume, dovremo già essere tutti dall'altra parte o quasi!"
Era la cosa giusta da farsi e concordarono tutti, dividendosi per il campo per ordinare i preparativi alla partenza. Tony sarebbe andato avanti con le jeep per essere già lì, a trovare il percorso migliore e, se la luce lo permetterà, a passare dall'altra parte, con la fune legata in vita, prima ancora del sorgere del sole. Caricò il suo AKM, appena ereditato, sulla jeep di Piero e attese che decidesse di partire. Doveva procedere a fari spenti e, per non perdere il mezzo, procedere a passo d'uomo ma era certo meglio che farsela a piedi, con quella gamba.
Il futuro si rischiarava sempre più. Anche se quei mostri erano sempre lì, in agguato intorno a loro, pronti a mordere, ora avevano qualche chance e l'avrebbero saputa sfruttare.

Capitolo V
Zambesi

Il tragitto nella notte fu meno difficoltoso di quanto ritenessero, il fragore delle rapide li guidava nella giusta direzione e la natura intorno al fiume era clemente. Il suolo non era troppo accidentato e, sia pure a passo d'uomo, arrivarono di fronte alle rapide senza intoppi.

"Eccomi, sono arrivato!" - pensò Tony, in piedi sulla riva, davanti alla spuma dell'acqua sbattuta sulle rocce che i raggi della luna rendevano luminescente. Guardava il fiume e cercava di calcolare, attraverso lo sguardo attento, un percorso più facile ... ma non c'era.

Poteva, però, profittare di tre grandi massi rocciosi che si ergevano dalle rapide, in linea obliqua rispetto al fiume, per dividere la traversata in diversi tratti. Giacché quelle rocce, più grandi delle altre e affioranti tra la spuma, dividendo quella distanza in tre parti ed essendo anche equamente distanziate tra loro, gli permettevano di dividere sforzo e rischi, decise di tentare la traversata proprio in quel punto.

Questo gli avrebbe permesso di riposare, in caso la gamba l'avesse tradito e avrebbe visto ridursi di molto i rischi di essere travolto dalla corrente, davvero impetuosa, dello Zambesi in piena.

Non poteva calcolare la forza di quella corrente se non quando sarebbe stato troppo tardi per rimediare, cioè una volta affrontata, ma ... se ne avesse mancata una, avrebbe avuto comunque le stesse chance di riuscire a proseguire verso la sponda opposta o verso un'altra roccia successiva.

Si sentì pronto a tentare, del resto non aveva alcuna scelta ... all'alba sarebbero arrivati aerei e carri e sarebbe stato tutto finito. Sull'altra intravvedeva la sagoma scura di una folta foresta, i carri non avrebbero potuto raggiungerli e i caccia non avrebbero potuto vederli, così come i potenti cannoni dei Thanks.

Prese la lunga fune preparata da Piero e se la legò in vita. Piero lo seguì con quella, mentre lui cercava il punto che sentiva giusto. Guardava il fiume e lo ascoltava, come se lui stesso gli suggerisse il punto esatto. Stava rivivendo uno dei suoi dejavue, quel rombo nelle orecchie che lo ossessionava fin da ragazzino ecco perché ... per essere pronto adesso, quando fosse arrivato fin qui!

Una sensazione magnifica lo pervadeva. La consapevolezza che tutto era scritto ... che non era lì per caso ma per affrontare quelle rapide e sfuggire

alla morte. Era certo di potercela fare ... ma non per questo di farcela davvero. Doveva mettercela tutta e si sentì davvero pronto.
Si lanciò in acqua e iniziò subito a nuotare con forza, ma senza fare troppa resistenza alla corrente, solo assecondandola e guidandosi verso il centro del fiume. Arrivò presto alla grande roccia che aveva individuato e aveva visto giusto, era liscia e poteva issarsi su di essa a riposare un po'.
Era meglio non avere fretta, non poteva sbagliare, se fosse stato trascinato via dalle rapide, anche salvandosi dal finire sfracellato sulle rocce, sarebbe stato portato dove il fiume si allarga e le rapide finiscono e, in quei punti, è infestato di coccodrilli che attendono i regali della piena per banchettare ... non aveva nessuna intenzione di diventare una di quelle carcasse. Prese la distanza, controllò di avere abbastanza corda a disposizione e si lanciò di nuovo in acqua. Altre frenetiche bracciate e fu su un altro scoglio, più piccolo, ma gli permetteva di aggrapparsi e riposare un po', aveva oltrepassato la metà del fiume ... ebbe un sospiro di soddisfazione, ora poteva dirselo, aveva avuto paura di non farcela, questo era dieci volte più largo del fiume della sua infanzia e la corrente era molto più potente. Ora, però, seduto su quella roccia, guardando la distanza percorsa e quella che gli restava da fare, non aveva più dubbi che, tra mezz'ora al massimo, sarebbe arrivato dall'altra parte, a legare la cima a una pianta robusta.
Era l'ultimo salto ... non c'erano punti d'appoggio tra lui e la riva. Decise di usare la tattica di sempre, quella che ricordava benissimo: assecondare la corrente tagliandola, senza opporsi ad essa. Avrebbe toccato la sponda più a valle ma ... che importava? L'importante era arrivarci, avrebbe ben potuto risalirla a piedi, poi, per agganciare la corda in linea retta.
Nuotò vigorosamente, senza riuscire a vedere dove si trovasse e senza tentare di chiederselo. Nuotò fino a che le mani non sbatterono sulla vegetazione della riva, alla quale si aggrappò immediatamente per non farsi trascinare via, una volta smesso di nuotare.
La corrente aveva scavato la terra in quel punto, rendendola concava e togliendogli ogni presa possibile a parte qualche fragile ramo di cespugli a pelo d'acqua, non abbastanza robusti da reggerlo, niente che potesse aiutarlo a issarsi sulla riva, all'asciutto. Non si perse d'animo, si lasciò andare a valle lentamente, badando di restare ben addossato alla sponda, per non essere trascinato di nuovo verso il centro del fiume, come la corrente tentava di fare. Cercava una radice di qualche albero sulla riva, attraverso la quale potersi issare fuori dal fiume e se la trovò tra le mani all'improvviso, non se la fece scappare e, con pochi strattoni, fu all'asciutto. Nonostante il dolore alla gamba che non ascoltò ... aveva

retto fin lì, poteva reggere ancora. Si lasciò andare sull'erba, abbracciandola e affondando le dita sulla morbida terra, a riprendere fiato, respirandone l'odore, godendoselo come il profumo della vittoria. Poi si alzò in piedi a guardare verso la riva che aveva lasciato. La figura di Piero, in piedi, era ben in evidenza ... ne sentiva i richiami tra il fragore dell'acqua, ma non aveva fiato per rispondere. Si alzò in piedi e agitò le braccia per fargli capire che stava bene ... era fatta.
Senza togliersi la fune dalla vita, temendo di farsela strappare dalle rapide che la tenevano in tiro, prese a risalire la sponda, considerando che le rocce che avevano aiutato lui, avrebbero reso più facile la traversata anche agli altri. Raggiunto un albero dall'aspetto abbastanza robusto si tolse la fune dalla vita e la legò al tronco di quello stesso albero.
Poi gridò a Piero che era legata e poteva metterla in tiro e la vide sollevarsi sopra il pelo dell'acqua. La stavano tirando almeno in quattro e, dopo averla passata sopra il ramo di un albero per sollevarla da quel lato, la fissarono al gancio di una jeep che, con un po’ di retromarcia, la tese come fosse quella dei ponti di corde. In effetti, adesso, con qualche passaggio e un po’ di corde avrebbero potuto fare anche un ponte, ma non ne avevano nessuna intenzione. Anzi, appena passato l'ultimo dei loro, sarebbe stato tagliato tutto.
Tony si lascio andare sull'erba, aveva bisogno di rilassarsi un po', anche quella si stava presentando come una giornata di tutto rispetto dal punto di vista delle emozioni, oltre che delle fatiche. Di buono c'era che la ferita faceva ancora male, è vero, ma niente rispetto alla sera prima e stava tornando alla lucidità mentale che gli era solita. Gli venne da sorridere al pensiero dei deliri appena vissuti, anche se, come sempre, avrebbe fatto tesoro di quanto di nuovo aveva appreso. Si alzò a sedere e scrutò la notte, che cominciava a rivelare un accenno d'albore per vedere cosa stava succedendo dall'altro lato.
Capì, quando vide i primi feriti scorrere in scivolata sulla fune, ben avvinti da un imbragatura al gancio della jeep, che gli permetteva di volare sul cavo ed essere frenati, poco prima dell'arrivo, dalla fune di ritorno che Piero aveva ben stretta in pugno. In questo modo, in pochi minuti, i feriti che fu possibile trasportare erano passati sull'altra sponda e iniziarono ad arrivare quelli che potevano scendere in acqua e agganciarsi con le mani alla fune, per evitare di venir trascinati via dalla corrente.
Tony guardava il fiume e pensava:
"Un bel lavoro, non c'è che dire ... ma dove sarebbe questo bel lavoro senza quel ragazzino che si lanciava nel fiume in piena per il puro gusto di attraversarlo? ... Poi dicono che i dejavue non esistono, sono solo

allucinazioni del cervello umano ... Bah! ... e io, allora, tutte quelle sensazioni che mi avvolgevano ogni volta che sentivo il rombo dell'acqua che scorreva, le dovrei considerare solo allucinazioni? ... ma le allucinazioni passano, svaniscono ... Dunque, perché questa è ancora qui?! Per fortuna che non ci ho mai creduto che fossero solo allucinazioni, altrimenti non avrei mai superato tutto questo ... sarei morto qui, se non già molto tempo prima ..." - concluse soddisfatto.
Bagnati, spaventati, affamati ... ma stavano arrivando tutti e il sole faceva capolino con la sua corona sull'orizzonte. Il fiume non era più scuro come il cielo della notte, la spuma delle rapide brillava, colpita nella sua corsa furiosa dai primi raggi.
Era l'alba di un nuovo giorno.
Antonio stava spingendo ogni nuovo arrivo tra gli alberi, nella foresta. Sarebbero stati invisibili agli elicotteri e a chiunque stesse arrivando.
Poi la sorpresa, l'ultimo si presentò davanti a lui con un foglio di carta e glielo consegnò, dicendo che veniva da Piero. Lo aprì e iniziò a leggere:
Ciao Frà, noi abbiamo deciso che non possiamo lasciare le nostre jeep, materiale della Legione, al nemico ... e nemmeno possiamo fargli passare il fiume. Così, visto che siamo a qualche ora di viaggio dal confine a Nord con lo Zambia, che le nostre jeep sono ben carrozzate e abbiamo munizioni a sufficienza, abbiamo deciso di procedere su questo lato del fiume e guadarlo alla prima occasione. Poi, dallo Zambia, entrare in Congo è una passeggiata e raggiungeremo i nostri in pochi giorni. Molla la fune, potrebbe servirci ancora. Buona fortuna Frà, spero di rivederti. Piero" - appena lette queste parole Tony alzò lo sguardo e lo vide in piedi sull'altro lato che salutava, ormai la visibilità era buona. Slegò la fune e la lasciò cadere in acqua, mentre i legionari, dall'altra sponda, la tiravano a se ...
"Ciao Frà ... Suerte anche a te!" - gridò, alzando le braccia in segno di saluto, anche se il rombo dell'acqua non avrebbe potuto far udire il suo saluto ... lo sentiva lui e tanto gli bastava.
Marciare al coperto degli alberi della boscaglia era più agevole, il sole non picchiava maledettamente forte sulle spalle e sul capo e ci si sentiva al sicuro da brutte sorprese ... ne avevano avute abbastanza in quei giorni.
Procedevano sentendo sempre il rombo delle rapide sulla loro destra e questo li avrebbe condotti presto in Zambia. Non avrebbero trovato varchi doganali e nessuna indicazione, ma calcolarono, in base alla mappa, che a sera sarebbero stati sicuramente oltre i confini dello Zambia.
La marcia, che procedeva in discesa, era più agevole. Stavano scendendo dall'altopiano, giù, verso il bacino dello Zambesi, era questo che provocava quelle rapide turbolente, la discesa a valle. La natura mutava

rapidamente, non più la selva, alberi radi e radure erbose, ma foresta rigogliosa, a volte tanto fitta da disturbare la marcia. Antonio lo raggiunse e disse con un sorriso:
"Siamo in Zambia Tony".
"Siamo riusciti a sganciarci ... è una buona notizia, dillo ai ragazzi, li rincuorerà".
"Lo hanno già saputo attraverso il passaparola".
"Devono sentirlo dire da te, se vuoi essere il loro leader! - lo riprese Tony - devi fermare la marcia per una sosta, ne abbiamo tutti bisogno, e parlare ai tuoi guerriglieri, fare il punto della situazione e sentire le opinioni. Dovrete decidere cosa fare ora, che direzione prendere ... questo significa essere il leader".
"Hai ragione ... dirò che alla prossima radura ci fermiamo a riposare e in quella parleremo" - approvò Antonio, avanzando di nuovo verso la testa della colonna. Tony era rimasto in coda, un po' per il dolore alla gamba che, anche se sopportabile, lo costringeva a rallentare il passo ma, soprattutto, perché era impegnato con i suoi pensieri. Cercava di concentrarsi verso l'interno di se ... voleva conoscere l'essere che, stando dentro di lui, l'aiutava a seguire la retta via, quella che doveva portarlo verso il destino che l'attendeva e che gli era ancora sconosciuto ... ma non a lui. Chiunque fosse, lui sapeva, altrimenti come potrebbe guidarlo così? Aveva avuto più volte l'impressione che cercasse di comunicare con lui, ma non riusciva a farlo. Come se si parlassero lingue differenti ed allora gli inviava sogni, visioni, segni che occorreva interpretare. Forse, se concentrandosi riuscisse ad avvicinarsi a lui, là dove risiedeva, si sarebbero finalmente potuti incontrare, conoscersi, anzi, conoscerlo, perché l'essere a lui lo conosceva bene, eccome! Per quanto si sforzasse, però, nessun contatto veniva stabilito e nemmeno segni o visioni. Sempre così, arriva quando vuole e scatena immagini e sensazioni senza preavviso, nei momenti più disparati, poi ... sparisce di nuovo. Rinunciò, quindi, a cercare di raggiungerlo, era come se, nel percorso verso l'interno, ci fosse una porta sprangata e troppo robusta perché possa essere abbattuta. Per tenere impegnata la mente in altre attività che non fossero quelle di compatirsi per il dolore, la stanchezza, la fame ... si dedico a chiedersi chi potesse essere quell'amico e come faceva spesso, ne parlava con se stesso.
"Se fossi un Cristiano Cattolico e praticante non avrei dubbi, è l'Angelo custode. Il mio Angelo Custode che veglia su di me e mi aiuta nei momenti difficili. Ma io non sono praticante e, anche se sono Cristiano, sono abbastanza scettico su tante convinzioni e, per credere che quello sia

l'Angelo Custode, come minimo dovrei vederlo come viene rappresentato, con lunghi capelli e grandi ali bianche e non l'ho mai visto così, nemmeno in sogno. Non può essere un demone, dal momento che mi spinge a fare cose utili alla mia salvezza, andando sempre verso la giusta direzione. Anche i Buddisti credono che ci siano spiriti guida ... Evidentemente non sono il solo a vivere esperienze simili e tutto quello che conta adesso, è la consapevolezza che mi conviene seguire i suoi consigli, qualunque sia il modo di comunicarmeli che escogita ... l'importante è riconoscerli per avere la certezza che giungono da lui. Prima o poi capirò dove vuole andare a parare"- bofonchiò, chiudendo quella conversazione con se stesso. La Colonna si era fermata in una radura di quelle fatte dagli elefanti, abbattendo alberi a colpi di zanne e di proboscidi, e si stavano sistemando tra le erbe per riposare.
Antonio avrebbe parlato e deciso, insieme con loro, il loro destino.
Tony aveva già deciso per il suo. Appena avessero incontrato un villaggio abitato, si sarebbe sganciato per raggiungere il Congo.
Dallo Zambia era facile, avevano un grande confine in comune a Nord.
Si sentiva ormai distaccato da tutta quella situazione, non più coinvolto, come gli accade quando vuole cambiare tutto e, ognuno di loro gli ricordava Marçela.
Restò seduto in disparte, non ascoltò nemmeno quello che si dicevano, non lo riguardava più. Antonio lo raggiunse con Antonia e Roberto, per comunicargli che avevano deciso di rientrare in Angola e che volevano spostarsi verso ovest, fino a trovare un buon passo di frontiera libero dall'occupazione militare. Avrebbero poi deciso se unirsi all'UNITA o continuare da soli ...
"State alla larga dall'UNITA ... quelli non vogliono i cubani, come non volevano i portoghesi e ... non vogliono nemmeno voi!"
"Che cosa consigli allora?" - chiese Antonia, sperando di sentirgli indicare una soluzione.
"Io vi ho consigliato di tornarvene a casa e lasciar perdere la guerra, ma non l'avete fatto e siete stati addestrati. Sapete combattere ora, ma non avete appoggi, nessuna possibilità logistica. Come combatterete senza viveri, senza un rifugio, senza medicinali e senza munizioni. Avete perso tutto nella fazenda e per combattere ci vogliono appoggi.
Jonas Savimbi, per la sua UNITA, prende finanziamenti dalla Cina, ma anche dal Sud Africa e dalla CIA, che vuole che qualcuno ostacoli l'avventura africana di Fidel Castro. Volete combattere davvero? ... Allora trovate uno sponsor! Altrimenti riuscirete solo a farvi ammazzare ..." - concluse, restando sdraiato sull'erba. Sapeva che non l'avrebbero

ascoltato. Prendere soldi dai razzisti del Sud Africa? Mai ... e lo stesso vale per la CIA ... pieni di sogni e d'ideali si sarebbero fatti ammazzare tutti, piuttosto che chiedere aiuto a quelli che consideravano essere nemici.
Un paio d'ore dopo ripresero la marcia verso sud, il sole aveva superato l'apice e iniziava a calare a occidente, si erano trovati davanti ad una strada in terra battuta e la colonna doveva percorrerla verso ovest, se voleva rientrare in Angola, mentre Tony doveva andare a est, se voleva arrivare in Congo.
Ci fu un momento di commozione tra tutti loro ... dopo tanto tempo vissuto assieme si era diventati amici e, in silenzio, Tony strinse mani e distribuì pacche sulle spalle, sorrisi e abbracci.
Poi restò fermo sulla strada a vederli andare via.
Sperava davvero che il loro Angelo custode, o quel che sia, li guidasse verso un altro destino!
La strada era ben tenuta, segno che qualcuno si occupava della manutenzione. Quindi, c'era un villaggio non troppo distante e prese a camminare sperando di non dover dormire all'addiaccio, solo com'era e con la gamba che gli faceva di nuovo male. Aveva forzato troppo e troppo presto ... ma come altro avrebbe potuto agire?
Ora c'era la necessità di farsela medicare ... sperava che il villaggio vicino fosse abbastanza grande da essere attrezzato di ambulatorio medico e non solo capanne di fango e bestiame.
Certamente non gli sarebbe servito uno sciamano.
Tony camminava con sempre maggior fatica e, infine, zoppicò vistosamente su quella strada sterrata, appena accennata nella boscaglia. Era su quella strada da ore e non aveva visto passare nessuno. Cominciava a preoccuparsi, aveva bisogno urgente di cure o non sarebbe uscito vivo da quell'ultimo viaggio.
Cercava di scacciare questi brutti pensieri ma essi si affacciavano di nuovo alla mente, ad ogni passo, ad ogni fitta che la ferità lanciava al cervello, come segnale d'allarme.
Quando stava per lasciarsi andare sul ciglio della strada, rassegnandosi ad attendere qualcuno ... ma chi e quando? Tra gli alberi, alla sua destra, intravide qualche capanna con dei bambini che ci giocavano intorno. Sperò che ci fosse anche qualcos'altro oltre a quelle che vedeva e che erano quelle tradizionali, rotonde, fatte di rami e fango, con tetti di paglia. Altrimenti, non avrebbe certo trovato un medico e, di farsi fare la danza degli spiriti in favore della sua gamba, non aveva proprio voglia.
Aveva sempre l'AKM con sé, non sarebbe stato prudente circolare disarmati, dove tutti si era cibo per qualcun altro. Ma puntò deciso verso il

villaggio e quando ebbe superata la prima fila di alberi e cespugli si rincuorò.
"Ahhh ... un po' di fortuna finalmente, era ora!" - disse a se stesso.
La periferia esterna di quel villaggio era fatta di capanne indigene, ma verso il centro c'erano alcune case in mattoni di terra cruda, come era d'uso in nord Africa: di pianta rettangolare, due piani d'altezza e il tetto comunque di paglia, l'unica materia prima per tetti di cui c'era abbondanza.
Dietro queste case, però, vedeva chiaramente una costruzione prefabbricata, bianca e la scritta "Healt centre". Un ambulatorio medico.
La fortuna era girata decisamente dalla sua parte e se ne rallegrò, dirigendosi verso l'ambulatorio. Aveva i documenti e il suo denaro nella solita tasca di pelle, agganciata alla cintura e, finalmente, avrebbe potuto farsi medicare per bene. Il Dottore era un indigeno e, in sala d'aspetto, una tettoia all'ombra, c'era la fila di donne e bambini che aspettavano di essere visitati. L'infermiera vedendo le bende sulla coscia inzuppate di sangue rappreso, lo fece passare avanti. Le tagliarono e scoprirono la ferita ... non era male rispetto all'ultima volta che l'aveva vista.
Faceva impressione con tutto quel sangue secco intorno, ma c'era solo un infiammazione in corso, niente pus e niente larve.
"Cleanse it ..." - ordinò il medico, e l'infermiera, con molta abilità, iniziò a pulire la ferita con alcool e una garza. Faceva male, ma Tony non disturbò quel lavoro con lamenti. Era troppo soddisfatto di aver trovato quell'ambulatorio per lamentare dolore. Ci volle un bel po', ma l'infermiera era abile e riuscì a ripulirla per bene così che il dottore poté verificare che, ormai, era cicatrizzata e non avrebbe potuto cucirla per farla rimarginare meglio e più in fretta.
"Possiamo solo curare l'infezione, abbiamo della penicillina, ne farà due al giorno per una settimana e ogni giorno cambieremo le bende, la ricoveriamo. Lei può pagare le cure?"
"Certo dottore. Pensa che ci vorrà molto per camminare di nuovo senza dolore?"
"Penso una settimana. La ferita è rimarginata ... l'ha cauterizzata col fuoco vedo. Il dolore è provocato dall'infezione una bella fascia rossa e gonfia tutt'intorno. Ma con la penicillina la debelliamo e, una volta passata quella, potrà anche correre ..."
Rincuorato da quelle parole Tony seguì l'infermiera nell'ospedaletto, poche brandine, qualche armadietto in un locale unico, dove c'erano alcuni bambini sdraiati sui lettini, con le madri a fianco e pavimento in cemento battuto.

Certo non ci sarebbe stato comodo, ma ... ci sarebbe restato una settimana. Aveva proprio bisogno di riposo e, infatti, si addormentò su quella brandina non appena vi si fu adagiato.
Aveva contato quanto gli era rimasto dei cinquemila dollari che si era tenuto a Luanda, ne aveva speso appena cinquecento ma gli restavano anche più di sessantamila escudos Portoghesi. L'infermiera aveva previsto una spesa di circa cento dollari per le cure e la degenza e ne tenne fuori dall'involucro plastificato seicento. Voleva darne 500 all'ospedale e cento per le sue necessità immediate. Aveva bisogno di biancheria e almeno un pantalone e una camicia di ricambio ... dubitava di trovare un negozio adatto in quel luogo dal nome impronunciabile.
Aveva visto passare in corsia bambini con gli occhi chiusi da un'infezione che li rendeva praticamente ciechi e il dottore li guariva con poche medicazioni, senza ottenere niente perché non avevano niente da dare e gli sembrò giusto contribuire. Il suo angelo stava insistendo per fargli lasciare di più ma, cinque volte il dovuto, a lui sembrava abbastanza generoso e vinse quella sorta di braccio di ferro, cedendo però sui sessantamila escudos e spiccioli da lasciare in donazione. Ottenne di tenersene ventimila, perché intendeva tornare a Luanda, tra qualche mese, a chiudere i conti con l'assassino e, con i cubani ormai padroni della città, non sarebbe stato prudente andare subito a cambiare dollari.
Come immaginava non c'erano negozi in quel villaggio, ma c'era un sarto che cuciva pantaloni e camicie su misura con tessuti variopinti, con i colori tribali. Non aveva scelta, doveva farsene fare almeno uno, altrimenti non avrebbe potuto circolare. Ottenne solo di farselo cucire con colori coloniali, diverse sfumature di kaki ... non era pronto per i colori dei pappagalli sudamericani. Quando l'indossò, però, dovette ammettere che era comodissimo. I pantaloni, in cotone ben cucito, erano comodi e tenuti in vita da un elastico. La camicia scendeva leggera sulle spalle ... l'ideale in quei climi.
Dei jeans recuperò solo la cintura con annessi e connessi, cioè la Luger, che non poteva reggersi infilata in un elastico e la tasca portadocumenti. Col sarto pattuì anche un buon prezzo per l'AKM. In zona, lo Zimbabwe, produceva su licenza Cinese una loro versione del Kalashnikov e costavano molto poco, ma quello era la versione Cecoslovacca, un arma evidentemente migliore, sia per legno che per acciaio usati. Non voleva portarselo dietro. Il Congo aveva appena vissuto momenti terribili, anche se in quei giorni la situazione era stazionaria, Mobutu Sese Seko, il nuovo dittatore protetto dai Francesi, l'aveva ribattezzato Zaire e circolare

armati di Kalasnikov, con la pelle bianca, poteva evocare ricordi di mercenari della guerra civile appena conclusa che era meglio evitare.
Non voleva casini, voleva solo passare oltre senza problemi.
Il sarto, anche lui con un nome pieno di schiocchi ed M' iniziali, gli propose il valore di duecento dollari in Kwacha Zambiani, oppure di duemilacinquecento Franchi francesi, ma nella svalutatissima valuta dello Zaire, in quel caso, Toni, avrebbe potuto averne una bella mazzetta, perché a causa dell'alta inflazione, in Zambia nessuno lo cambiava e, visto che aveva chiesto informazioni sul modo più rapido per passare in Zaire, il sarto aggiunse al pagamento in Zaire anche un passaggio pagato in aereo, fino a Kolwezi, sulle rive del fiume Congo. Un vero affare per Tony che così aveva risolto anche il problema del viaggio fin laggiù. Non contò nemmeno quelle banconote, le prese e chiese precisazioni sul viaggio aereo, orario di partenza e aeroporto. Quelle banconote, col faccione nero del leopardato Mobutu Sese Seko, gli sarebbero state comunque utili nell'attraversamento dell'ex Congo, come si era ripromesso di fare.
Infatti, davanti a una carta che gli aveva dato il medico, grato per la donazione ricevuta, aveva visto che nei pressi di Kolwezi, il fiume Lualaba è navigabile per un lungo tratto e percorso da piccoli battelli fluviali. Poi s'interrompe a causa di rapide, ma riprende a essere navigabile fino all'Oceano Atlantico, nella Repubblica Democratica del Congo, molto vicino a Luanda, dov'era diretto per la chiusura di tutti quei conti in sospeso. L'infermiera, sempre molto gentile, gli fece sapere che un Belga, con un piccolo aereo faceva anche servizio postale, spesso portava anche passeggeri, uno per volta, quando era diretto a gettare pesticidi nelle piantagioni di banane e ananas in Congo. L'alternativa era una vecchia corriera che portava i passeggeri fino a poco oltre il confine, con fermata su un ponte ferroviario che passava sul fiume Lualala. Seppe così che quello era il nome originale del fiume Congo che, come già sapeva, sfociava in Atlantico, poche centinaia di chilometri a Nord di Luanda. Sarebbe stato l'ideale per lui raggiungerlo e seguirne il corso e, nello stesso momento, sarebbe passato abbastanza tempo. Tanto da far sì che potesse ragionevolmente ritenere di non essere né cercato, né atteso. L'infermiera disse che quando c'è un passeggero, Henry, questo era il suo nome, lo attendeva e non rifiutava mai il passaggio di fronte ad un buon incentivo.
"bene, anche questa è fatta ..." - pensava, guardando l'infermiera che puliva nuovamente la ferita, questa volta passandoci semplicemente del cotone imbevuto nell'alcool. La penicillina aveva fatto miracoli, non c'era più alcuna traccia ne ricordo dell'infezione e la ferita era ben cicatrizzata.

La crosta ricopriva solo il punto di penetrazione della baionetta e aveva proprio quella sagoma inconfondibile. Un marchio che quel soldato gli aveva impresso per sempre, per fortuna non portandolo alla morte.
"Fortuna? ... Fortuna un cacchio! Mi è costato caro evitare la cancrena e, quando pensavo al dolore, mi consolava l'idea che chi me l'aveva procurato era morto!" - pensò ancora, mentre l'infermiera, tolta la fasciatura, stava mettendo sopra la ferita solo una garza, tenuta dal cerotto, per proteggerla.
Anche lei aveva un nome impossibile da ricordare ma dei grandi occhi neri e dolcissimi e delle forme giunoniche, con un sedere enorme, come certe donne africane riescono a portare con disinvoltura. Sorrideva sempre prima di congedarsi e lo fece ancora, subito dopo averle praticato l'ultima iniezione di penicillina prescritta. L'indomani sarebbe stato dimesso.
Restò sulla brandina, in un ambiente poverissimo ma dignitoso e sempre molto pulito. Il pavimento era di terra battuta, ma tutti i giorni alcune donne lo spruzzavano con acqua, che poi spazzavano con scope di erbe secche che impedivano alla polvere di sollevarsi. Un gesto che a Tony ricordava le case contadine della sua infanzia, anche quelle col fondo in terra battuta. A lui piacevano, perché quando andava a trovare una zia, non aveva bisogno di andare nel cortile per scavare delle belle buche, poteva farle in casa ... anche se non sembravano essere gradite!
Non poteva evitare che la mente tornasse a quell'ultima esperienza traumatica e all'incontro così ravvicinato con la morte. Si rendeva conto che quanto era successo, ricalcava esattamente quanto aveva previsto, dunque non avrebbe potuto sorprendersi. Sapeva che sarebbe finita così, per questo non poteva evitare di cercare di convincere Marçela a lasciar perdere le sue utopie e a tornare in Portogallo con lui ... poi avrebbero visto assieme cos'altro fare, ma entrambi vivi e fuori da quella trappola.
Il destino, però, era di parere opposto ed era già così difficile controllare le deviazioni del proprio, quanto impossibile farlo con quello altrui.
Tutto è scritto, dicono i Musulmani e ritengono che ogni avvenimento sia voluto da Allah, Dio. Anche i Cristiani ritengono che sia Dio a volere che le cose accadano, che gli incontri avvengano, per un fedele ogni accadimento e ogni incontro sono espressione della sua volontà. Accettare questa spiegazione, però, implica una professione di fede che Tony non ha e nemmeno cerca. Quel che cerca è la soluzione ai misteri che si trova davanti, non la creazione di un altro mistero ancor più grande. D'altra parte, non gli pare proprio che sia Dio a mandare quei segni e quelle visioni. Se deve considerare la grandezza di Dio, così com'è rappresentata dai suoi profeti, deve anche considerare che Egli ha ben

altri mezzi a disposizione per esprimere la sua volontà o lanciare i suoi messaggi, che non quelli così poveri che usa l'essere che comunica con lui.
Ora, in quei giorni di tregua, senza nemmeno più l'ansia della cancrena a tormentarlo, aveva avuto modo di rivivere quelle ultime esperienze. Soprattutto quello strano incontro con la morte e ciò che gli disse. Aveva molti dubbi che, nonostante lo stato febbrile, quella fosse stata davvero la morte. Certo era possibile che, attraverso le allucinazioni febbrili e quelle dovute alla marijuana, che aveva assunto in gran quantità per controllare il dolore, quel puro spirito comunemente chiamato Morte e, forse, esistente davvero, si sia mostrato o che lui si sia trovato nelle condizioni psicologiche adatte a vederlo. Nondimeno, questa spiegazione non lo convinceva. Era più propenso a credere che, come solitamente accadeva, l'essere che coabitava la sua anima, avesse utilizzato quell'allucinazione per comunicare ancora con lui, per indicargli la via, come un faro nelle tenebre di una situazione così disperata, quando è facile smarrirsi e lasciarsi andare è dolce!
L'aveva fatto altre volte in passato e Tony già aveva avuto modo di sospettare che l'essere utilizzasse tutti i metodi che trovava a sua disposizione per comunicare con lui.
Era semmai lui che doveva affinare le sue capacità cognitive, perché troppe volte aveva compreso i suoi messaggi solo dopo che certe situazioni si erano già concretizzate nel mondo materiale, dopo averlo fatto, come visioni di luce e sensazioni, in quello delle idee ... dei sogni.
Sorrise a questo pensiero, sentendosi appagato da questa spiegazione, come se a giungere alla stessa conclusione fossero stati entrambi. Entrambi gli esseri che coabitavano in quel corpo. Un buon metodo, questa sensazione di appagamento, per comunicare l'assenso!
Questa considerazione arrivò gradita fin nelle profondità dell'essere da dove giunse, come effetto di ritorno, una grande sensazione di gioia, di beatitudine, di consapevolezza e armonia ritrovate ... un'illuminazione!
Il tutto espresso in un sorriso beato, che coinvolse anche un bimbetto di circa dieci anni, che stava nella brandina di fronte e lo vedeva sorridere in quel modo, fissando davanti a sé, verso di lui.
Povero bimbo, era lì per una grave infezione intestinale, ma non era quella a dargli quell'espressione triste, da leprotto ferito. Aveva il labbro leporino e questo, nell'Africa animista, significava avere cattivi spiriti in corpo che giustificavano l'emarginazione che ne faceva un reietto.
Aveva dei grandi occhi da gazzella, la madre dormicchiava appoggiata con la testa sulla sua brandina e lui si sentì spinto ad avvicinarlo e offrirgli una

tavoletta di cioccolato, l'ultima di quelle che aveva comprato nello spaccio, desiderando di riprovare quei sapori divenuti così lontani.
Lo avvicinò sorridendo e gli porse la tavoletta. La dolcezza di quel viso era davvero deturpata dai due lembi di labbro superiore che si aprivano come una tenda ad ogni sorriso o mentre parlava.
"Hello boy, do you like chocolate?" - gli disse porgendoglielo.
"Yes ... But ... I'm a girl..." - rispose timidamente, prendendo la tavoletta di cioccolato. Tony guardò meglio e con sorpresa, quella bambina. In effetti i lineamenti erano femminili. Non è facile distinguere il genere a quell'età, senza l'aiuto dell'abbigliamento e dei capelli. Lei vestiva un paio di calzoncini corti al ginocchio e una camicia militare che, certo, non aiutava. I capelli, poi, erano corti e crespi, come quelli di tutti gli indigeni di quelle parti. L'infermiera arrivò per distribuire le medicine serali e lui si ritrovò a chiedergli:
Come mai, a dieci anni, almeno così sembra, ancora non è stata operata per quel labbro leporino. Ho avuto amici, da bambino, che ne soffrivano, ma sono stati operati e sono praticamente guariti, rimane solo una piccolissima cicatrice che è persino bella da vedere, rende più interessante il sorriso".
"Because money ... His family has no money for the surgery!" - rispose lei sfregandosi le dita nel gesto internazionale che indica ... money!
Ci restò male a quella risposta così ovvia ... Sono poveri, è evidente e, vedendo la sua espressione, l'infermiera precisò meglio.
"Il nostro medico è un bravo chirurgo, ma servono medicine e, soprattutto, l'anestetico e l'anestesista devono arrivare dall'ospedale, sempre che il primario non chieda di portarla lì e, quando serve l'anestesia totale e la camera operatoria, solitamente fanno trasferire i malati, anziché trasferirsi loro.
La farebbero portare in Ospedale a Solwezi o a Lusaka e, per tutto l'intervento e le cure successive che, però, possiamo continuare anche qui, ci vogliono seicentomila Kwacha Zambiani ..."
"Seicentomila che?" - chiese Tony, che non aveva mai sentito nominare quella moneta.
"Seicentomila Kwacha ... al cambio di banca sarebbero cento dollari Americani"
"Accidenti fece lui, una bella cifra!" - lo disse ironicamente, ma nessuno lo capì. L'infermiera annuì, guardando la bimbetta che seguiva quella conversazione con gli occhioni spalancati.
"Sì, davvero troppi, ma in Zambia le medicine mancano e gli ospedali costano ..."

"Va bene ... allora, domattina vi consegnerò quella somma e garantirete l'assistenza completa fino alla completa guarigione, Ok?" - replicò Tony con la sua solita volontà di sorprendere il suo prossimo e, quello ... l'aveva annichilito, non sorpreso. Anche la madre della bimbetta si era svegliata e aveva ascoltato la conversazione. Ora fissava Tony, sicuramente chiedendosi che cosa volesse in cambio l'uomo bianco ... Fu l'infermiera a tranquillizzarla, dicendole che Tony aveva già fatto una generosa donazione all'ambulatorio e che anche in questo caso si trattava di generosità disinteressata. Tony si stava sdraiando sulla brandina quando la bimba gli si avvicinò, con gli occhi lucidi, ripetendo parole incomprensibili nella sua lingua e poggiandole ripetutamente la manina sul cuore. Lo stesso fece la madre, appena una ragazza, ma in Africa le donne partoriscono presto, spesso a causa di stupri. Tony si voltò verso l'infermiera per una traduzione e lei disse solo:
"Hanno detto che la bontà del suo cuore sarà compensata da Dio!" - spegnendo la luce.
Già ... Dio! ... In effetti, non sapeva perché l'aveva fatto. Ci sono migliaia di bambini malati, non poteva certo aiutarli tutti, ma perché proprio quella? Lui non lo sapeva, poteva solo arguire che in un momento di gioia interiore, d'illuminazione, voleva trasmetterla ad altri e a quella bambina l'aveva trasmessa di sicuro. Erano giorni che la vedeva sempre triste, paziente, sofferente e umiliata da quella sua malformazione, ma rispondeva sempre con un sorriso ai suoi saluti. Un sorriso triste, che la faceva somigliare a un leprotto spaventato e lui, alla fine ... Voleva farla felice!
"Che c'è di male - pensò - Non capisco cosa siano tutte queste perplessità postume, alla fine seicentomila spacchiotti dello Zambia sono appena cento dollari al cambio ufficiale. Domani troverò da cambiare al cambio nero e saranno ancora di meno ... Contento?" - replicò a se stesso.
Sì, era contento e si addormentò sereno. E' proprio vero, fare delle buone azioni aiuta a stare bene e Tony era consapevole che, sovente, aveva bisogno di fare qualche buona azione perché un giorno, quella bilancia, non pendesse troppo sfavorevolmente per lui.

Capitolo VI
Via, verso il Congo

Al primo canto del gallo aprì gli occhi, era ancora buio ma in quel piccolo ospedale la notte iniziava presto. Per non sprecare energia la luce era accesa solo per emergenze e cure notturne. Cosicché, già poco dopo il tramonto, si poteva solo dormire. L'unica alternativa era uscire nel patio e sedersi tra le madri dei bimbi ricoverati e qualche anziano in visita a sentire le storie che si raccontavano l'un l'altro fino a tardi. Purtroppo era una lingua totalmente sconosciuta e solo una volta uscì, ma perché la luce della luna piena era così forte che voleva assolutamente vederla.
Quelle voci calme, quiete e quei suoni arcaici, riuscivano a rilassarlo e a farlo dormire come, forse, solo ai tempi delle ninne nanne di sua madre gli fu possibile, ma ... prima dell'alba, un gallo lo svegliava sempre col suo canto e, a seguire ... tutti gli altri. Il canto del gallo non lo disturbava. Strano, ma essere svegliati da una sveglia lo irritava, dal gallo no, anche se forse cantava alle quattro del mattino, ma erano del missionario, un uomo molto amato ... e nessuno protestava!
Restò così, nel letto, a guardare il tetto di travi di legno scuro, sistemati a reggere il tetto di paglia pressata, in attesa che la prima luce dell'alba aumentasse, fino a risvegliare tutti.
Doveva riprendere il suo viaggio quella mattina e non aveva alcun motivo per essere ansioso. Henry era stato avvisato dal sarto e aveva risposto che sarebbe venuto a prenderlo alle nove. Sarebbe andato a parlare col sarto per cambiare dollari contro Kwacha, oppure si sarebbe fatto accompagnare da un cambista. In Africa nei mercati ce n'è sempre uno. Sempreché non sia lo stesso Henry a fare il cambista in nero. Un Belga è sempre, prima di ogni altra cosa, un uomo d'affari ... Lo avrebbe scoperto presto.
Henry era un omone simpatico, con un bel pancione e dei grossi baffi color senape, ma striati di rame, più simili ai dentoni dei trichechi che a dei baffi. La fronte era alta, molto stempiata e circondata da una criniera castana, brizzolata e a tratti ramata come i baffi, scomposta come se non avesse mai visto un pettine. Salutò Tony e gli chiese in Francese se c'era bagaglio.

"Seule l'âme, mais il est assez lourds!" - rispose Tony, con una battuta che lo fece ridere.

"Ah tres bien ... saranno in due allora!" - replicò lui tendendogli la mano.

Uscirono e, appena fuori, Tony gli disse che aveva bisogno di uno scambista in nero e aveva visto giusto. Era lui che se ne occupava da quelle parti.

Chiese che banconote desiderasse cambiare.

"Dollari americani contro 'spacchiotti' dello Zambia" - rispose, usando un'espressione marinara per indicare la valuta locale, quale che sia.

Oh bien ... i dollari americani sono molto ricercati monsier..."

"Tony Vero ..." - ricordò, avendoglielo appena detto.

"Quanti dollari vuoi cambiare Tony?"

"Quanti ne vorresti per seicentomila spacchiotti?"

"Solo seicentomila? ... beh, posso darti di mio quella somma ... per sessanta dollari, ça và?"

"Ouì ... ça và ... li devo consegnare all'ambulatorio, poi potremo partire".

Raggiunsero la baracca in mattoni di terra e paglia che gli fungeva da ufficio, posta all'inizio di una pista in terra battuta dove troneggiava un aereo biplano di colore giallo e dei serbatoi, posti di lato alle ruote, di tipo non retrattile.

"Faccio le disinfestazioni alle piantagioni, quando non trovo contratti di noleggio per viaggi turistici. Tu dove vorresti andare di preciso? Beba mi ha detto in Congo"

"Beba?" - fece lui.

Sì, l'infermiera, ha un nome impossibile e lunghissimo, io la chiamo Beba, a lei piace. Brava donna ... madre di undici figli e con due mariti, uno più scansafatiche dell'altro".

"Due mariti? Credevo che fossero gli uomini a essere bigami o trigami ..."

"Ouì, solitamente è così ... ma qui, nell'africa nera, può essere anche l'incontrario. Beba ha un buon lavoro e uno stipendio, il capofamiglia è lei e so che è anche manesca. Li fa rigare diritti, ma non è ancora riuscita a farli lavorare ... Impresa difficile da queste parti ..."

"Senti, io ho fatto un affare col sarto ... come accidenti si chiama ..."

"M'mgwabeh..."

"Sì, lui. Mi ha dato 'spacchiotti' del Congo, ma del patto faceva parte anche il viaggio in aereo, pagato fino in Congo, te l'ha detto?"

"Ma ouì ... bien sur ... facciamo business assieme, me li sconterà da ciò che gli devo".

Henry entrò nel suo ufficio e Tony lo seguì. Era ben arredato per quel che appariva all'esterno. Aveva un tavolo e quattro sedie, un armadio, una

credenza, tutto in legno scuro. A parete c'era un letto e tappeti etnici appesi ai muri. A lato del letto una cassapanca, chiusa con un lucchetto, che aprì.
Ne prese una specie di borsa di cuoio piena di banconote, alcune mazzette erano i famosi Kwacha che gli servivano. Gli diede un bel paio di mazzette.
"Sono seicentomila, contali ..."
"Fossi scemo ... le darò all'infermiera, a Beba, le conterà lei. Tu sai per certo che sono seicentomila?"
"Certo, sono banconote di grosso taglio, anche se inflazionate. Se pensi che al cambio ufficiale sono appena cento dollari ... Tra poco occorrerà andare con una carriola di soldi a fare compere ... ah ah ah!".
Rientrarono all'ambulatorio che era quasi ora del pranzo che, per quanto misero, era molto atteso. L'ambulatorio era all'ingresso della corsia e quando vi entrò si accorse che aveva gli occhioni della bimbetta appiccicati addosso.
Consegnò la busta all'Infermiera e disse:
"Harry mi ha detto che sono seicentomila Kwacha, contali" - e lei si mise davvero a contarli, una mazzetta e, poi, quante mazzette, dopodiché sentenziò, compunta:
"Sì, sono seicentomila Kwacha!" - si affacciò alla corsia e chiamò con un gesto la bimba, che non aspettava altro, corse fino a lei e guardava Tony, con quegli occhi da gazzella spalancati, increduli. Beba gli spiegò nella sua lingua che la sua operazione era stata pagata e che ora il dottore avrebbe organizzato tutto.
Tony la sentì gettarsi su di lui e stringerlo con le braccine in vita ... Tremava dall'emozione. Le carezzo la testa dai capelli crespi, poi, inchinandosi, le disse:
"I would like to know your name ... girl?" - le chiese sorridendo, perché era quello l'unico nome che le diede.
"The Mission I was baptized with the name of Miryam Rita" - rispose, estasiata da quello che le stava accadendo.
"Mi dispiace di non essere qui a vedere come sarai bella dopo l'operazione, ma sono sicuro che lo sarai, come vedo che già lo sei nel cuore" - disse poggiandole la mano sul petto, come aveva fatto lei.
Miryam Rita, chiamata dalla madre in maniera impronunciabile col nome indigeno, ripeté quel gesto e quelle parole. Poi gli diede un bacio sulla guancia e rimase a guardarlo partire, in auto con Harry.
"Fammi capire, perché non ho capito niente ... chi è quella bambina?" - chiese Harry.

"Una bambina ... non so altro, solo che ho sentito il bisogno di farla felice e con sessanta dollari la sua vita cambierà totalmente. Il costo di appena un paio di birre tra amici al night. Perché l'ho fatto? ... Forse perché farlo ha fatto felice me? ... Non lo so ... Ma va bene così. Pensi che dovrei dubitare che gli facciano davvero l'operazione?"
"Chi, il Dr. M'butu? ... E' un vero onest'uomo come se ne trovano pochi. Stai certo che, se hai pagato per quell'operazione, l'avrà. Ora se vuoi sapere dove atterrerò, fammi sapere dove vuoi andare ..."
"Ah ah ah ... è vero, beh, dammi qualche consiglio, devo traversare il Congo, da dove posso cominciare?"
"Ah ... bel viaggio ... Turista? ... Non l'avrei detto".
"Sì, turista ... Voglio vedere il Congo, poi tornare in Angola, a Luanda a prendere l'aereo per l'Europa" - Henry gli aveva suggerito una buona idea, fare il Turista. Avrebbe traversato il Congo, percorrendo il fiume, fino all'Atlantico."
"Intanto comincia a chiamarlo Zaire, sia la Repubblica che il fiume. Mobutu è abbastanza folle, sta facendo arrestare tutti coloro che continuano a chiamarlo Congo. Meglio evitare guai, sbaglio?"
"Certo che no ... Zaire allora. Dove mi porterai per prendere un battello?"
"Ah mon amì, non a Kolwezi, il Congo nasce un centinaio di chilometri a ovest di quella città, che è su un bel lago, ma che non ha niente ha a che fare col fiume Congo, anzi Zaire. Il fiume nasce su posti bellissimi da vedere, i monti Mitumba, un gran parco con savana dalle erbe alte e verdi, pascoli ricchissimi per mandrie di elefanti e nelle foreste alcuni vanno per vedere i Gorilla ... non solo a vederli purtroppo. C'è un mercato nero di mani di Gorilla, li cacciano solo per levargli le mani che, certi paperoni americani, hanno deciso che è chic avere sulla scrivania ... come posacenere. Potessi arrivare fino a loro, nella scrivania ci sarebbe la loro testa a bocca aperta, altro che mani di Gorilla.
Devo andare a irrorare una piantagione, ma avrei carburante per arrivare a Kolwezi, una sosta per rifornimento e ti porterò in volo sui monti Mitumba e sul lago da dove esce il Lualaba. Lo chiamano così per un bel tratto, poi diventa Congo ... ma ricordati di dire Zaire! Per traversare il Congo, però, la via fluviale ... sì, è suggestiva, ma quanto ci vuole? ... hai provato a fare un calcolo?
Dal lago Kebamba dovresti uscire in canoa, come Livingston ... ma lui ci è rimasto anni in giro per i grandi laghi. Non mi sembra che tu voglia fare lo stesso, o sbaglio?"
Ah ah ah ... No, non sbagli. Non conosco la regione e visto che la devo traversare, tanto vale vederla un po' ... Seguirò i tuoi consigli. Decidi tu ..."

"Bien ... Allora andremo a irrorare la piantagione di Madam Brigitte e ci fermeremo lì per la notte, poi, domattina, ti porterò attraverso i laghi e seguendo il corso del Lualaba, a Nord fino a Kisangani. Faremo una tappa in una pista di un mio amico, un Belga. Ha una bella casa con una piantagione intorno che non ha voluto abbandonare, nonostante da queste parti, qualche anno fa, c'è stato un massacro ed una caccia all'uomo bianco. Pensa che si sono mangiati cinque baschi blu delle forze di pace Onu ... proprio mangiati".

"Avevo sentito una storia così, ma credevo fossero leggende horror per gli amanti del genere ... Invece è tutto vero?" - chiese Tony.

"Verissimo! ... altro che leggende. L'ONU mandò una forza di pace, su sollecito di Francesi e Belgi, per aiutare i coloni a evacuare la colonia. Oltre alla cosiddetta guerra d'indipendenza la situazione era aggravata anche da scontri tribali.

I baschi blu s'intromisero per evitare spargimenti di sangue in un mercato e finirono circondati, poi qualcuno ebbe l'idea di catturarli e furono assaliti e fatti prigionieri. Un paio furono uccisi subito e la folla se li spartì sul posto ... come fossero bestie da macello. Gli altri furono invitati a cena dai tribali e, quel che avanzò, comparì nel banco della carne del mercato la mattina successiva.

Le forze ONU li cercarono, ma ovviamente non li trovarono più e per giustificarne la scomparsa alle famiglie fu deciso di spedire a casa cinque bare vuote, o meglio, piene di sassi. Nessuno se la sentiva di dire ai parenti che i loro cari erano stati mangiati dai cannibali.

Pascal Bloire era presente ai fatti, aveva assistito a quella scena dalla finestra del consolato non potendo intervenire o avrebbero fatto tutti la stessa fine. Eppure, nemmeno dopo questo tragico fatto, ha lasciato la sua terra. Ha sposato una principessa Bantù, ha avuto tre figli da lei e la sua tribù li protegge.

Io, però, ti avverto Tony ... guarda che qui nel Congo non è terminato alcun conflitto. Il governo centrale controlla solo le città, nel resto del paese vige la legge del più forte. Chiunque ti ucciderebbe volentieri e nessuno perderebbe tempo a seppellirti!"

"Immagino ... Peccato, volevo farmi un bel viaggio lungo il fiume fino al mare, almeno un bel tratto, ma correre il rischio di far da cena a qualcuno proprio non era previsto. Allora per raggiungere l'oceano Atlantico cosa mi consigli di fare?"

"Io mi farei trasportare in aereo fino a Kinshasa o Brazzaville, sono città abbastanza tranquille, entrambe moderne, con un porto, ma adatto per la navigazione fluviale interna. Non puoi navigare fino al mare, tra Kinshasa e Matadi ci sono dislivelli da superare e il fiume forma cascate e rapide, è impossibile passare di là e tutt'intorno è foresta vergine. No Tony ... questo è il Congo, l'unico modo per spostarsi agevolmente è l'aereo e tutti fanno così, a meno che non vuoi viaggiare in piroga con gli indigeni, ma non te lo consiglio ... ah ah ah".

"OK ... smetti di deprimermi, andiamo a Kolwezi per il momento, poi si vedrà".

"Siamo pronti e, visto che non hai bagaglio, monta che ti seguo - disse Henri, che stava armeggiando con i serbatoi di anticrittogamici che aveva fissato tra le ruote dell'aereo - passeremo sopra l'obiettivo, lo irroreremo e poi andremo a incassare anche una buona cena da madame Brigitte. Vedrai è simpatica ed era anche una bella donna, non che ora non lo sia, anzi ... ma qualche anno fa lo era da mozzare il fiato. Era molto innamorata del marito, morto tragicamente durante la rivolta del Katanga. Non ha voluto vendere a due soldi la piantagione, svalutata dalla guerra civile, decidendo di restare a casa sua, vicino alla sua tomba.

A proposito ... stiamo andando in terre malariche e c'è anche qualche altra dolcezza tipo la mosca Tzè-tzè come sei messo a vaccini? ... febbre gialla, colera ..."

"Ho fatto tutto quel che dovevo fare per venire in Africa ... per la malaria non so, c'è un vaccino?" - chiese Tony.

"No, non c'è, alcuni medici danno un farmaco che dovrebbe prevenire le parassitosi malariche, ma nessuno garantisce che funzioni. La cosa migliore da fare è evitare le punture della zanzara Anophele. Punge di notte, bisogna evitare di restare all'aperto in zone paludose, usare le zanzariere quando si va a dormire e mettere sulla pelle esposta il Deet, il repellente più efficace da queste parti. Ne ho sempre una scorta anche in aereo. Meglio metterlo anche di giorno".

"Provvederò di sicuro ... comunque io sono nato in zone malariche, anche se adesso sono state debellate e, ne io ne mio padre o mia madre, abbiamo mai avuto la contaminazione malarica. Probabilmente, mi han detto i medici, ne ho acquisito l'immunità genetica. Come molti Africani".

"Molti, ma non tutti ... sono moltissime le morti per la malaria, basterebbe avere il chinino, o qualche altro farmaco più efficace, per guarire rapidamente, ma non ci sono o costano troppo per la popolazione.

E ora ... Pronti al decollo ..."

Henri fece rombare il motore centrale. Era un vecchio aereo Francese, ma dall'aspetto ben tenuto, con una cabina spaziosa e una bella visuale. Stranamente aveva due ali. Considerando che erano utilizzate come serbatoio per il carburante, forse per questo aveva una maggiore

autonomia rispetto ad altri della sua categoria. Almeno così diceva Henrì che, decollato, ne decantava le lodi. Kolwezi era a circa 400 chilometri e, sulla stessa rotta, c'era la piantagione di Madam Brigitte. Doveva effettuare diversi passaggi sopra le sue coltivazioni, per irrorarle di tutto il contenuto del serbatoio, poi sarebbe atterrato proprio nella pista davanti alla sua casa e, l'indomani mattina, all'aeroporto di Kolwezi per il rifornimento, per poi proseguire verso nord.
Tony approvò il piano di volo e si accordarono anche per il compenso del passaggio fino a Kinshasa: l'avrebbe pagato con quel malloppo in valuta dello Zaire, corrispondenti a duecentomila Franchi Francesi, di cui non avrebbe saputo cosa farsene, visto che avrebbe sorvolato in fretta il paese.
Sotto di loro si stendeva una savana rigogliosa di erbe verdissime, la stagione della piogge era appena finita anche in Congo e tutto era verde. L'abbondanza di cibo per le mandrie che pascolavano era evidente. Persino alcune mandrie di elefanti si muovevano tra le erbe alte, che quasi li ricoprivano fino a metà. Dovevano essere alte almeno due metri ...
Henri faceva delle cabrate e delle picchiate, pur senza deviare dalla rotta, per permettergli di vedere tutto quel bestiame selvaggio e variopinto nel suo giardino dell'Eden. Non passò più di un'ora, però, che il panorama cambiò in maniera desolante. Erano in vista di Kolwezi e quelle grandi piaghe nel terreno erano miniere a cielo aperto. Tony le guardava rattristato da quello scempio. Alcune a causa delle piogge si erano riempite d'acqua come laghetti, ma non erano affatto dei laghetti e avrebbero continuato ad accrescersi, man mano che vi estraevano i minerali pregiati, di cui il Katanga era ricco. Finalmente Henrì deviò verso est, verso la piantagione da irrorare, levandolo da quella pena.
Quando ci fu sopra vide che si trattava di bananeti e gli sembrò di intravvedere anche filari di ananas, ma presto fu tutto nascosto dalle nubi di quella miscela antiparassitaria e ascoltò il motore, lasciando che la testa si svuotasse di ogni pensiero, solo il ritmo e il rombo del motore.
L'atterraggio, di quelli fortunosi cui l'Africa l'aveva abituato, rullando sulla pista in terra battuta, portò l'aereo davanti ad una costruzione stile coloniale francese, nel senso che aveva un portico e un patio davanti e tutto era molto curato, anche le siepi del giardino. Molto diversa da quelle portoghesi che aveva appena lasciato. Se non fosse stato per il caldo umido che inumidiva la sua pelle e la sua camicia, poteva credere di essere nella Francia del Sud, a la Camargue, nei pressi di Marsiglia, dov'era stato diverse volte a rivedere i Fenicotteri rosa che gli ricordavano la sua terra e la sua infanzia.

Ora,poggiando i piedi su quella terra, sembrava rendersi davvero conto di essere in salvo. Poteva rilassarsi e mettere ordine nei suoi pensieri. Sapeva già, grazie alle esperienze passate, che non avrebbe dovuto prendere alcuna decisione, non fino a che non avesse avuto un segno. Doveva limitarsi a rivedere la situazione e riflettere sul da farsi. Aveva a sua disposizione tutto il tempo necessario per decidere al meglio e ... non avrebbe commesso errori.
Contava, come sempre, su qualche indicazione ... qualche segno che gli indicasse il cammino.
Per il momento vedeva solo una figura leggera, avanzare con passo elegante verso di loro. Poteva essere quello il segno?
"Ecco, quella è Brigitte ... un tipo davvero particolare, molto gentile con gli ospiti ma ... vedrai tu stesso" - disse Henrì, in piedi sotto le ali, mentre il motore si fermava.

Tony Vero

www.ingramcontent.com/pod-product-compliance
Lightning Source LLC
Chambersburg PA
CBHW070629310726
48982CB00001B/218
* 9 7 8 8 8 9 0 0 6 7 8 7 7 *